JN033996

作家 メアリ・ウルストンクラフト

感受性と情熱の華

山田 豊 著

Mary Wollstonecraft:
A Paragon of Sensibility and Passion

音羽書房鶴見書店

目　次

序

　今日我が国の一般読者の間で、メアリ・ウルストンクラフト (Mary Woll-stonecraft, 1759–97) の作品が（原文で）読まれることは滅多にない。英文学者の筆者でさえ彼女の代表作『女性の権利』(*The Rights of Woman*) を数十年前に通読した程度であった。そのずぶの素人が今回、作家としての彼女の真髄に迫ろうという大胆な試みを敢えて実践した。しかも卒寿を過ぎてからである。若い専門家から学問の道を汚す年寄りの冷や水、と叱られるのを覚悟の上での試みであった。

　実は数年前、興味半分からイギリス 18 世紀後半の女流作家の小説を、入手可能な範囲で全作品を読んでみたくなり、それを実践した。そしてとりわけ最後の 20 年間は彼女たちの作品は男性作家より質量ともに遥かに上であり、文学の真髄とも言うべき読者の情感に訴える要素が遥かに勝っていることに気づいた。ロマン主義の萌芽が女性の解放と同時に創造意欲を呼び覚ましたのである。永らく詩人を中心にロマン主義を研究してきた筆者にとって、小説の分野における男性作家の物足り無さは否定しようもなかった。同じゴシック小説を書いてもアン・ラドクリフ (Ann Radcliffe, 1764–1823) の作品は大衆小説の見地から見ても男性のそれを上回っていた。そこで筆者は小説を研究するのなら女流作家と心に決め、特にどの作家に的を絞るか熟慮した末にフランシス・バーニ (Frances Burney, 1752–1840) を選択した。小説家としての才能と情熱において他の作家を圧倒しているように思ったからである。そして彼女の伝記を初めとして幾つかの参考文献を読み漁ってみたが、筆者の研究方法は作品を何度も読み返して最も感動または共感を覚えた部分を主題に選び、それについて論証する点に特徴があった。だが既に卒寿を目前にして視力も完全に衰えていたので、あの千頁近い長編小説を全冊繰り返し読む気力が湧かず、断念せざるを得なかった。そこで、残された作品の数が少なく、ロマン主義的観点から最も興味深い作家としてメアリ・ウルストンクラフトを最終的に選択した。そして彼女の主要な作品と手紙を徹底

的に何度も読み返し、彼女の「心」と「頭脳」はもちろん脈拍まで感じ取れるほどになった、と確信を持ったところで本書の執筆に着手した。そして一年余り掛けてこの拙い著書の最終原稿が出来上がった次第である。

　さて、本書の構想は目次が示すように、メアリの主要な4作品を選び、時系列順に章分けして、それぞれの作品が書かれた伝記的背景を第1節で説明し、それに基づいて作品の解釈を第2節で行った。これは、彼女の作家としての成長の跡と作品の真意を理解する上で一番の近道と考えたからである。実際、メアリ・ウルストンクラフトほど自身の作品と伝記的事実とが密接に繋がっている作家は他にいないであろう。言い換えると、彼女の作品から彼女の思考はもちろん生い立ちや家庭環境、さらに日ごろの言動まで読み取ることができる。彼女の伝記的事項や日ごろの言動や感情がそのまま作品に反映もしくは採り入れられているからである。従って、両方を組み合わせることによって彼女の作家としての全体像が浮かび上がってくる。

　このような観点から、彼女と全く対照的な作家は前述のラドクリフである。彼女の作品から彼女自身の日常的な生の姿は全く浮かび上がってこないし、また彼女の生の姿を作品に映しているとは到底考えられない。要するに、純粋に読者を楽しませるために自分を捨てて小説の世界に没頭できる一種の天才、つまり理想の大衆作家であった。一方、メアリは自分の個性と感情を有りのまま率直に表現し、仮面を被ることを何よりも嫌った。そして常識や人の意見に惑わされずに独自の道を歩いた。彼女の言葉を借りると、「常道」(a beaten track) を避けて通ることこそ作家の使命と確信していたのである。ラドクリフの作品が彼女の批判の対象になって当然と言えよう。

　それだけに彼女を取り巻く世界の変化と自身の気持ちの変化によって、作品それ自体も劇的に変化している。筆者はこの点に特に注目したので、4つの章に区分けして各章の飛躍的な変化と成長に読者の注意を喚起した。即ち、第1章『メアリ──小説』では、その副題が示唆するように女性の「感受性」に焦点を当て、古い社会の仕来りや男性優位の法律の中で「情熱」を燃やし、信念を貫いた悲劇のヒロインの姿を論じた。そして第2章『女性の権利』では、それまで女性の自立を主張してきた彼女はフランス革命の新

風を受けて、弱い女性の殻を破って男性と対等の社会実現のためには何が必要かを真剣に問いかけた。先ずその第一歩は、第1章の反省の上に立って、弱い女性の華ともう言うべき感受性に頼るのではなく、健全な理性と冷静な判断力を養い、自立の必要を力説した。そのためには男性と同等の教育の必要、究極的には男女共学と国民教育の制度を提唱した。

　これまで女性は男性の「保護」なしでは生きていけない弱いものと言う社会通念から、男性を「喜ばせる」ことを最良の武器にしてきたが、これが女性差別の最大の要因となっていることに着目し、女性の教育向上こそ自立の必要条件であることを繰り返し主張した。彼女のこの主張が女性解放の先駆者として今日まで広く知られるようになり、そしてこれが作家ウルストンクラフトの価値の全てであるかのような印象を植え付けてきた。しかし彼女の作家としての真髄は、「頭脳」(head) よりも「心」(heart) の働きを重視した点にある。『女性の権利』に続いて書かれた第3章の『北欧からの手紙』は、それを見事に証明してみせた。

　『女性の権利』の出版によって名実ともに文壇の寵児となった彼女は、必然的に住まいも服装も身分に相応しいものに変わっていった。と同時に男性的衣を脱いで女性本来の姿と本能を自然の赴くままに発揮するようになった。しかしそれは一般の女性のような「男性を喜ばす」姿でなかったことは言うまでもない。それはあくまでも自然な本能の赴くままであった。彼女はルソー(78 頁参照)の教えに倣って自然の掟に従うことを生活の信条にしてきたからである。その対象は同じ自由主義仲間のイタリアの画家フューズリ (Henry Fuseli) に向けられた。それは彼に対する一方的な恋慕となって顕れた。そして遂に彼と会わずに一日として過ごすことが出来なくなり、彼の妻と一緒に同棲することを直接申し出た。もちろんそれは拒否されたが、その衝撃は余りにも大きく、彼の居る英国にもはや住めなくなってフランスへ渡った。

　こうして革命下のパリの生活に身を投じる間にフューズリの面影も薄らいだころ、折よく新たに情熱を傾けることの出来る男性ギルバート・イムレイ (Gilbert Imlay) と出会った。彼は元来放蕩と投機癖を多分に持ったアメリカ人であったが、メアリと会った当初は文学的才能を多少持った革命児の匂い

を漂わせていた。彼女は最初の頃、彼の感受性を欠いた雑な態度に多少の違和感を覚えていたが、やがて間もなく身も心も魅了されていった。端的に言って、『女性の権利』を書いた当時の男性の誘惑を寄せ付けない毅然とした身構えが消えていた。「新鮮なそよ風に敏感に反応する」女性本来の感受性豊かな官能的女性に成長していたのである。こうして何度か会って寝食を共にするうちに、彼女は彼の子供を身籠っていた。一方、イムレイはその間も仕事の都合で彼女と離れて過ごす日も多くなり、彼女が出産した時も彼はロンドンに出かけて側にいなかった。もちろんその間彼女は繰り返し苛立ちと怒りの手紙を書いて送ったが、心の底では一度たりとも彼を疑ったりはしなかった。純粋で常に心の内をさらけだし、外面を装うことを何よりも嫌った彼女は他人を疑うことを知らなかった。ましてや心から愛する彼が彼女を裏切ることなど微塵も頭に浮かばなかった。

　しかし年が過ぎても帰って来ない彼に対して、彼女は遂に怒りを爆発させた。その手紙を受けた彼は仕方なく彼女をロンドンに呼び寄せた。ところが彼女がそこで見たものは、彼が若い女優と同棲している現場であった。この衝撃は余りにも大きく、衝動的に服毒自殺を図ったが運よく彼に見破られて事なきを得た。そこで彼はメアリの心の傷を癒すために、彼の仕事の代理人としてスウェーデンからノルウェーの旅に出るように勧めた。彼女も同じ理由でそれに同意した。こうして生まれた旅日記『北欧からの手紙』（120 頁参照）こそ、「わが心の歴史」を物語る彼女の最高傑作となった。中でも北欧の自然の中で反応した豊かな感受性と想像力の広がりは、ワーズワス (William Wordsworth, 1770–1850) とコールリッジ (Samuel Taylor Coleridge, 1772–1834) に代表されるロマン主義復興の先駆者としての天賦の才能を見事に示している。そして旅の最後に、商都ハンブルグで物欲にまみれた唯物主義を目の当たりにして、「社会の改善」には先ず「心の改善」(the improvement of heart) が必要であることを、イムレイの低俗な姿に重ね合わせて力説した点に特に注目したい。

　続く第 4 章は、彼女が北欧の旅から帰った後イムレイの再度の裏切り行為を目の当たりにして、さすがの彼女もそれには耐え切れず絶望の末にテム

ズ河に身を投げた。しかし今度も運よく通行人の目に留まり、一命を取り留めた。『女性の侮辱——マリア』（179 頁参照）は、それからおよそ 10 カ月後に書き始めた未完の大作である。従って、この世間を騒がせた行為の心の傷痕が、この作品にその強い影を残していることは言うまでもあるまい。そしてさらに、この作品はイムレイとの愛の歴史を赤裸々に描くことによって、自らの「愚かさ」を「弁じる」と同時に彼との関係を綺麗に清算し、女性として健全に自立の道を歩く決意とその姿を示すことにあった。

　それだけになお一層、38 歳の若さで予期せぬ死によって筆を折る悲運に見舞われたことは、極めて残念で悔やまれてならない。もし後 15 年元気に生きていれば、あの豊かな「感受性」と「想像力」、そしてあの溢れる情熱と活力、さらにあの豊富な「体験」と「省察」をもってすれば、ラドクリフやバーニを遥かに超える作品を書き残していたに違いない。そして彼女の一生の悲願であった「世の改善」に大きく貢献できたであろう。

　最後に、本書の巻末に参考文献と注を付けていない理由について説明しておきたい。メアリは作品を書く時の「原則」(principle) つまり基本姿勢として、自らの「体験」と「省察」に基づいていること、即ち人から聞いたり教えられたものでないことを繰り返し強調している。言い換えると、彼女の文章は全て心の中の告白であり、感情の発露に他ならなかった。前述のように彼女は「仮装」(disguise) や「偽装」(dissemblance) のような見せかけを最も嫌ったからである。以上の観点から筆者は彼女の作品や手紙の言葉の全てを信じて彼女の作家像を作り上げた。他の批評家や学者の意見を借りる必要がないと確信したからである。もちろん、彼女に関する伝記や作品の解説を一通り読んでいるので、独善の誹りを受ける不安を一掃した上での確信である。従って、本書の執筆過程で参考文献に目を移すことは一度もなく、全章を脇目も振らずに書き下ろした。以上の理由で本書には、参考文献も注も付ける必要がなかった。しかし引用文の後には必ず使用したテキストの頁を付記した。

　最後に、引用文に使用したテキストは全て、Oxford World's Classics の作品に統一した。即ち、第 1 章と第 4 章の引用文は、Mary Wollstonecraft:

Mary and *The Wrongs of Woman*、第 2 章は、*A Vindication of the Rights of Woman* and *A Vindication of the Rights of Men*, そして第 3 章は、*Letters written in Sweden, Norway, and Denmark* である。そして他に、彼女の書簡の多くは、Ralph M. Wardle, *Mary Wollstonecraft: A Critical Biography* (1951) から採用した。

第1章

『メアリ──小説』
──感受性と情熱の華

　人物名を小説の本題にした作品には必ず副題が付いている。例えば、メアリ・ウルストンクラフトと同世代の作家フランシス・バーニの最初の小説『エヴェリーナ』(*Evelina*) には、"*The History of a Young Lady's Entrance into the World*" と、副題に深い意味を持たせている。さて、本題の『メアリ』であるが、*Mary: A Fiction* と、副題に「小説」を付けた根拠は、主題だけでは作者本人の自叙伝か回顧録に取り違えられることを恐れて、敢えてこのような副題にしたものと思われる。しかしこの小説を熟読精査してみるとこのタイトルは実に見事に的中している。すなわち、筋書きは確かに架空の出来事だが、小説の核であるヒロインの思考と心情は作者メアリ自身の真剣かつ情熱的な声そのものであるからだ。先ず、小説の大筋を簡単に説明すると、作者メアリの分身であるヒロインは、父の命によって僅か 15 歳の少年と無理やり結婚させられる。と同時に、新郎は見聞を広めるために大陸へ旅立つ。その間ヒロインのメアリは親友アンの病気療養のためリスボンへ一緒に旅立つ。しかしアンはリスボンに着いて間もなく他界する。一方メアリは同じ療養所で知り合った青年ヘンリーと間もなく恋に陥る。小説の副題の "a fiction" はここから始まる。しかもそれはこの小説の核である女性本来の豊かな感受性 (sensibility) と情熱 (passion) の自然の発露である「愛」に発展する。しかし彼女はすでに結婚しているために想いを果たせないまま帰国する。一方、彼女を心から愛するヘンリーは病気を押して療養所を離れ、彼女の後を追って帰国する。こうして彼女と再会したときには病状がさらに悪化していた。しかし病状が悪化すればするほど二人の愛は高まり、そして遂に死の直前に結婚の儀式サクラメントを済ませ、天国で永遠に結ばれることを夢見ながら彼は息を引き取る。

　当時流行の小説のヒロインは例外なしに、人生の様々な試練を乗り越え
て、最後に最愛の男性とめでたく結婚するという筋書になっているのと比べ
て、小説『メアリ』はまさしく「常道」(a beaten track) を逸脱した結末であ
る。しかし個性豊かなメアリ・ウルストンクラフトの文学の本質はこのよう
な一般常識を超えた独創性にある。彼女はこの小説を書くに当たって、その
序文 (Advertisement) で次のように述べている。

　まず初めに本小説のヒロインは偉大な先輩小説家リチャードソン (Samuel
Richardson, 1689–1761) の『パメラ』(Pamela) や『クラリサ』(Clarissa) の
ヒロインを模倣したものではないことを強調した後、彼女の作品は「彼女自
身の魂から溢れ出た独自の世界」を描いていることを強調して、次のように
述べている。

> 　　Lost in a pleasing enthusiasm, they (the authors) live in the scenes they
> represent; and do not measure their steps in a beaten track, solicitous to
> gather expected flowers, and bind them in a wreath, according to the
> prescribed rules of art.

> 　　作家は楽しい情熱に我を忘れ、自分が描く場面の中で生きている。従っ
> て作家は、踏み固められた道（常道）をてくてく歩いて、期待通りの花を集
> め、それを規定された芸術の法則に従って束ねるような気遣いはしない。

そしてこのような芸術家を「選ばれた少数の人」(these chosen few) と呼び、
「彼らが歩く楽園は自分自身が創造したものでなければならない」(The
paradise they ramble in, must be of their own creating) ことを再度強調する。
そして最後に、この小説のヒロインに触れて、彼女の真の価値は精神の「崇
高さ」にあることを力説してこの序文を閉じている。

> 　　In an artless tale, without episodes, the mind of a woman, who has
> thinking powers is displayed. . . . Without arguing physically about
> possibilities—in a fiction, such a being may be allowed to exist; whose
> grandeur is derived from the operations of its own faculties, not subjugated
> to opinion; but drawn by the individual from the original source.

　エピソードが全くないこの無技巧な物語の中で、考える力を持った一人の女性の心情が鮮明に描かれている。……肉体的可能性に関する議論は抜きにして、小説の中ではこのような女性の存在は許されてしかるべきであろう。かかる女性の崇高さは、人の意見に準じたものではなく、独自の源泉から自分の手によって引き出された能力を精一杯働かせるところにある。

　社会の偏見や因習、そして使い古された一般常識、単なる見栄や分別、自由な発想を縛る規律や技巧、これら全てに反抗し、自由と解放を求めてやまないメアリ・ウルストンクラフトの真の姿は、この序文の中にすでにはっきり表れている。そしてここに彼女のロマン主義の先駆者としての真価がある。

第 1 節　伝記的背景

(1)

　メアリ・ウルストンクラフトは 1753 年 4 月 27 日、父ジョン (John) と母エリザベス (Elizabeth) の長女として生まれた。その数か月前に父は祖父の遺産 10000 ポンドを受け取ったので、家業（織物業）を継がずにその遺産で「田舎紳士」(country gentleman) として悠々自適の生活を選んだ。従って、父は勝手気ままな暴君 (tyrant) であり、母はもちろん（長男チャールズを除く）子供達の全てが忍従と我慢の日々を送らざるをえなかった。また、父の気ままな性格から住所を次々と変えて一か所に落ち着くことを知らなかった。しかしただ一度だけ、1768 年から 6 年間ヨークシャーのベヴァリ (Beverley) で家族一同が暮らした。その間メアリは地元の学校 (day-school) に通った。ここで彼女は初めてまともな教育を受け、人生を生き抜く基礎を身に着けた。実際、彼女の学校生活は充実したものだった。本来勤勉で努力家で、何よりも勝気な性格であったので成績はいつも優秀であった。しかし彼女を大きく育てたのはベヴァリの自然であった。彼女はこの自然がもたらした大きい影響について、彼女の著作の中で折に触れて強調している。例え

ば、彼女が最後に書いた未完の大作『女性の侮辱』(*The Wrongs of Woman: or, Maria*) の第7章で、抑圧された家庭内の生活とは対照的に周囲の自然がいかに活気づけ、地上の楽園であったかについて次のように語っている。

> My mother had an indolence of character, which prevented her from paying much attention to our education. But the healthy breeze of a neighbouring heath, on which we bounded at pleasure, volatilized the humours that improper food might have generated. And to enjoy open air and freedom, was paradise, after the unnatural restraint of our fire-side, where we were often obliged to sit three or four hours together, without daring to utter a word, when my father was out of humour, from want of employment, or of a variety of boisterous amusement. (p. 126)

> 私の母は怠惰な性格で、子供の教育にあまり注意を払わなかった。しかし家の近くの自由に遊びまわることができる荒野に吹く風は、不適切な食事が引き起こす暗い気分を明るく蘇らせてくれた。そして外の空気を自由に吸うことは、暖炉の不自由で抑圧された場所から解放されたとき、まさにそこは天国だった。父が仕事のないときや、バカ騒ぎをする楽しみがなくて不機嫌な時、私たちは3〜4時間じっと黙ったまま暖炉のそばに無理やり座らされていたからだ。

また小説『メアリ』の第2章では彼女がさらに成長してフランス語を学び、読書に我を忘れるようになると同時に思考する習慣が身に付き始めたころ、深い森の中に出かけて、そこに住む天使と語り合い、自分で作った詩に曲をつけて歌ったりした。また月夜の散策を楽しみ、宗教的な感動を覚えたことを次のように述べている。

> She would gaze on the moon, and ramble through the gloomy path, observing the various shapes the clouds assumed, and listen to the sea that was not far distant. The wandering spirits, which she imagined inhabited every part of nature, were her constant friends and confidants. She began to consider the Great First Cause, formed just notions of his attributes, and, in particular, dwelt on his wisdom and goodness. (p. 5)

> 彼女は月をじっと眺め、そして雲が形作る様々な姿を観察しながら深い小

道を散歩した。そしてさほど遠くない海の音に耳を傾けたものだった。その時、彼女が自然のあらゆる場所に宿っていると想像するさ迷う精霊たちは、彼女の友人であり、心の内を打ち明ける相手だった。彼女は偉大な造物主について考え、神の属性について正しい概念を引き出し、そしてとりわけ神の知恵と慈愛について深く考えた。

　彼女はこのように述べた後さらに次のように付け加えている。「もし彼女が父か、あるいは母を愛することができたならば、そして両親が彼女の愛情を受け入れてくれていたならば、彼女はこのように早くから新しい世界を求めなかったであろう」と、ここでも前記と同様に両親の彼女に対する愛情の無さと無関心さを訴えている。なお、上記の「新しい世界」(a new world) とは、想像や空想の世界を意味していたことは言うまでもあるまい。ウルストンクラフトの文学は正しくここに原点があったことを改めて強調しておきたい。
　さて、メアリが想像力と同時に最も重視した機能は「感受性」(sensibility) であった。彼女はこれを誰よりも早くから敏感に感じるようになった原因についても両親、特に父の情を欠いた横暴な振る舞いに起因していることを、いずれの小説においても強調している。その代表例は小説『メアリ』の第2章で非常に強い言葉で詳細に語っている。感受性はこの小説の主題であるばかりでなく、拙著の副題でもあるので詳しく説明しておきたい。
　先ず、彼女が感受性を両親から求めても得られないことを強調する言葉で始まる。母は長男チャールズを一方的に可愛がり、メアリには目もくれないので、憂鬱を晴らすために「悲しい物語」の読書に没頭した。一方、父が激昂すると飼い犬を拷問するのを見た彼女は、「動物にも魂がある」と心から同情した。そして家に雇われている子供の女中が病気になったのでメアリは優しく看病していたところ、父が彼女を解雇して親の許へ返してしまった。可哀そうにその女中は絶望のあまり自殺してしまった。その亡骸を見た彼女はその後、夢の中で何度もその姿を見た。父の非情は犬や女中だけではなく、母に対しても同様であった。病弱の母が日々悪くなっているにもかかわらず父はそれに気づかず、母の苦情に耳を貸すどころか、むしろそれに対して苦言を吐く始末だった。そして気に障ると病人に対して暴力をふるった。

それを見ていたメアリは父を遠ざけようとしたが、部屋から追い出されたので、扉の外で中の様子をいつまでも窺っていたと述べている。

このように父は弱い人や不幸な人に対して極めて冷淡であった。ある日、乞食が物乞いに来たとき何も与えられずに追い払われるのを見たメアリは、あまりにも気の毒に思ったので、朝食をとらずにそれを乞食に与えた。彼女はこの秘密を母に打ち明けたところ笑って取り合ってくれなかったので、その後母には何も話さなくなったと述べた後、次のように第2章を結んでいる。

> Her understanding was strong and clear, when not clouded by her feelings; but she was too much the creature of impulse, and the slave of compassion.
> (p. 7)
> 彼女の理解力は、感情によって曇らされない限りは強くて鮮明であった。しかし彼女はあまりにも衝動の生き物で、かつ同情の奴隷でありすぎた。

この最後の一行は作家メアリ・ウルストンクラフトの性格そのものを見事に分析して見せた表現であり、それ以後の彼女の感受性の解釈に不可欠な言葉として我々の胸にしっかり植え付けておく必要がある。そしてこのような彼女の衝動と同情が彼女の大胆とも言える行動を起こす原動力となったことも、彼女の伝記を解釈する上で貴重な言葉と言えよう。

さて、メアリは以上のように彼女の少女時代をベヴァリで過ごした後、1774年末に家族はロンドン郊外のホックストン (Hoxton) に住居を移した。ここで彼女は牧師職を引退したクレア (Clare) 夫妻と親しくなり、そこで彼らを通して、メアリの人生に大きな影響を与えたファニー・ブラッド (Fanny Blood) と仲良くなった。本小説の前半に登場するアン (Ann) こそ正しく彼女の分身に他ならなかった。彼女との出会いは、メアリがクレア夫妻とロンドン南部へ旅行に出かけたとき、ニューイングトン・バッツ (Newington Butts) に住むブラッド一家を訪ねた時だった。ファニーはメアリより2歳年上であったが、一家の柱的存在で、単に家計を支えるだけでなく、教養も趣味も非常に高く、メアリはたちまち魅了されてしまった。実際、彼女は自分が描いた絵を売って一家の生活を支えているほどであった。従って、家庭環

境の点からもメアリと共通する点が多く、心から尊敬する親友となった。しかし住居はロンドンの北と南と大きく離れていたので、互いに会うことはほとんどなく、二人の関係は手紙の交換によって続けられた。ファニーは文章が実にきれいで、メアリは彼女から学ぶところが極めて多かった。彼女がのちに文筆家として生計を立てる基礎は、この手紙の交換によって作られたと言って過言ではない。また彼女はいつか自立して生活したいという希望を抱くようになったのも、ファニーの影響が少なくなかった。

　一方、メアリの父の事業は相変わらず失敗の連続であった。そして1776年4月に1年近く暮らしたホックストンを離れ、ウェールズのカルマーセン州のローファーン (Laugharne) に農地を購入して最後の望みをかけた。しかし結局そこでの仕事もうまくいかず、わずか1年で1777年4月に再びロンドン郊外のウォールワス (Walworth) に移った。このようにウェールズの生活は僅か1年で終わったが、メアリにとって周囲の自然の景色はベヴァリのそれに劣らず心の解放の場であり、生きる喜びを感じ、未来に想いを馳せる場であった。この貴重な体験について、メアリは小説『メアリ』の第4章で詳しく述べている（引用文は30頁参照）。

(2)

　さて、1777年4月に家族と共に三度ロンドンに戻ったが、新しい住所はブラッド一家の住むニューイングトンからさほど遠くなく、メアリにとってファニーと交際を再開するのに極めて都合の良い位置にあった。こうしてメアリはかねてから心に決めていた自活の機会を待った。そしておよそ一年が過ぎたころ（1778年春）、バースに住む裕福な商人の寡婦ドーソン夫人 (Mrs. Dawson) のコンパニオンの仕事が舞い込んだ。これには両親が猛反対をしたが、メアリの決心は揺るがなかった。ドーソン夫人は教養も高く、人生の経験も豊富であったので、メアリは彼女から学ぶところが少なくなかった。バースは当時英国で最も華やかな社交の中心都市であり、上流階級の

人々や知名人の集まる場所であった。メアリは初めて見るこの刺激的な世界
から多くのことを吸収し、のちの作家生活に利するところもまた少なくなか
った。しかし本質的には馴染まず、時間を見つけて自室で読書と思索を楽し
んだ。そして夏になるとドーソン夫人の付き人としてサザンプトンからウイ
ンザーへ旅を続け、さらに見聞を広めた。しかしこのような日々の生活の中
でも我が家のことを決して忘れていなかったが、残された家族は彼女を誤解
して、冷淡で皮肉に満ちた手紙を送ってきた。

　こうしておよそ 2 年が過ぎ、1781 年の秋、母の病気悪化の報せが突然届
いた。家族はやはりメアリの存在を誰よりも頼りにしていたのである。従っ
て、メアリはその報せを受けて直ちにドーソン夫人と別れて、両親の許へ戻
った。当時家族はまたもや住所を変えてロンドン北部のエンフィールド
(Enfield) に住んでいた。死を覚悟した母は、以前のようなメアリに対する
冷たい態度とは打って変わって、過去の罪を償うかのように優しく彼女にす
べてを委ね、彼女の看病を受けながら翌 1782 年 4 月に息を引き取った。母
が死の直前にメアリに話した言葉について、小説『メアリ』の第 5 章と未
完の大作『女性の侮辱——マリア』の第 8 章で触れているが、そのいずれ
の言葉も過去の冷たい態度に対する謝罪と愛の告白であった（原文の引用は
次節 32 頁参照）。そして死に際に、妹たちの母親代わりになってほしいと
真剣に頼まれたことを付け加えている。

　一方、父は母の病気はいつものことと全く意に介さないだけでなく、その
間の女中の誘惑を口実に、彼女と肉体関係を持った。そして父が破産直前に
もかかわらず彼女に金品を贈り、そして彼女は気取って社交界に出入りして
いた。そして母が死んだ後、彼女は一家の主婦に収まり権力をふるうように
なった。そのうちに彼女にも子供ができると、父はすっかり彼女の虜にな
り、彼女の自由気ままを許してしまった。そしてやがて「一家の低俗な独裁
者」(the vulgar despot of the family) になったので、メアリは遂に我慢がで
きなくなり、最終かつ決定的に家を飛び出して自立の道を選んだ。そして彼
女の選んだ行き先はファニー・ブラッドの家だった。彼女はこの時 22 歳に
なっていた。

(3)

　ブラッド一家はメアリを快く迎え入れ、家族同然の生活が始まった。しかし彼らは極度の貧困であり、前にも述べたように病弱のファニーが一人で一家を支えている状態であった。従って、その年のクリスマスを乗り切るために、メアリは結婚して間もない妹エリザベスの夫から 20 ポンドの借金をせざるを得なかった。そして彼女自身もそこで居候している訳にもいかなかったので、真剣に働き口を探し求めた。そして到達した結論はファニーと一緒に学校を開くことであった。しかしそれが実現するまでの道のりは長く、一年以上待たざるをえなかった。だがその直前の 1784 年 1 月、メアリに重大な決断を迫る事件が起きた。それは彼女の一生の中で彼女の性格を正しく象徴するような出来事であった。

　それは彼女の妹エリザベスが夫のビショップ (Bishop) 氏と仲が悪くなり、とりわけ出産後うつ病が収まらず、ついに極限に達したので、メアリはビショップ氏と直接会って離婚の相談を持ちかけたが、全くらちがあかなかった。そこでファニーと相談した末、エリザベスを夫の許から強引に引き離す以外に道がないことに決まった。そして遂に、年が明けて 1784 年 1 月のある日ビショップ氏の留守の間を狙って、赤ん坊を置き去りにしたまま妹を連れ出した。これは全く常識では考えられない無謀な行為である。メアリはもちろんそれを理解したうえで決行したのだった。彼女は社会の常識や掟に従うより、一人の生命と幸せを選択したのだった。「常道」や「一般常識」(general rule) を外れても、自分が正しいと信じる道を選んだのである。我々はここに作家メアリの真の姿、言い換えると彼女の情熱（愛情）の純一さを読み取ることができる。しかし彼女はこの行動の間、追っ手に捕まることを何よりも恐れていた。途中で行き交う馬車を見るごとに肝を冷やした。この時の緊張感は生涯忘れることができなかったらしく、それから 12 年後に書き始めた大作『女性の侮辱──マリア』の中で、同様の場面が二度出てくる（詳しくは第 4 章参照）。

　さて、この事件が解決してから暫くして、メアリが以前から計画していた

学校を開くときが遂に訪れた。これが後に彼女の作家生活に大いに役立つことになる。1784年1月ロンドン南部のニューイングトン・グリーンに大きな家を一軒借り、そこに20名の通いの生徒 (day-pupils) と6人の寄宿生を集めて学校を開いた。予想外の成功であった。教科は、three R's つまり「読み、書き、算術」(reading, writing, arithmetic) の他に、音楽、図画、フランス語であった。何事においても真剣で手を抜かないメアリは教師としての資格を十分に果すため、自らも勉強に精を出し、そのための知識の習得に努めた。そこにはもちろんファニーと妹のエリザベスが加わり、三女のエヴェリーナも兄の家から引き取られて、彼女たちに加わった。メアリは妹の自立の手助けをしたのである。

　メアリはニューイングトンで学校を開いた利点はこれだけではなかった。彼女が後に作家として大成する下地を作ったのもこの地であった。その最大の動機は、彼女が住む家の近くにユニテリアンの教会があり、そこに著名な自由思想家のリチャード・プライス牧師 (Revd. Richard Price, 1723–91) が毎日午後の説教に立ち、メアリがそれを聴講したことにあった。彼はアメリカ独立運動やフランス革命を支援し、エドマンド・バーク (Edmund Burke, 1729–97) の論敵であった。メアリは彼の講義を熱心に聴いただけでなく、個人的にも親しく付き合うようになり、彼から多くのことを学んだ。彼女の名を読書界に知らしめた最初の作品『人間の権利』(*The Rights of Men*, 1790) の思想的基盤はこの間に出来上がったと言って過言ではない。そればかりか、この教会に集まる人々は男女を問わず自由な思想の持ち主であり、男女の区別にこだわることがなかった。彼女の持論である女性の解放と自立に大きい自信を得たのはこの間であった。またジョンソン博士 (Samuel Johnson, 1709–84) と知己を得たのもこの間であったことを付け加えておく。

　以上は、メアリがニューイングトン在住の間に得た思想的成長の跡であるが、これとは全く異なった彼女の感受性に深く関わる人間関係、すなわち恋愛の面において一つの大きい転機を迎えた。そしてこれが3年後に書いた最初の小説『メアリ』に微妙な影を残すことになる。

(4)

　メアリは当時ある特定の男性と恋愛関係に入ったという具体的な証拠は殆どなく、詳細は不明だが、プライス牧師の講義の聴講者の中に、ケンブリッジの神学生ジョシュア・ウォータハウス (Joshua Waterhouse) という青年がいた。彼は神学生に似合わず粋なダンディで、社交界では当然ギャラント (gallant) ぶりを大いに発揮していた。メアリは彼と会っていろいろと話しているうちに彼の魅力に屈して惚れこんでしまった。それは彼女の主義に反する「利己的」(selfish) な感情ないしは衝動の結果であることを自覚していたが、その衝動を抑えることができなかった。一度情熱を傾けると一途になる彼女本来の性格から見て、それは何も不思議なことではなかった。一方、ウォータハウスは愛そうよく話しかけ、親しそうに付き合ってはいるものの、本心ではさほど強く心を惹かれていなかった。もちろんこの間に二人の間に何度か手紙の交換があった。そして彼女は自分の感情を率直に伝えていたものと思われる。しかし夏休みも終わって、彼がケンブリッジに戻ると、彼女の存在は彼の胸中から急速に消えていった。要するに、彼女は失恋したのである。だが彼女の心に彼の面影はいつまでも残り、決して消えることがなかった。彼女がファニーの弟 (George Blood) に宛てた手紙の中で語った次の言葉は彼女の心境を正直に伝えている。

> . . . without some one to love, this world is a desert to me. Perhaps tenderness weakens the mind, and is not for a state of trial. (*Wardle*, p. 41)
>
> 愛する人がいないと、この世は私にとって正に砂漠です。恐らく心が優しくなると、厳しい試練に適さなくなる。

　厳しい試練に立ち向かうことは彼女の信条であったことを考えると、恋はそれと矛盾する行為であり、この問題で苦しんだに違いない。この感情は小説『メアリ』にもはっきり表れている。そしてこれがこの小説の隠れた見どころでもある。

　上述のようにメアリはウォータハウスに情熱を燃やしていたころ、親友の

ファニーは想いを寄せる男性スキーズ (Hugh Skeys) から求婚される時を待っていたが、一向にその気配すら見せないのをひどく気にしていた。それが彼女の病状をさらに悪化させているとメアリが判断した。そこで彼女は、当時仕事でリスボンに住んでいたその男性に働きかけて見事に二人を結婚へと導いた。肺結核のファニーにとって暖かいリスボンは最適の療養地であるので、一日でも早く彼と結婚することを勧めた。メアリはこのように自らに義務を課せることによって、ファニーの友情に報いると同時にウォータハウスとの失恋の苦しみを暫く忘れることができた。

　一方、ファニーは無事リスボンでスキーズ氏と結婚してから凡そ9か月後に出産の時期を迎えた。メアリは病弱の親友の出産を助けるため急遽リスボンに向かうことを決意した。もちろん家族はそれに猛反対したが彼女の意志が強かった。しかしただ一人プライス牧師だけが賛成して、ポルトガルまでの旅費をバラ婦人 (Mrs. Burgh) を通して用意してくれた。

(5)

　1785年11月、メアリはロンドンの港を出て、13日の航海の末、目的地に着いた。そして早速ファニーの家に向かった。彼女はすでに産褥に就いていた。そして4時間後男児を出産した。しかし彼女はひどく弱っており、回復はほぼ絶望的だった。だが一時は彼女の表情が穏やかになり、希望を持たせたが、メアリの腕に抱かれながら息を引き取った。同時に嬰児も死んだ。メアリはそのまま2週間ほどリスボンに留まり、町の様子や人々の生活、そして建造物（特に教会）などを見て回った後、帰国の途に就いた。往路も海が荒れたが、帰路はさらに激しかった。この間の彼女の行動について、メアリは小説『メアリ』の中で詳細に描写しているので、次節で改めて論じることにする。

　こうして約一か月半ぶりにニューイングトンに戻ると、彼女が経営する学校は破産寸前の状態の上に、彼女を何よりも苦しめたのは多額の借金であっ

た。二人の妹は自活する力がなく、その上ブラッド一家の面倒を見なくては
ならず、メアリの苦悩は頂点に達した。この間彼女の心を支えたのは、自ら
殉教者の道を選んだ、という自己憐憫に似た自負と自己犠牲の喜びであった。

　そして 1786 年に入って数か月が過ぎたころ、彼女の友人 (John Hewlett)
の紹介でロンドンの有名な出版業者ジョゼフ・ジョンソン (Joseph Johnson)
と知り合った。そして彼の好意によって初めて本を出版する機会に恵まれ
た。こうして産まれたのは『女子教育雑感』(*Thoughts on the Education of
Daughters*) であった。彼女はこれによって 10 ポンドを予め手にしたので、
この金でブラッド夫妻を、ダブリンに住む息子ジョージの許へ送り届けるこ
とができた。彼女は学校経営によって学んだ児童教育に関する知識とその体
験をそのまま文章に表すことにして、早速執筆にとりかかった。そして 5
月末には早くもその原稿が出来上がっていた。

　さて、上述のようにメアリはリスボンから帰国して凡そ 3 か月後の 5 月
末（1786 年）、2 年 3 か月続いた学校を閉鎖して、自分は小さな家に移った。
そして数名の生徒を教えながら、新たな生活の道を模索していたところへ、
貴族の子女の家庭教師 (governess) の仕事の報せが届いた。それは彼女の友
人のプライア夫人（Mrs. Prior, イートン校の教師の妻）の紹介で、アイル
ランドのコーク州 (County Cork) 北端の町ミチェルズタウン (Mitchelstown)
に居城を構えるキングズバラ子爵 (Viscount Kingsborough) の子女の家庭教
師の職で、年俸 40 ポンドと少ない額ではなかった。彼女はそれまで一貫し
て家庭教師の職に対して否定的な考えを持っていたが、プライア夫人の強力
な推薦によってこれを引き受けることにした（1786 年 8 月）。だが彼女はそ
の返事をする前から心の中ですでに決めていたらしく、貴族の家庭教師の必
須の条件であるフランス語の堪能に応えるためその勉強に打ち込んでいた。
何せ、80～90 ポンドの借金を抱えていたからである。その頃ダブリン在住
のファニーの弟ジョージに送った手紙の中で、家庭教師の職を選んだ動機に
ついて、「借金を返すために働かねばならないという義務感から、私はこれ
について真剣に考えざるを得なかった。断ることは何時でもできる」と、強
気の弁明をしている。

　こうして彼女は8月25日にその仕事を引き受ける返事をプライア夫人に送った。そしてイートンの彼女の家でキングズバラ嬢と落ち合って、アイルランドへ向かうことになった。そしていろいろと旅の準備に多忙な日々を送った後、9月に入ってからイートンに赴いた。しかしキングズバラ嬢は一向に姿を見せないので、その間イートンの学校やその教科の内容、さらに学生の生活態度などを直に見た。その体験は後に『女性の権利』や『女性の侮辱——マリア』の中に採り入れられている。例えば、ギリシャ・ラテンの古典語の勉強ばかりに力を入れて、自然科学を軽視している点を鋭く突いている。そして学校の教師も男女を問わず服装と作法に力を注ぎ、機知に富んだ言葉や駄洒落を競い合っている。このような表面的な飾りについて、小説『メアリ』の中でも、リスボンに住む英国貴族の社交場での振る舞いに見事に反映させている。

　メアリはこのようにして1か月余りをイートンで過ごしたが、10月半ばにキングズバラ嬢からイートンに立ち寄れないという連絡が届いたので、一人でアイルランドに向かった。彼女は途中ダブリンのブラッドの家で2〜3日過ごした後、10月末近くに目的のキングズタウン (Kingstown) のキングズバラ城に着いた。そこはコーク州の風光明媚な位置にあり、ダブリンから南西に170マイル離れた所であった。メアリはイートンから少なくとも1週間以上かけてやって来たのである。

(6)

　メアリはキングズバラの居城の巨大な門に入った時の印象を、「バスティーユ（牢獄）に入るとき恐らくこのように感じるだろう」と述べている。彼女の孤独の不安を表す言葉である。しかし彼女の部屋の窓から見る景色は抜群であった。広大な谷の向こうにゴールティ山脈 (the Galties) が連なり、その主峰 (Galty) は地図によると3,083フィートで、彼女の言葉によると山頂は常に雲に隠れていた。正に雄大な景色であった。彼女は小説『メアリ』第

4章の冒頭で次のように描写している。

> Near to her father's house was a range of mountains; some of them were, literally speaking, cloud-capt, for on them clouds continually rested, and gave grandeur to the prospect; and down many of their sides the little bubbling cascades ran till they swelled a beautiful river. Through the straggling trees and bushes the wind whistled, and on them the birds sung, particularly the robins; . . . (p. 9)

父の家の近くに山脈があり、山のいくつかは、文学的な言い方をすると雲を冠していた。何故なら、これらの山の上には何時も雲がかかっており、雄大な景色を呈していたからだ。そしてこれらの山腹の方々に小さな泡立つ滝が流れ落ちて一本の川へと広がっていた。点在する木々や低木の間を風がヒューと音を立てて通り抜け、そして木々の上で小鳥、とりわけコマドリの鳴き声が聞こえた。

　メアリは慣れないアイルランド奥地の広い館の生活に気分が滅入った時など、城を抜け出してこの雄大な自然の中を散策した。そして「気分の良いときは、光と影が織りなす様々な自然の配置、そして太陽の光が遠くの山々に投げかける美しい景色に感動した。その時彼女は生きる喜びに浸り、遠い未来に想いを馳せた」と述べている。

　この広大な土地の領主であるキングズバラ子爵は領民のことをいつも気に掛ける立派な紳士であった。城には多くの使用人がいたが、メアリは彼らより一段上の家庭教師として迎えられた。従って、比較的自由な時間も多く、また立派な図書室もあったので読書に事欠かず、静かに瞑想する時間も十分あった。しかしメアリはこの立派な城主について、小説『メアリ』の中では一言も触れていない。それに反して、妻の子爵夫人については メアリの著書の中で機会あるごとに言及している。中でもとりわけ『メアリ』の冒頭の一章で、一家の主婦として、特に母としての欠点を厳しく批判している。そしてこのような欠点は、メアリの母を含めて上流階級の婦人に共通する不徳の典型であることを力説している（詳しくは次節26頁参照）。

　さて、メアリはこのような生活をキングズバラの城で4か月近く続けた

後、1787年2月末にダブリンの邸宅へ移ることになった。彼女と3人の娘は先にそこへ赴いた。そしてそこでさらに数か月過ごすことになった。ダブリンの邸宅にはさらに多くの図書があったので、大いに読書を楽しんだ。また劇場やコンサートに幾度となく連れていかれ、多くのパーティにも参加した。また仮面パーティで彼女はフランス人の通訳を買って出ることもあった。つまり、家庭教師という使用人の身分をはるかに超えた優遇を受けたのである。客の一人から彼女はもっと高い地位に就いて然るべきだと高く評価されることもあった。そして何よりも彼女を喜ばせたのは、幼い娘たちが彼女に心から懐いて、母以上に信頼を寄せたことであった。中でも長女のマーガレットの親愛ぶりは絶対的であった。このようなメアリに対してキングズバラ夫人は内心快く思っていなかった。メアリに対して恐れを抱くと同時にひそかに嫉妬さえ感じているほどであった。

メアリはこのような充実した日々の中にあって、彼女の異常なほどの感受性の強さから健康を害したので、キングズバラ一家と親しくしている医師オーグル (Ogle) に診察してもらった。彼の診断はメアリが予想していた通り「慢性的神経熱」(constant nervous fever) に過ぎず、薬では治らない彼女特有の神経症であった。元来、内観や自己分析に耽る性質のメアリはこの医者の診断を受けて、自分の病気の分析に新たな興味を覚えた。そしてこれを妹や親しい人に手紙の中でいかにも楽しそうに話して見せた。その文面や話しぶりは自らそれに酔っているようにさえ見える。彼女自身もそれを自覚していたと見えて、妹エヴェリーナに次のような手紙を送っている。

"That vivacity which increases with age is not far from madness," says Rochefoucault. I then am mad—deprived of the only comforts I can relish, I give way to whim. And yet when the most sprightly sallies burst from me, the tear frequently trembles in my eye, and the long drawn sigh eases my full heart—so my eyes roll in the wild way you have *seen* them. . . . You know not, my dear Girl, of what materials this strange inconsistent heart of mine is formed, and how alive it is to tenderness and misery.

(*Wardle*, p. 69)

「年と共に増大するあの活気は狂気とさほど変わらない」とロッシュフー
コーが言った。すると私は狂人だ。私が味わえる唯一の楽しみを奪われる
と、私は酔狂に頼ってしまう。しかしそれが極めて陽気にほとばしり出る
とき、しばしば涙が私の目に溢れる。そして深い溜息が私の胸のつかえを
楽にしてくれる。そのようなとき私の目がらんらんと狂暴に輝くのを、あ
なたは見たことがあるでしょう。……この不思議な矛盾した私の心はどう
いう素材でできているのか、そしてそれが優しさ（愛情）と悲惨（失望）に
対してどのように敏感になるのか、あなたはとても想像できないでしょう。

　メアリはこれと同じ趣旨の話をオーグル医師にもした。彼は自分の詩集を
出版するほどの感受性豊かな男性であったので、彼女の話に強い興味を示
し、「君の酔狂に私は大いに興味を覚える」('Tis these whims render me
interesting) と共感を示した。こうして二人は互いに意気投合して親しくな
り、彼女は矛盾した心の内を包み隠さず話すようになった。つまりメアリは
妹エヴェリーナに手紙で語ったようにオーグル医師にも話し、胸の内を明か
すことに一種の多幸感を覚えたのである。彼女は小説を書くことがこれに似
た一種のカタルシスであったに違いない。彼女はダブリンに居た頃に小説
『メアリ』を書き始め、6〜7月にバースからブリストルに滞在する間に書き
上げた。その間彼女はエヴェリーナに手紙で述べたように、「狂気」に近い
「漲る活気」の中でこの小説を書き進めたに違いない。
　さて、メアリは夏の前半をバースからブリストルでキングズバラ一家と一
緒に過ごした後、大陸旅行に向かう準備のためロンドンにしばらく滞在する
ことになった。メアリはその期間を利用して妹たちと会うためキングズバラ
一家としばし別れることになった。ところが、メアリを誰よりも愛していた
長女のマーガレットは、たとえ数日であってもメアリと別れて過ごすことを
嫌がった。これを見たキングズバラ夫人は、以前からメアリに対して多少の
嫉妬と恐れを感じていたために怒りが絶頂に達して、彼女を突然解雇してし
まった。しかしこれはメアリにとって、彼女が新たな自立の道を歩む絶好の
転機となった。作家として歩む決断ができたからである。

第2節 『メアリ——小説』(*Mary, a Fiction*)

　本小説は僅か68頁の短い作品であるが、31章に区分けされている。従って、最も長い章でも精々5頁程度である。これは恐らく各頁を一日か二日で一気に書き上げたためであろう。それだけに各章は纏まっており、「序文」で述べているようにエピソードは一切無く、余分な枝葉も完全に取り払われている。しかし全体の構成は前半と後半が明確に色分けされている。即ち、前半の15章は、ヒロインの相手役が親友ファニーの分身アンが中心であるのに対して、後半はリスボンのサナトリウムで出会った病身のヘンリーがアンの死後メアリの恋人として主役を演じている。さらに、前半は作者メアリが実際に体験した事実に基づいて物語が構成されているのに対して、後半は作者の想像力が創り上げた感傷の世界である。しかし小説の価値と見どころは後半にあることは言うまでもない。以上の観点から便宜上、前編と後編に分けて論じることにした。

前編

(1)

　第1章は小説のヒロインであるメアリの母の紹介で始まる。母の名も作者メアリの実母と同じエリザベス (Elizabeth) である。しかし二人の類似点は最初の数行で終わり、残りの全頁は、作者がアイルランドのキングズバラ子爵の家で家庭教師をしていた子女の母キングズバラ夫人の描写で満たされている。先ず、冒頭の数行を引用しよう。

　　Mary, the heroine of this fiction, was the daughter of Edward, who married Eliza, a gentle, fashionable girl, with a kind of indolence in her temper, which might be termed negative good-nature: her virtues, indeed, were all of that stamp. She carefully attended to the *shews* of things, and her opinions, I should have said prejudices, were such as the generality approved of. (p. 1)

　この小説のヒロイン、メアリはエリザと結婚したエドワードの娘である。母エリザは「消極的な良い性質」と呼ばれる一種の怠惰な性質の、おとなしい上流社会の娘であった。彼女の美徳は、実際その程度のものばかりであった。彼女は外見を飾ることにもっぱら気を配り、そして彼女の意見（偏見と言うべきだろう）は、広く世間に認められているものばかりであった。

　これはヒロインの母だけでなく、作者メアリの母を含めた当時の中産階級以上の女性の姿と理解してよかろう。小説『メアリ』はこのような作者メアリの痛烈な皮肉を含めた評言で始まった後、その具体例についてさらにヒロインの母の行動を例に挙げて説明している。そして最後に、作者メアリが家庭教師を務めたキングズバラ子爵夫人の、母として妻としての務めを全く果たさない日常生活を痛烈に暴いて見せている。その注目すべき描写を紹介しよう。

　先ず、ヒロインの母エリザベスの夫エドワード（Edward, 作者メアリの父と同じ名）と結婚するに至った動機について、次のように説明している。彼女は舞踏会で知り合った士官と結婚したかったのだが、父から「もっと地位の高い男性」を勧められるまま、「まるで義務で縛られているかのように」結婚した。そして結婚した後はロンドンで生活している間、二人は「当世風に」(in the usual fashionable style) 別れて暮らし、そして残りの半年間を田舎で暮らすことになる。だがその時も夫は終日狩猟に打ち興じ、そこで見つけた田舎の若い娘たちの後を追いまわしていた。自分の妻は化粧をとると青白い顔の「無」に等しい存在であったからだ。親の利己的な目的で、愛を伴わない結婚をする上流階級の娘たちは、概してこのような運命をたどる。従ってこのような有閑マダムは朝から長時間、化粧と身繕いに費やし、そして読書と言えば、当時流行りのラヴ・ロマンスばかり読んでいる。そして自分も小説のヒロインと同じ気分になって酔い痴れている。

　以上は、当時の中産階級以上の女性が結婚した後の一般的姿を、メアリ特有

の誇張法で批判した言葉であるが、最後にキングズバラ夫人の主婦としての務めを果たさない怠惰な生活の典型例として、次のような実例を挙げている。

> She had besides another resource, two most beautiful dogs, who shared her bed, and reclined on the cushions near her all the day. These she watched with the most assiduous care, and bestowed on them the warmest caresses. This fondness for animals was not that kind of *attendrissement* which makes a person take pleasure in providing for the subsistence and comfort of a living creature; but it proceeded from vanity, it gave her an opportunity of lisping out the prettiest French expressions of ecstatic fondness, in accents that had never been attuned by tenderness. (p. 3)

　彼女はもう一つ別の気晴らし、すなわち 2 匹の犬がいた。犬どもは彼女と同じベッドを共有し、そして日がな一日彼女の側のクッションにもたれていた。彼女はこれらの犬を最高に注意深く見守り、最高に優しく愛撫していた。このような動物に対する溺愛は、生き物に食べ物を与えて優しくすることに喜びを感じさせてくれるあの「憐憫の情」ではなく、虚栄心から出たものだった。つまり、それは無我夢中の愛情を表すこの最も美しいフランス語を、優しさが全く伴わない抑揚でしゃべる機会が得られるからであった。

　当時、上流階級の婦人は出産しても直接自らの手で母乳を与えず、ナースに全てを任せてしまうのは普通であった。作者メアリは一貫してこれに反対し、自分が子供を産んだとき自らの手で子供を育てた。しかしキングズバラ夫人は育児だけにとどまらず、子供の教育から躾に至るまで一切合切すべてを使用人に任せきりで、自分は化粧と社交以外は二匹の犬しか可愛がらなかった。メアリはこの子爵夫人の生活態度には余程我慢がならなかったらしく、後に『女性の権利』を初めとして『女性の侮辱──マリア』の中でもほぼ同じ表現で皮肉っている。またフランス語を社交界はもちろん、日常会話の中でも使用するシーンは、フランシス・バーニの小説『エヴェリーナ』はもちろん、『セシリア』(*Cecilia*, 1782) の中でも頻繁に用いられている。フランス語の得意なメアリには鼻に付いて仕方がなかったに違いない。

　第 1 章の最後の一節はさらなる皮肉で締め括っている。即ち、この種の有閑マダムは上辺が世間の評判を恐れて貞操を装っているが、欲求不満を解消する手段として当時流行の「感情小説」(sentimental novel) に没頭して、自らも小説のヒロインと一緒にそこに登場する若い騎士と浮気をして楽しんでいる様を痛烈に風刺している。と同時にこの種の小説に対する不満を呈している。

(2)

　前述のように、第 2〜12 章はメアリの伝記的事実に基づいて書かれている。とりわけ第 2〜4 章は伝記そのものであり、第 1 節で論じた伝記的背景と内容がほとんど変わらない。そして第 5 章から第 12 章までは、メアリとファニーの分身であるアンとの友情の歴史が主題になっている。筋書は事実と多少異なるが、主要な部分は彼女自身の体験に基づいて描かれている。例えば、嵐の中の航海は体験者でなければ書けない生々しい描写である。以上の観点から、本節では前節の伝記的背景と重なる部分は極力避けて、小説の主題に関わる記述に焦点を当てて論じることにする。

　先ず第 2 章は、普通一般の自伝的小説と同様に、家族の紹介から始まる。両親が結婚して間もなく最初に男児が生まれ、1 年後に小説のヒロイン、メアリが生まれた。その後数人が生まれたが何れも嬰児のうちに死んだ、と一言で済ませた後、第 1 章に続いて改めて母の紹介が始まる。

　メアリの母は陣痛の苦しみを経験して出産したのだから子供に対して多少の愛情を感じていたのだろうが、子供はすべて「乳母に任せて、自分は犬と戯れていた。」そして自分で授乳しなかったので、乳熱 (milk-fever) に苦しみ、その上運動不足のために体が非常に弱くなっていた、と述べる。そして子供の教育は全く無関心であったが、ただ長男だけは溺愛していた。日中は殆どソファに横たわっているか、カード遊びに興じていた。そして長女のメアリには特に冷たい態度をとったので、彼女はいつも一人で庭を散歩したり、読書に時間の大半を費やした。そして早くからフランス語を学んでいた

ので、英仏の図書を手あたり次第読みまくった。そのような次第で、彼女は幼少の頃から「物事を一人で考え、目に付くものは全て真剣に調べるようになった。そして静かな自然の中で瞑想に耽る習慣が身に付いていた」(大意)と、作者メアリの体験をそのまま小説のヒロインに当てはめている。

　以上のように小説の展開とは殆ど関係のない作者メアリ特有の自己分析で最初の一頁を満たした後、父エドワードの勝手気ままな独裁者 (tyrant) ぶりを、第2章後半の2頁を費やして暴いている。これについては第1節の伝記的背景の中で十分説明したので、それを読み返していただきたい (10〜11頁参照)。しかし最後の2行—— "Her understanding was strong and clear, when not clouded by her feelings; but she was too much the creature of impulse, and the slave of compassion." (訳は12頁参照) ——は、作者自身の実に見事な自己分析であることを重ねて強調しておきたい。

(3)

　第2章は作者メアリが15歳までベヴァリに住んでいた当時の不幸な家庭環境の中で目覚めた感受性の成長の跡を、小説のヒロインにそのまま採り入れた。続く第3章は、その翌年メアリ一家がロンドンに住まいを移し、そこで始まったファニー・ブラッドとの友情について、登場人物の名をアン (Ann) に変えてそのまま論じている。

　アンの母はファニーの母と違って未亡人で、5人の子供をかかえて生活に困窮していた。そして病身のアンが自分の描いた絵を売るなどして一家を支えていた。アンはファニーと同様に、高い教養に加えて趣味も豊かで、メアリは彼女を心から尊敬していた。それだけになお一層彼女が生活に困窮する姿を見るに堪えなかった。彼女はメアリより2歳年上で、ここに住む以前に遠い親戚の牧師の許で教育を受けた。そのとき近所に住む裕福な息子と恋に陥った。しかし牧師が死んだ後、メアリは母の許へ帰ることになったがこの青年のことが忘れられず、彼の優しい手紙を待った。しかし彼は彼女のこ

とを早々と忘れてしまった。そしてこれが彼女の病気の原因の一つとなった
ことは確かな事実であった。このような理由で、メアリがはしゃいでいる時
でも彼女は殆ど縁のない顔つきをしていた。最初メアリはこれを彼女の冷た
い態度と解釈して内心腹を立てた。だがよくよく考えてみると、彼女の不幸
が原因であることに気づき、以前に増して彼女に優しく接するようになっ
た、と次のようにこの一章を結んでいる。

> . . . and then all her tenderness would return like a torrent, and bear away
> all reflection. In this manner was her sensibility called forth, and exercised,
> by her mother's illness, her friend's misfortunes, and her own unsettled
> mind. (p. 9)

そこで彼女の優しい感情が一気に激流のごとく戻ってきた。そしてこれま
での思案をすべて取り去った。このようにして彼女の感受性は、母の病気
によって、そして友達の不幸によって、さらに自らの不安定な精神状態に
よって、呼び戻され、そして活動したのだった。

(4)

　第 4 章は、17 歳になったメアリは父の仕事でロンドンを離れてウェール
ズのローファーン (Laugharne) に移ることになり、親友のファニーと別れざ
るを得なくなった。しかしその後も二人の間で手紙の交換が繰り返されて友
情の糸が切れることはなかった。だが彼女はウェールズに移った後の家庭環
境は相変わらず劣悪であった。しかし周囲の自然の景色はベヴァリに住んで
いた時と同様に彼女の心を癒してくれた。そして自然と一つに交わることに
よって、彼女の感受性は一層豊かになると同時に想像力がさらに一層高まり、
神の存在を心に感じるようになった。第 4 章は彼女のこのような心の成長を
丹念に描いている。本章の冒頭の一節は家の周辺の景色の描写で始まってい
るのはそのためである。しかしこの景色の描写は、前節ですでに紹介したよ
うに、彼女がこの小説を書き始めたときに住んでいたキングズバラ城周辺の
「山頂が雲で覆われた」雄大な景色をそのまま採り入れたものである（21 頁

参照）。一方、彼女が住んでいた家の周辺のウェールズの景色は海辺に近く、高い山などほとんど見えないところであった。従って彼女はその矛盾を解消するために、「その城は連なる山の高台の上に建っており、海を見渡すことができた」(the castle was situated on the brow of one of the mountains, and commanded a view of the sea.) という描写を付け加えた。彼女はこのように美しい自然の中で、彼女の感受性と同時に想像力が豊かに成長してゆく様を次のように表現している。

> When her mother frowned, and her friend looked cool, she would steal to this retirement, where human foot seldom trod—gaze on the sea, observe the grey clouds, or listen to the wind . . . When more cheerful, she admired the various dispositions of light and shade, the beautiful tints the gleams of sunshine gave to the distant hills; then she rejoiced in existence, and darted into futurity. (p. 9)

> 彼女の母が不機嫌で、友達が冷たい顔をするとき、人がめったに足を踏み入れないこの密かな憩いの場所に、彼女はそっと入って行き、じっと海を眺め、灰色の雲を観察し、あるいは風の音に耳を傾けたものだ。……そしてもっと気分の良いときは、光とかげが織りなす様々な自然の配置や、太陽の光が遠くの山々に投げかける美しい色合いを観賞した。その時、彼女は生きる喜びに浸り、遠い未来に想いを馳せた。

そして彼女がいつも散歩している海辺の近くに住んでいる貧しい農家を訪ねて、彼らに施しをした。彼女はこの行為に無上の喜びを感じ、そこから「善行の贅沢」を学び、「慈善の涙」を流した。こうして彼女は、本小説の主要テーマである「感受性」と同時に「同情」(compassion) と「慈愛」(benevolence) の心が養われたことを力説する。

> Her benevolence, indeed, knew no bounds; the distress of others carried her out of herself; and she rested not till she had relieved or comforted them. The warmth of her compassion often made her so diligent, that many things occurred to her, which might have escaped a less interested observer. (p. 10)

　実際、彼女の慈愛は限界を知らなかった。他人の不幸を見ると、我を忘れてしまった。そして彼らを苦しみから解放して楽にするまで、彼女は休まることがなかった。彼女の同情の熱意はあまりにも強かったので、それにさほど関心のない観察者には、気付かないような様々な事柄が彼女に起きていた。

「様々な事柄」とは、上記に続いて説明する彼女の宗教的感情の高まりを意味している。同情、即ち 'compassion' は対象と同じ共通の感情 (passion) を持つことである。従って、「神の作品」である自然と心が一つになるとき、神 (the Creator) の存在が彼女の感覚にはっきり見えて当然であった。彼女は「大海の巨大なうねりを目の前にして、その波の音を鎮める神の声について考えた」(She would stand and behold the waves rolling, and think of the voice that could still the tumultuous deep.) と述べている。そして最後に、彼女が 15 歳のとき洗礼を受けたくなり、その心の準備を始めた。そこで彼女は聖書を改めて読み、様々な神学上の問題で頭を悩ませた。そして辿り着いた結論は、「知的探求」には限界があること、そしてこれこそ人間が味わう「試練の一つ」と思った。だが彼女は「神の慈愛」を認知することによって「愛情」(affections) が呼び覚まされ、キリストの愛を心から「讃える」(commemorate) 気持ちになったと述べている。

(5)

　さて、メアリは 17 歳になり、結婚適齢期になった。そして兄が高熱で急死したので、一家の後継者となった。しかし彼女はそのようなことには全く無関心で、貧困に苦しむ親友アンの家族を救済することで頭が一杯であった。中でも特にアンは失恋の傷はいまだ消えず、彼女の健康を一層悪化させていた。そこでメアリはアンをこの窮状から救うためあらゆる手段を講じていた様を次のように述べている。これもまた作家メアリ自身が親友ファニーに対して抱いていた想いをそのまま表現したものである。

　　　Ann's misfortunes and ill health were strong ties to bind Mary to her;
　　she wished so continually to have a home to receive her in, that it drove
　　every other desire out of her mind; and, dwelling on the tender schemes
　　which compassion and friendship dictated, she longed most ardently to put
　　them in practice. (pp. 13–14)

　　　アンの不運と病状はメアリを彼女に結び付ける強力な絆であった。彼女
　　はアンを迎え入れる家を一軒持ちたいと絶えず願っていたので、それ以外
　　の欲望は全て彼女の頭から消えていた。そして彼女の同情と友情から湧き
　　出る様々な優しい計画のことばかり考えながら、これを何とか実行に移し
　　たいと真剣に考えていた。

　一方、メアリの父は友人との長年の不和を解消するために、彼の知人の息
子とメアリを結婚させることを提案した。知人はそれを了承したので、話は
すぐに決まった。母も賛成したので、病気の彼女が生存中に式を挙げること
にした。話が決まると気の早い父は、この事実を伝えるため急いで彼女の許
へ自ら報せに来た。ちょうどその時メアリは、アンの一家が多額の債務不履
行のために家財道具を強制的に持ち去られている現場に居た。そして帰る途
中父から母の死が近いこと、そして結婚の話を聞かされた。だが彼女は、友
人の不幸と今回の不意の報せとで頭が混乱していたので、何も答えなかった。
そして家に帰るとすぐに母の部屋に入った。彼女はこれまで母から一度も優
しい言葉を掛けられたことがなかったが、この時だけは全く違っていた。メ
アリは母の手を取り、優しく接吻すると、母は元気のない声でただ一言次の
ように言った。"My child, I have not always treated you with kindness—
God forgive me! Do you?"「わが子よ、私はあなたを必ずしも優しく扱って
はこなかった。神様、私を許してください。あなたも許してくれますか」と。
　この母子の最後の体面の場面は、作者メアリと実母のそれを正しく数行に
凝縮したものと解釈してよかろう。この場面は小説後半のメアリとヘンリー
との心の触れ合いに少なからず影響を与えているので、是非とも心に留めて
おく必要がある。そしてこの場面が終わると、一人の牧師が入ってきて、彼
女より２歳年下の少年チャールズと早々と結婚の儀式が始まり、彼女が何

も考えられないうちに終わってしまった。そして新郎は彼女と初夜を過ごすこともなく、ヨーロッパ大陸へチューターを伴って旅立って行った。メアリの母はその後まもなく息を引き取った。（以上第5章）

　一方、メアリはアン一家の窮状を救うため父に資金的援助を求めたが、叶わなかった。その間にもアンの病状がますます悪化して肺結核であることが分かった。こうして一年が過ぎ、メアリは18歳になった。ヨーロッパ旅行中の夫から時たま形式的な手紙が届いたので、彼女も形式的な返事を出した。しかしその度毎に夫への嫌悪感が増幅した。（以上第6章）

　その頃、メアリ一家に新たな不幸が起こった。父は落馬して大けがをしたばかりか、それが原因で死亡したからである。彼女はその間絶えず父を看病してきたが、彼が元気なころ放蕩の限りを尽くした俗物であったので、「平和な死の準備が出来ているのだろうか」と、それだけが心配であった。そして父が死んだときの姿を想像して、「死が俗悪な男を襲うとき、それは正しく恐怖の王者だ。……だが全ては暗闇。（天国ではなく）墓場こそ正しく死者を受け入れる場所と言えよう。これこそ死の刺痛だ。」(Death is indeed a king of terrors when he attacks the vicious man! . . . but all is black!—the grave may truly be said to receive the departed—this is the sting of death!) (p. 18) と語っている。この心境は作者メアリの実父に対する感情をそのまま露骨に表したものと解釈してよかろう。

　一方、アンの病状は秋が深まるにつれてさらに悪化した。医者に相談したところ、この冬を越すのは難しいと告げられた。そこでメアリは、次の春ごろ夫がヨーロッパ旅行から帰ってくるかも知れないので、その前にアンの療養を兼ねてリスボンへ旅立つことを決意した。（以上第7章）

(6)

　第8章はいきなり次の文章で始まる。

I mentioned before, that Mary had never had any particular attachment, to give rise to the disgust that daily gained ground. Her friendship for Ann occupied her heart, and resembled a passion. She had had, indeed, several transient likings; but they did not amount to love. The society of men of genius delighted her, and improved her faculties. With beings of this class she did not often meet; it is a rare genius: her first favourites were men past the meridian of life, and of a philosophic turn. (p. 19)

　私は前にも述べたように、メアリは日毎に募る憎しみを呼び覚ますような特別な愛情をまだ一度も経験したことがなかった。だがアンに対する友情は彼女の心を支配し、情熱に似ていた。実際、彼女が一時的に好きになったことは何度かあったが、愛にまで発展しなかった。才能のある男性と付き合うのが楽しく、それによって自分の才能を磨いた。だが、この種の人物としばしば会ったわけではない。それは稀な才能だからだ。彼女が最初に好きになった人物は中年を過ぎた哲学的気質の人たちであった。

　この言葉を作者メアリの20歳を過ぎた頃の伝記的事実に照らしてみると、正しく真実を告白しているように思う。ここで述べる「才能のある男性」で「中年を過ぎた人物」と言えば、彼女がニューイングトン・グリーンで学校を経営していた頃に知り合ったプライス博士を特に指しているのであろう。だが、「特別な愛情をまだ経験したことがなかった」という告白は、彼女がファニー・ブラッドに手紙で述べた言葉――「愛する人が居ない世界は私にとって砂漠同然だ」（原文は 17 頁参照）――と整合性が取れないように思える。しかしここで言う「愛する人」はウォータハウスではなく、ファニー・ブラッドを指していたとすれば、完全に整合性がとれる。何故なら、当時（1785 年秋）ファニーがリスボンに居てメアリと会えなかったからである。

　何はともあれ、上記の中で最も注目すべきは、メアリの「友情」は「情熱」(passion) に似ていた、という言葉である。情熱は常識を遥かに超えた行動を可能にする。彼女はファニーの出産を助けるため周囲の反対を押し切り、多額の借金までこさえて単身で危険を冒してリスボンまで出かけた、そのエネルギーは「情熱」以外の何物でもなかった。その「情熱」の精華は「愛」に他ならない。そして彼女の「感受性」は、「優しさ」(tenderness) と

「同情」(compassion) そして「慈愛」(benevolence) の源泉である。この小説の主題とその意図は正しくこれを読者に訴えることにあった。

さて、リスボン行きを決意したメアリは早速、フランスに居る夫から許可を得るために手紙を書いた。だがその手紙はいつもの形式的な文章と違って、真情に満ちた迫真の内容であった。その後半の一部を引用しておく。"I am her only support, she leans on me—could I forsake the forsaken, and break the bruised reed—No—I would die first! I must—I will go." 「私は彼女の唯一の支えであり、彼女は私に寄りかかっています。もし私はこの見捨てられた人を見捨て、そしてこの傷ついた葦をへし折ることができたとすれば、とんでもないそれは。むしろ私が先に死ぬでしょう。私は行かねばなりません。私は行きます。」(pp. 19–20)

一方、メアリの手紙を受け取った夫は、彼女の友への深い思いやりを「ロマンチックな友情」(romantic friendship) と皮肉り、医者が勧めるのなら仕方がない、と冷ややかな返事を送ってきた。(以上第 8 章)

第 9 章は、決断すれば直ちに実行に移す作者メアリと同様に、小説のヒロインも「今や出発を遅らせる理由はどこにもなかった」(There was nothing now to retard their journey.) という言葉で始まる。話の進展もそれに劣らず早く、出発からリスボンに到着まで僅か十数行で片付けている。船上で税関から検査を受けた後、その翌朝上陸すると早速目的のホテルに向かった。ホテルは療養所を兼ねた一種のサナトリウムであった。従って、ここに泊まっている客は全てそれを目的にした人ばかりで、皆すぐに親しくなった。作者メアリもファニーを見舞った場所はこのような所であったのであろう。客は皆音楽好きで、ホテルで小さなコンサートを開いた。男の客は様々な楽器を持ち込んで、それを弾いた。女性は皆楽しそうに話に夢中だった。メアリは口数が少なかったが、上辺は愛想よく振る舞っていた。しかしその間でも絶えずアンの病状が気になり、男性たちの楽器の音がむしろ耳障りに感じられた。だが、そのような中で、それまで殆ど喋らなかった男性が急いでバイオリンを弾き始めた。それは余りにも素敵だったので、その音の方向を見ると、「どちらかと言えば醜い、強い個性的な顔」(a face rather ugly, strong lines of genius) の品位のある青年がいた。しかし彼女はその日は何も気にせずに部屋に戻って、アンにその日のことを話した。だがこの青年こそやがて小説のヒーローとなるヘンリーに他ならなかった。

(7)

　第10・11章は小説の本筋から離れて、ホテルに滞在する様々な人物に対するメアリの観察眼とその興味の深さについて言及している。先ず第10章で、彼女は（異国における）「新しい生活様式とその原因について考察することに余念がなく」また「目に映るあらゆる物」について深く考える「哲学的性質」(metaphysical turn) を持っていた。そして何事においても「偏見を持たず、十分に調べてから意見を述べる」ことを特に強調している。これは作者自身そのものであることは言うまでもない。

　そしてこれに続く第11章では、ホテルに滞在する様々な人物や家族の中から、特に彼女の興味を引いた英国人の旧貴族の一家に話が集中する。その前に先ず、上流階級の女性に共通する社交上の特徴として、「世間の目」ばかり気にする「たしなみ」(propriety) という「足かせ」(trammels) に縛られた「弱い人種」と定義する。彼女たちは世間の偏見や因習に守られて優越意識を保っているに過ぎず、何事をするにも「世間の人は何と言うか」(What will the world say?) を先ず考える。そして彼女たちの勉強することは社交界で弁が立つことばかりで、フランス語やイタリア語を覚え、英語を低俗と考えている。

　以上のように上流階級の女性の生活態度について、小説の第1章に続いて改めて作者自身の考えを主張した後、例の旧貴族一家の3人の女性の言動を子細に観察する。彼女たちの関心は言うまでもなくメアリとアンについてであった。もちろん彼女たちの目は「偏見」と「因習」そして「優越意識」に守られて、メアリを皮肉たっぷりに見つめている。彼女たちの会話の一部を紹介しよう。

　彼女たちはメアリとアンの素性をメアリの召使から根ほり葉ほり聞いたらしく、「彼女はロマンチックな人間だ。お前は彼女の真似をしてはいけない。だが彼女は某州の資産家の後継ぎです。……でも彼女はもう結婚している」と母は述べた後、アンについて「彼女は乞食だのにメアリは彼女にまるで貴族のように気を配っている」と付け加える。だが、それをそばで聞いていた彼女の甥は、「しかし彼女は魅力のある女性だ」と言った。

　それを通りすがりに耳にした小説のヒーロー（ヘンリー）は「ため息をついて部屋に戻り、バイオリンを取り上げて先日メアリの心を打った曲を弾いた。」

　これを聞いたメアリは涙が出るほど感動したが、アンの病状は非常に危険な段階に来ていた。アヘンの影響で眠っていたがほぼ絶望的な状態だった。メアリはもはや落ち着いておれず、例の三人の女性がいる部屋に飛び込んで、誰か医者を呼びにやってくださいと頼んだ。そして「私は彼女を亡くして生きていけません。彼女を亡くせば世界は私にとって砂漠同然です」と叫んだ。それを聞いた三人のうちの一人は、「でも、あなたに夫がいるでしょう」と、やり返した。メアリは何とか冷静を装って部屋に戻ったが、それを見ていたヘンリーの目は心配そうに彼女の後を追った。（以上11章）

(8)

　医者が呼ばれ、アンは薬の効果があって間もなく痛みが治まった。しかしここ一週間余り雨天のために病人にとってつらい日が続いた。健康な人も外に出られないので、毎日談話室に集まって仲間と雑談をしたり、チェスなどをして時間を潰した。メアリも時々アンの看病から解放されてそこに姿を現した。こうしてヘンリーと話を交わす機会に恵まれ、日を追って彼と親しくなっていった。第12章は、彼女が彼に魅了された動機と、彼女の豊かな表情の描写で始まっている。

He was frequently very thoughtful, or rather melancholy; this melancholy would of itself have attracted Mary's notice, if she had not found his conversation so infinitely superior to the rest of the group. When she conversed with him, all the faculties of her soul unfolded themselves; genius animated her expressive countenance; and the most graceful, unaffected gestures gave energy to her discourse. (p. 27)

　彼はしばしば深く考え込むというよりもむしろ憂鬱になりがちだった。彼の会話が他の男性たちより遥かに優れていることを彼女が気づいていなかったとしても、彼の憂鬱が彼女の注意を惹いていたであろう。彼女は彼と話しをしたとき、彼女の魂の全機能が自ずと開花した。彼女の才能が彼女の表情豊かな顔に活気を与え、そして彼女の最高に上品で気取らない動作が彼女の話に活力を与えた。

作者メアリが愛する人と出会った時の躍動する自らの姿を生々しく描いている。同時にそれは、恋する若い乙女の顔の表情と身のこなしを描写した一例でもある。だがこれより凡そ10年後の『女性の侮辱──マリア』では、円熟した女性が恋する官能的な姿を見事に描出している（詳しくは、176と191頁参照）。そしてこれらは何れも当時の自分の姿そのものであった点が特に興味深い。

　さて、メアリはその後さらに彼と会って話をしていると、前にも述べたように彼は風采が上がらないが、とても学があり、その上人の気質をよく知っていた。そして最大の美点は「自分が病弱であるために人の心の微妙な点をよく感じ取る」こと、つまり彼の豊かな感受性にあった。そして常に彼は物事の表面を見抜く力を持っていたので、「メアリは彼と一緒にいると、彼女の心が広がるように思わざるを得なかった」(Mary could not help thinking that in his company her mind expanded.) と述べている。そしてさらに宗教に関しても彼は敬虔な心を持っていたが、それは「合理的」(rational) であると同時に、「彼の感受性から出る暖かさ」(warmth of his sensibility) に外ならず、彼女はそれを何よりも高く買っていた。

　第13章は、長く続いた雨も上がったのでホテルの客はヘンリーを含めて皆町に出かけ、教会や修道院を訪ねて回った。メアリは先ず修道女たちの低

俗さに驚いた。彼女たちの祈りの声を聞いていると、全く口先だけで、宗教
は単なる儀式に終わっていることが分かった。彼女たちは母でも妻でもない
ので、彼女らの望むことは「自分の地位が上がること」だけで、「この世の
最も利己的な生き物」(the most selfish creatures in the world) と、手厳しい
批判をしている。

　続く第14章もカトリック教徒の批判で始まる。彼らポルトガル人をヨー
ロッパで「最も非文明人」(the most uncivilized nation) と定義した後、さら
に続けて次のように述べている。「ポルトガル人には心がない。あるものは
カトリック教の飾り立てた儀式があるだけだ。彼らは懺悔をするが、復讐と
情欲を捨てることができない。宗教と愛は彼らの心に慈愛を呼び覚ますこと
もない。彼らは趣味を知らず、派手なゴシック風の飾りと不自然な装飾は教
会や彼らの服装に際立っている」（大意）と。

　メアリはこのような人々と付き合うのは御免だと思いながら、思わずヘン
リーの方に目を向けた。彼はこのようなポルトガル人と違って、いかにも
「洗練された男性」に見えた。だがその彼が病に苦しんでいるのを見ると、
なお一層優しい気持ちになった。ホテルに帰ってアンの看病をしている間
に、しばしば暇を見付けて談話室へ出かけてヘンリーと話をした。その間ア
ンのことを忘れることができたからである。

　さて第15章は、アンとの永遠の別れの場面、つまり小説前半の最後のク
ライマックスである。ある朝、一同は水道橋を見に出かけた。朝は晴れてい
たが、出かけて間もなく雨が激しく降り始めた。メアリはアンに馬車から出
ないように言ったが、気分が良いからと一緒に付いてきた。だが彼女は直ぐ
に疲れて気を失ってしまった。ヘンリーが彼女を助けようとしたが、メアリ
は断った。病身の彼が雨に濡れるのを気遣ったからである。アンは間もなく
意識を取り戻したが、そのまま宿に帰って床に就いた。翌日さらに悪化した
ので、医者を呼んだ。彼がアンを診察している間、メアリはヘンリーを愛す
るあまり彼女への友情を怠っていたのではないかと、自責の念に苦しんでい
た。その心境を次のように表現している。

　　All Mary's former fears now returned like a torrent, and carried every
other care away: she even added to her present anguish by upbraiding
herself for her late tranquillity—it haunted her in the form of a crime. . . .
　　She did not think of Henry, or if her thoughts glanced towards him, it
was only to find fault with herself for suffering a thought to have strayed
from Ann. (p. 32)

　　今やメアリの過去の不安は全て激流のように戻ってきた。そして他のあ
らゆる心配事を運び去った。彼女は自分が最近平穏であったことを責める
ことによって、今の苦しみを増幅させた。それが罪の形をして彼女を襲っ
てきたからだ。……
　　彼女は（今や）ヘンリーのことは考えなかった。仮に彼の方に想いが走
ったとしても、それは自分の心がアンから離れたことに対する、自責の念
でしかなかった。

　アンはそれから間もなくメアリの肩にもたれたまま息を引き取った。ホテ
ルの仲間は彼女の部屋に入ってきたが、彼女の目には映らなかった。「（喪服
の）黒い波は全て同じ方向に流れていた。彼女が視線を向ける世界は全て同
じに見えた。全ては真っ黒な憂鬱だけであった」という言葉で第15章を結
んでいる。

後編

(1)

　アンの葬儀が終わり、ホテルの仲間はメアリの部屋を出た後、ヘンリーは
彼女を慰めるために彼女の許可を得て部屋に入ってきた。彼は彼女に対する
「最高に優しい同情」(the tenderest compassion) から目に涙を浮かべていた。
そして彼女の手を強く握った。彼女は堪らず泣き出し、手で顔を覆ったが、
それで気持ちが楽になり、落ち着きを取り戻した。ヘンリーは暫く躊躇して
いたが、やがて勇気を出して、"Would you allow me to call you friend? I

feel, dear girl, the tenderest interest in whatever concerns thee." 「私は君を
友達と呼んでいいですか。私は君のことに関して全て最高に優しい関心が持
てるのです」と、彼らしい愛の告白をした。互いに暫く黙っていたが、彼の
方から、「私も多くの悲しい経験をしてきた。君に対する友情の証として、
私の過去の歴史を語らせてほしい。きっと君の心が安らぐと思う」（大意）
と切り出した。そして次のように語り始めた。

　父は彼が生まれて間もなく死に、母は長男ばかり可愛がって彼には殆ど
目もくれなかった。そんな訳で彼はまともな職に就けず、世の中を転々と
場所を変えて渡り歩いた。それだけに社会のあらゆる階層の人を良く知り、
「不幸な人々を間近に見てきたので感受性が特別敏感になった。」(. . . the
miseries I was witness to, gave a keener edge to my sensibility.) また、彼は
体が弱く、様々な病気になった。従って、本来なら牧師になる予定だった
が、それを断念して自分の気性に合った文学の道に入った。もちろん彼は女
性を一途に愛したこともあるが、彼の内省癖が激情を抑えることに役立っ
た。そしてこの悲しみを、バイオリンを弾くことによって慰めてきた。彼は
バイオリンの音によって理想の女性像を想像して楽しんだ。そして最後に、
「極めて婉曲的に」求愛した。

> (He) with the most insinuating accents, asked, "if he might hope for her
> friendship? If she would rely on him as if he was her father; and that the
> tenderest father could not more anxiously interest himself in the fate of a
> darling child, than he did in her's." (p. 35)
>
> 彼は極めて婉曲的な口調で、「私は君の友情を求めてよろしいか。私が君
> の父であるかのように、私を頼りにして頂けないか」と尋ね、そして「も
> し（頼って頂ければ）世界の最も優しい父が可愛いわが子の将来を気遣う
> 以上に、私は君の将来について強い関心を持って気遣うでしょう」と言っ
> た。

メアリはこのヘンリーの告白を聞いて返事をしようとしたが、言葉が出なか
った。しかし作者は彼女の心境を次のように表現している。

Her heart longed to receive a new guest; there was a void in it: accustomed to have some one to love, she was alone, and comfortless, if not engrossed by a particular affection. (p. 35)

彼女の心は新しい客を迎えたいと願っていた。心に空洞ができたからだ。彼女の心はいつも誰か愛する人を持つことに慣れていたので、特別な愛情に心を奪われていなければ、彼女は孤独で不安だった。

　我々はここで彼女が手紙の中で述べた「愛する人が居なければ、この世は私にとって砂漠です」とか、「私は特別な愛情なしには生きていけない」(原文は 17 頁参照)を是非とも思い起こす必要がある。要するに、上記のメアリの言葉は作者メアリの声そのものに他ならない。

　しかし彼女はヘンリーの愛を単純に受け入れる気にはなれなかった。死んだアンに対する裏切り行為のような気がしたからである。その上、自分の愛は果たして何なのか、「友情」か「愛」なのか区別が付かなかった。だが、「愛する人がこの世に確かに一人居ることは無上の喜びであった。」(. . . she thought with rapture, that there was one in the world who had an affection for her.)

　彼女の喜びはこれだけではなかった。彼が彼女を「わが子」(my child) と呼び、「最も優しい父」以上の優しさで接していることが何よりも嬉しかった。と言うのも、彼女は父からそのような愛情を一度も受けたことがなかったからである。だが、彼女がその歓喜の「妄想」(reverie) に浸っている時、ふとアンの顔が浮かんできたので、メアリは「声を上げて彼女に許しを乞うた。」そして夜が明けて我に返ると、厳しい現実、即ち神の前で誓った夫が現存していることであった。彼女は自らに厳しく問いかけた、「お前はその誓いを封印して、愛する男性の顔を絶えず思い浮かべながら夫を愛することができるのか」と。彼女の答えは、それは「神の愛を失う」ことになるので絶対にできないと絶叫した。(以上 16 章)

(2)

　アンの葬儀が終わった今メアリはこれ以上リスボンに滞在する意味がなくなったので、風向きが好転すれば明日にでも出発する予定であった。彼女は自由の身であればヘンリーと一緒にリスボンに留まったのにと思いながら、悲しみを紛らすため丘の上の修道院の廃墟の辺りへ散歩に出かけた。嵐のような強風が彼女の顔をまともに打ちつけた。彼女は荒野をさ迷うリア王 (King Lear) に自分を重ね合わせた。しかし遂に疲れ果ててホテルに戻ると、ヘンリーと出会った。彼は前夜一睡もしなかったらしく、いつもの青白い顔が一層弱弱しく見えた。彼女がこれを見て、彼に対する「優しい感情が蘇り、彼と別れることを一瞬忘れる」ことができた。(以上 17 章)

　ホテルに戻ったメアリは悲しみを紛らすため女性たちの集まる談話室に入って、いつも以上に饒舌に喋り、機知を働かせた。彼女の気持ちをよく理解しているヘンリーはこれを見て、「優しさと同情」(benignity and compassion) の目で彼女を見つめていた。それから間もなく他の女性がみな夕食の準備のため部屋に戻ると、彼はメアリのそばに座り、「君は一人で帰るのだね。できれば僕も一緒に帰りたいが、そんなことをすると君の未来がとんでもないことになる」という主旨の言葉をかけた。彼女はもはや自分の感情を隠すことができず、いつもの率直さで夫に対する感情、即ち嫌悪 (dislike) をありのままに語った。そして「もしアンが生きておれば夫を避けて、彼女と一緒に地上のどこまでも逃げるつもりでいた」ことを告げた。だがアンが居なくなった今となっては、英国に帰った後の彼女の行動は決まっていることを強調する。ヘンリーはこれを聞いて、彼女がアンの後を追って死を選ぶのではないかと思い、「性急に走ってはいけない。時が経てば気持ちも変わるのだから」と「分別」(prudence) を求めた。これに対する答えとして、メアリの信念が固いことを凡そ 2 頁に渡って激しい口調で「長広舌」(long harangue) が続く。

My opinions on some subjects are not wavering; my pursuit through life has ever been the same: in solitude were my sentiments formed; they are indelible, and nothing can efface them but death. (p. 40)

ある主題に関する私の見解は決してぶれない。私の探求は一生同じである。私の感情は孤独の中で形成されたものだ。それは消すことができず、また死以外の何物もそれを消すことは出来ない。

彼女はこのように述べた後、自分は親友アンの魂と天国で会って一つになるという確信、つまり魂の永遠の生命について確信している。そしてこの確信は彼女の想像力から生まれたものであり、単なる「妄想」(delusion) ではないことを断言する。何故なら、「彼女の想像力の飛翔は永遠の未来に向かっている」(these flights of imagination point to futurity) からである。そして彼女の真の幸せは正しくここにあると確信している。この信念はこの世の「知恵」や「分別」をもってしても決して拒否できない、と次のように断言する。

Can I listen to the cold dictates of worldly prudence, and bid my tumultuous passions cease to vex me, be still, find content in grovelling pursuits…?
(pp. 40–41)

私は俗世の分別の冷たい命令に耳を傾け、そして私のたぎる情熱に対して、私をこれ以上悩ますなと命じることができますか。そして黙って腹這いしながら従うことで満足できますか。

そして最後に、次のように述べる。

Riches and honours await me, and the cold moralist might desire me to sit down and enjoy them—I cannot conquer my feelings, . . . you may tell me I follow a fleeting good, an *ignis fatuus* ; but this chase, these struggles prepare me for eternity—when I no longer see through a glass darkly I shall not reason about, but *feel* in what happiness consists. (p. 41)

冨と名誉が私を待っており、そして冷たいモラリストは私がゆっくり腰を落ち着けてそれを楽しむことを望むかも知れない。だが私は自分の感情を抑えることはできない。……あなたは私が仮初の幸せ、つまり幻想を追っ

ていると言うかもしれません。だがこの追求、この苦闘こそ私が永遠（来世）へ向かう準備なのです。私は暗闇の中で最早ガラスを見通せなくなったとき、あれこれ理屈をこねずに、幸せが何処にあるかを感じ取るでしょう。

　この単純で一途な言葉の中に作家メアリの確たる信念が明確に示されている。それは何よりも先ず、'feel'という語を二度用いることによって、「理性」(reason) に対して「感情」(feeling) の意味を際立たせ、その価値を重くしている点に注目したい。それは上記に先立って語った言葉の中で、「分別」(prudence) よりも「情熱」(passions) により高い価値を求めたのと全く同じ信念に基づいたものである。要するに、メアリは「分別」よりも「情熱」を、そして「理性」よりも「感情」を重視していたのである。我々はここに作家メアリ・ウルストンクラフトの信条、つまりロマン主義的感情の本質を見通すことができる。

　さて、メアリの長広舌を最後まで口を挟まずに聴いていたヘンリーは、彼女の揺るがぬ信念を見た。そしてこのような「感情」(sentiment) は一時のものではなく、十分に消化されたものであり、「強い愛情と、あらゆる美徳と真実の源泉に対する尊敬の証」であると信じた。そして互いに心から信じ、愛していることを確認した。（以上18章）

　それから2日間二人は特別深い話をすることもなく過ごした。ヘンリーはメアリと別れる衝撃があまりにも大きく、病弱の彼には耐えがたいものであった。「世界が遠くへ消えていくように思えた。彼女の居ない世界は彼にとって無に等しかった」からである。

　こうして遂にメアリの出発の日が来た。その日の朝、ほんの短い時間二人きりになった。彼は自分の情熱を何とか抑えようと努め、彼女の幸せだけを考えていた。一方、メアリは彼の健康だけを心配していた。そして遂に彼女が乗船する時間が来た。彼は微かに笑みを浮かべて、「また会おうな」と言った。ホテルの仲間は皆彼女と一緒に船に乗って最後の別れを惜しんだ。そして船が岸からかなり離れたところで、仲間は全員小舟に乗り換えて港に引き返して行った。その間、メアリは数週間前アンと一緒に同じコースを通っ

て上陸した時のことを懐かしく思い起こしていた。そして気が付いて小舟の方を見ると、霧の向こうへ遠ざかり、ヘンリーの姿は見えなかった。彼女は船室に戻り、ベッドに横たわった。そして2日間眠れぬまま部屋の中に留まった。そして3日目に最初の日記をつけた。

　それは、"Poor solitary wretch that I am; here alone do I listen to the whistling winds and dashing waves;"「私は哀れな孤独の女だ。私はただ一人で、唸る風と砕ける波の音に聞き入っている」で始まり、最後に『マクベス』(Macbeth) の言葉を借りて、"to-morrow, and to-morrow will only be marked with unvaried characters of wretchedness."「明日また明日、相も変らぬ惨めな日々だけが続く」と孤独の自分を憂いたが、思い直して「しかし、確かに自分は一人ではない」(Yet surely, I am not alone.) と、言って天を仰ぐ。そして次の言葉で第19章を結んでいる。

'Father of Mercies, compose this troubled spirit: do I indeed wish it to be composed—to forget my Henry?' the *my*, the pen was directly drawn across in an agony. (p. 44)

「慈悲深い父よ、この乱れた心を鎮めてください。私は本当に心が鎮まることを望んでいるのか、私のヘンリーを忘れることを望んでいるのか」と言って、苦悩の面持ちで「私の」の文字をペンで真横に消した。

(3)

　嵐が突然船を襲ってきた。大波が当たって砕けた。客は皆驚き悲鳴をあげた。しかしメアリはただ一人甲板に出て嵐に立ち向かっていた。その時の心境を次のように表現している。

. . . the scene accorded with the present state of her soul; she thought in a few hours I may go home; the prisoner may be released. (p. 45)

その光景は彼女の現在の精神状態と一致していた。彼女は後数時間すればあの世に行けると思った。囚人は間もなく解放されるだろう。

彼女はこの時親友アンの許へ行くことを真剣に夢見ていたのである。とこ
ろがその時、遠くに嵐にもまれて漂流する船を見た。彼らは救いを求めてい
るようだった。不幸な人を見ると救いの手を差し伸べなくては我慢できない
彼女は、躊躇する船長を必死に説得し、危険を冒して彼らを救助することに
成功した。この間の描写は前節で説明したように、1785 年の秋ファニーの
出産を助けるためスペインへ渡航した時の生々しい体験をそのまま採り入れ
たものである。

　救助された人たちの中に女性が一人いた。恐怖のために気を失っている彼
女をメアリは看護し、勇気づけた。嵐が治まった後メアリは自分の部屋に戻
り、第 2 の日記を付けた。その内容は、彼女がヘンリーと別れる前日に語
ったあの長広舌（44 頁参照）の言わば延長であった。その最後の数行を引
用しておく（イタリックは筆者）。

> Surely any thing like happiness is madness! . . . Ye dear delusions, gay
> deceits, farewell! and yet I cannot banish ye for ever; still does my panting
> soul push forward, and live in futurity, *in the deep shades o'er which
> darkness hangs.—I try to pierce the gloom, and find a resting-place*, where
> my thirst of knowledge will be gratified, and my ardent affections find an
> object to fix them. (p. 47)

> 確かに幸福のようなものは全て狂気だ。汝、愛しい妄想よ、陽気な欺瞞よ、
> さらば。とは言え、私は汝を永遠に追放できない。今もなお私の喘ぐ魂は
> どんどん突き進み、そして来世の中に、暗闇で覆われた影の中に生きてい
> る。私はその憂鬱の影を突き破って休息の場所を見付けようとしている。
> そこで私の知識の渇きはきっと救われるであろう。そして私の熱烈な愛情
> が不動の対象を見付けるであろう。

上記のイタリックの部分を、第 18 章の長広舌の最後の 2 行（"I no longer
see through a glass darkly, . . ." 以下）（44 頁参照）と比較してみると、それ
ぞれの意味がなお一層よく理解できるであろう。こうして彼女は目には見え
ない来世 (futurity) における永遠の愛と幸福を確信して床に就いた。（以上、
第 20 章）

　しかしメアリのこのような「心の安らぎも実に短いものだった」(How short lived was the calm!) と述べる。目の前に母国の港が見えたからだった。英国に戻れば早速「アンの母を訪ね、そして自分の住む場所」を探し、さらに夫との生活のことなど不安ばかりが待ち受けており、航海中に心に決めた「不屈の精神」(fortitude) も揺らぎ始めたからであった。（以上、第21章）

(4)

　第22章の前半は、1785年12月に作者メアリが1か月半ぶりに英国の土を踏んだ時の印象をそのまま採り入れたものである。ロンドンの「低俗、不潔、そして悪徳」(vulgarity, dirt and vice) を何よりも先ず感じた。それに反して、田舎の「微笑む顔を見ると心が癒される」思いがしたことを強調している。メアリは早速その足でアンの母の許へ赴いた。そして夫の住む家に戻らず、アンの母が住む家の離れ屋敷で暮らすことを決めた。その時、彼女の所持金は僅かに80ポンドしかなかった。アンの母は不思議に思って彼女を見つめていると、彼女は突然、「私は働きます。夫の奴隷になるくらいなら何でもします」(I will work, . . . do any thing rather than be a slave.) と叫んだ。（以上、第22章）

　メアリは病んだ心を癒す最良の方法として貧しい人々を救うこと、即ち彼女の豊かな感受性から湧き出た「同情」(compassion) の反映としての「慈善」(benevolence) 行為に没頭した。街角で出会った不幸な人を訪ねて金銭的援助を惜しみなく施した。ポルトガルからの帰りの船上で助けたあの女性を探し出して再び経済的に支援した。しかしメアリの資金が底を突いて支援できなくなると、彼女たちは皆、掌を返したように離れていった。

　こうして帰国後2か月が過ぎたが、ヘンリーから全く便りが無く、彼女のことを忘れたのだろうと思うと、「世の中は侘しく、人々は皆恩知らず」と暫し悲嘆に暮れた。そして元気を呼び覚まそうと思って第3の日記を付けた。それは丸1頁に及ぶ長いもので、親友ファニーを失った後の彼女の

心情を知る上で、第18章の長広舌と並んで極めて興味深いものがある。日記は、"Surely life is a dream, a frightful one!"「確かに人生は夢、恐ろしい夢だ」で始まり、次のように続く（イタリックは筆者）。

Do all suffer like me; or am I framed so as to be particularly susceptible of misery? It is true, I have experienced the most rapturous emotions—short-lived delight—ethereal beam, which only serves to shew my present misery—yet lie still, my throbbing heart, or burst; . . . *I could almost wish for the madman's happiness, and in a strong imagination lose a sense of woe.* (pp. 51–52)

誰もが私のように苦しむのだろうか、それとも私が特別不幸に対して感じやすく出来ているのだろうか。確かに私は歓喜の絶頂を経験したが、それは短命な喜びであった。天上の光だったが、それは私の現在の惨めさをただ際立たせるだけだった。だが、激しく鼓動する心よ、鎮まれ、さもなくば張り裂けよ。……私は狂人の幸せを求め、強力な想像力によって悲しみを忘れたいと願うほどである。

　最後のイタリックの2行は、第2の日記で述べた "Surely, anything like happiness is madness"（47頁参照）を一層分かり易く言い換えた言葉と解釈すればよい。そしてここでは「強力な想像力」を狂人の「妄想」(delusion) に近い意味を含ませている。従って、想像力に対抗する「理性」(reason) の力を回復しようと、空しい努力をする。

Oh! Reason, thou boasted guide, why desert me, like the world, when I most need thy assistance! Canst thou not calm this internal tumult, and drive away the death-like sadness . . . . (p. 52)

　お、理性よ、汝誇らしき案内人よ、私が汝の助けを一番求めている時にどうして世間と同じように私を捨てたのか。汝は私の心の動乱を鎮めることが出来ないか、死のようなこの悲しみを追い払うことが出来ないのか。

そして最後に、「幻想」を「わが友、命の薬」と呼び、自分の御しがたい

（ヘンリーに対する）「情熱」と「感情」を癒してくれる唯一の薬だ、と次のように叫ぶ。

> I have not the medicine of life, the dear chimera I have so often chased, a friend. Shade of my loved Ann! dost thou ever visit thy poor Mary? Refined spirit, thou wouldst weep, could angels weep, to see her struggling with passions she cannot subdue; . . . (p. 52)
>
> 私はあれほどしばしば追い求めてきた幻想、わが友、命の薬を持ち合わせていない。私が愛するアンの影よ、この哀れなメアリを訪ねてくれないのですか。洗練された精霊であるあなたは、私が抑えることのできない情熱と必死に戦っているのを見て、（精霊がもし涙を流せるものなら）涙を流して下さらないのですか。

以上、第 23 章からの引用文を総合して明らかなように、自分を苦しめる激しい情熱を鎮め癒してくれるものは「理性」ではなく、「強力な想像力」即ち「幻想」か「妄想」しかないことを嘆いている。何故なら、理性は「情熱」や「感情」と本質的に相容れない性質であるからだ。要するに、彼女の心を支配するものは、彼女自身の言葉を借りると、‘ethereal beam’ ‘a strong imagination’ ‘dear chimera’ ‘passions’ ‘feeling’’ そして第 2 の日記で述べた ‘Ye dear delusions’ ‘gay deceits’（47 頁参照）が意味する世界であった。そしてこのような感情は、彼女自身がしばしば ‘romantic’ と称しているように、正しくロマン主義的感情そのものであった。そしてここに彼女の詩人的情熱と作家的「才能」(genius) を自認していた。

(5)

第 24 章、春が訪れ、気分も陽気になったメアリは病気で弱った体を押して散歩に出かけた。そして彼女は以前、極度の貧困から救った家族と会って、心から感謝の言葉を掛けられた。彼女は嬉しさのあまり思わず涙が頬を伝った。そしてこれまでの暗い気分が吹っ切れた。彼女は家に帰ると早速、

このような幸せをもたらした「感受性」の意味について、日記に次のように記した。

> Sensibility is the most exquisite feeling of which the human soul is susceptible: when it pervades us, we feel happy; and could it last unmixed, we might form some conjecture of the bliss of those paradisiacal days, when the obedient passions were under the dominion of reason, and the impulses of the heart did not need correction.
>
> It is this quickness, this delicacy of feeling, which enables us to relish the sublime touches of the poet, and the painter; it is this, which expands the soul, gives an enthusiastic greatness, mixed with tenderness, when we view the magnificent objects of nature; or hear of a good action.
>
> (pp. 53–54)

> 感受性は人間の魂が感じうる感情の中で最も素晴らしいものである。それが全身に染み渡るとき我々は幸せを感じる。その感情がいつまでも純粋でありえたならば、そして我々の情熱が理性の支配に従い、心の衝動が修正を必要としないとき、我々はあの楽園の日々の至福を想像できるであろう。
>
> この感受性の敏感さとこの感情の繊細さがあって初めて、我々は詩人のそして画家の筆を真に味わうことが出来るのである。我々は自然の雄大な姿を眺め、あるいはその立派な行動を耳にするとき、この感受性こそ魂を大きく広げ、優しさの混じった情熱的な偉大さを産み出すのだ。

彼女はこのように述べた後さらに続けて、「不幸な人を慰めた後に流す感動の涙」は「如何なる唯物主義的満足」(any sensual gratification) とも比べものにならないと断言して、最後に次のように第4の日記を締め括っている。(イタリックは筆者)

> Sensibility is indeed the foundation of all our happiness; but *these raptures are unknown to the depraved sensualist, who is only moved by what strikes his gross senses;* the delicate embellishments of nature escape his notice; as do the gentle and interesting affections.—But *it is only to be felt; it escapes discussion.* (p. 54)

> 感受性は実際、我々の幸せの全ての基礎である。しかしこのような喜びは

低俗な唯物主義者には知りえぬものだ。彼は自分の下品な感覚を刺激する
ものだけに心を動かされている。彼は自然の繊細な飾りに関しては、優し
くて味わい深い愛情に気づかないのと同様に、全く気付かない。だがこの
ような愛情はただ感じられるだけであり、議論の域を超えている。

　上記のイタリックの言葉からも明らかなように、作者メアリの唯心論、即
ちロマン主義的思考の真髄を読み取る必要がある。第18章でメアリが語っ
た長広舌の最後に、"I shall *not reason about , but feel* in what happiness
consists."（44頁参照）と、述べた言葉の延長であることを忘れてはなるま
い。

　さて第24章の後半は、前半の不幸な人に対して同情の涙を流したのとは
対照的に、裕福で趣味も豊かで機知に富んではいるが心は俗物 (sensualist)
の中年の男性と、話し合った後の彼女の心境について述べている。彼はアン
の母と旧知の仲で、時々彼女の家を訪ねてきた。そしてメアリと会って話を
しているうちに彼女に魅せられてしまった。彼女の魅力について作者は次の
ように述べている。

> Some of her artless flights of genius struck him with surprise; he found she
> had a capacious mind, and that her reason was as profound as her
> imagination was lively. She glanced from earth to heaven, and caught the
> light of truth. Her expressive countenance shewed what passed in her
> mind, and her tongue was ever the faithful interpreter of her heart;
> duplicity never threw a shade over her words or actions. (p. 54)

　彼女の飾り気のない才能の飛翔は彼を驚かせた。彼女の心は広く、そして
彼女の理性は、彼女の想像力が活発であるのと同様に深遠であることが分
かった。彼女は地上から天国まで眺めて、真理の光を捉えていた。彼女の
表情豊かな顔は考えていることを全て有りのまま表し、そして彼女の言葉
は常に彼女の心の通訳であった。彼女の言葉と行動に二枚舌の影を落とす
ことは絶対になかった。

これは作者メアリそのものである。彼女は日ごろから内省と自己分析に耽る
強い性癖があり、それを手紙その他で包み隠さず語っている（第1節、22～

23 頁参照）。その特徴がここにはっきり表れている。とりわけ上記の最後の
3 行は彼女自身が常に自覚し、それを公言している特徴である。

　このような彼女はこの紳士の知識の広さと理解の速さに引き込まれて、
「親友を失った悲しみを一時忘れるほど」彼と話に打ち興じていた。しかし
彼は「美徳について語るが実行せず」また「自分の能力を誇るが、それを世
のために役立てようとはしない。」そして「彼の富はしたい放題のことをさ
せてくれるが、いつも不満であった。」(his fortune enabled him to hunt down
pleasure, he was discontented.) 　要するに、彼は心を真の意味で豊かにして
くれる「感受性」に欠けていたことを暗に力説している。

　さて、最後の第 5 の日記は、理性と情熱の均衡、言行の一致など均整の
取れた生き方の大切さを力説している。非常に長くなるので、その前半だけ
引用しておく。

> Every individual has its own peculiar trials; and anguish, in one shape or
> other, visits every heart. Sensibility produces flights of virtue; and not
> curbed by reason, is on the brink of vice talking, and even thinking of virtue.
> Christianity can only afford just principles to govern the wayward
> feelings and impulses of the heart; every good disposition runs wild, if not
> transplanted into this soil; but how hard is it to keep the heart diligently,
> though convinced that the issues of life depend on it. (p. 55)

> 人は全てそれぞれ固有の試練を抱えている。そして苦難は各人各様であ
> るが、全ての人の心に訪れる。感受性は多くの美徳を産むが、理性によっ
> て統治されていないと、美徳を悪し様に言ったり、考えたりしそうになる。
> 唯一キリスト教は、気紛れな感情や心の衝動を抑制する正しい原理を
> 教えてくれる。如何に立派な性質でも、この土壌に植え替えられないと
> 狂暴に走る。しかし人生の所産は心に掛かっていることを確信しつつ
> も、心を勤勉に正しく保つことはいかに難しいことか。

この言葉の裏には、作者メアリ自身に対する反省と自戒の意味が隠されてい
ることは言うまでもない。

(6)

　上記第5の日記を書いてから数日が過ぎたとき、一通の手紙が届いた。ヘンリーからの手紙だった。文章は「簡潔で形式的」であったが、内容はメアリがリスボンを出発した次の便で帰る予定だったが、病気がぶり返したので遅れたことを詫びた後、彼女の健康その他について尋ね、そして最後に、明日ぜひ会いたいと書いていた。メアリはアンの死後その悲しみを癒す最良の薬をヘンリーの愛に求めていた。そして彼こそ、前章で述べた中年の紳士とは全く対照的に、感受性豊かな「感情の人」(a man of feeling) であり、彼女の感情に応える最良の男性であった。第25章はヘンリーとの再会を待ちわびるヒロインの心の動きを、作者は彼女と一体になって文章に表している。

　さて、彼女はヘンリーの手紙に答えて、自分も「簡潔で形式的な文体」で「明日会ってもよい」と書いたものの、心は「痛ましいほど激しく動揺」して、自分自身から逃げ出したい気分であった。そして早く会いたいという願望が不安と期待の緊張を招き、深い溜息を何度も吐いた。そこでこの「息苦しい時間を紛らすために」ヘンリーが作った歌を歌い、「彼と一緒に読んだ本」を取り出して読み、さらに彼の短い手紙を「少なくとも百回読み返した。」こうして眠れぬ一夜を過ごした後「のろい朝」を迎え、彼の足音を耳を済ませて待った。その間彼女は時間を数えながら、大地がまるで逆方向に動いているのではないかと思った。そして遂に彼が来た時、会うのが怖くて逃げ出したいような気分になったが、勇気を出して会いに行った。以上のように、ヘンリーを待つヒロインの心境は恰も作者自身が体験しているかのように迫真の描写を見せている。こうしてメアリは彼と会って弱弱しい顔を見た途端、「彼女の優しい感情が一気に蘇った。」そして彼の手を取って愛しそうに見つめながら、「体が良くないのね」と叫んだ。この後、彼女の細やかな愛情表現がさらに続く。作者メアリの豊かな感受性と想像力の正しく見せ場である。

　ところがちょうどこの時、彼女の夫から手紙が届いた。それは、彼が直ぐには帰国せずに、さらにイタリアを旅するという趣旨の手紙であった。彼の

関心は古い芸術や文学などには目もくれず、仮面舞踏会や「ふざけた遊戯」
(burlesque amusements) ばかりであった。彼女はこの手紙を読んで一安心す
るその一方で、このような低俗な夫に縛られる自分が一層惨めになった。と
同時に、愛する人と一緒に暮らせぬこの世は正に「涙の谷」(a vale of tears)
でしかない、と自らの悲運を嘆いた。(以上、第25章)

　ヘンリーはその翌日も訪ねてきた。その後も週に2〜3回会いに来た。メ
アリは恩を受けたブラッド一家の窮状について話すのを抑えていたが、彼が
それに気づいてくれたので、アンの弟の就職口について頼んでみた。彼は早
速これに応えて公職を見付けてくれた。彼女は彼に対する感謝の気持ちを
「言葉ではなく、顔全体に表情で示した。」

　こうして夏も近づいた頃、ヘンリーはロンドンの汚れた空気が禍して病状
がさらに悪化した。そこで彼は母と一緒に空気の綺麗なテムズ河畔の、メア
リが住む村に移ってきた。そして時には母を伴ってメアリと一緒にボート遊
びをするようになった。また船を浮かべながらヘンリーはバイオリンを弾き、
メアリはそれに合わせて歌った。そして時々一緒に小説や詩を朗読して楽し
んだ。こうして二人の友情は理想的な愛へと発展していった。しかしこのよ
うな至福の時間が永くは続かなかった。彼らは何時ものようにテムズ河で舟
遊びをしていると、急に空が曇り、雷鳴が轟き、雨が降り出した。彼女は体
を彼の方へ擦り寄せ、互いに抱き合って体を温めた。これが二人は抱き合っ
た最初の瞬間であった。彼女はこの瞬間の幸せを次のように表現している。

Mary drew still nearer Henry; she wished to have sought with him a watry
grave; to have escaped the horror of surviving him.—She spoke not, but
Henry saw the workings of her mind—he felt them; threw his arm round
her waist—and they enjoyed the luxury of wretchedness. (p. 60)

メアリはさらに一層ヘンリーの側へ体を寄せた。彼女は彼と一緒に水の墓
場を探せたらよかったのにと思った。自分だけが生き残る恐怖を逃れるこ
とが出来ればと思った。彼女はこれを口に出して言わなかったが、ヘンリ
ーは彼女の考えていることを察知した。彼はそれを感じ取り、彼女の腰に
腕を回した。二人は不幸の贅沢を精一杯享受した。

　こうして二人はびしょ濡れになって岸に上がった。ヘンリーの体は冷え切っていた。彼女はそれをひどく心配して、"What shall I do—this day will kill thee, and I shall not die with thee!"「私はどうしたら良いんでしょう。今日あなたはきっと死ぬでしょう。でも私はあなたと一緒に死ねないのです」と叫んだ。その夜彼は喀血した。しかしそれは「寒さの所為ではなく、肺結核が原因だった。」そして彼の病状は「日に日に悪化した。」(以上、第26章)

(7)

　メアリはヘンリーの死の予感に耐えかねて外に出た。そして無意識のうちに彼の家に向かっていた。気が付くと庭の門の側に来ていた。ヘンリーは庭に一人で座っていたが、彼女に気づくと立ち上がって扉を開けた。彼女はそばに座ると、彼はほぼ同時に愛の告白を始めた。それは約一頁に及ぶ長広舌で、全文の引用に適さないので要所だけに留めておく。先ず、"Heaven has endowed thee with an uncommon portion of fortitude, to support one of the most affectionate hearts in the world."「天はあなたに並々ならぬ不屈の精神を授けてくださった。それは世界中で最も愛情豊かな男性の一人を支えるためにです」と切り出す。そして彼が彼女と「初めて会った時から愛してきた。私が夢に描いていた通りの女性であったからだ」と告白する。そして彼女が人妻であることを知って却って一層愛情が高まり、病気に打ち勝つほどの力が湧いてきた、と述べる。そして最後に、"Could I but offer thee an asylum in these arms—a faithful bosom, in which thou couldst repose all thy griefs."「私はこの両腕の中に、そしてあなたの悲しみの全てを癒すであろうこの忠実な胸の中に、あなたを休息させることが出来ればよいのに」と述べて、彼女をしっかり抱きしめた。彼は彼女の胸の鼓動を聞きながら暫く黙っていたが、再び口を開いて「私の情熱は純一そのものであるので、死んでも消すことが出来ない……」と述べた後、「自分がもし健康であるならば、あなたを幸せに」と言いかけたが、彼女はそれを制して、「それは天国でア

ンと一緒に」(It will be in heaven with thee and Ann.) と言った。ヘンリーも
それに答えて、"There we shall meet, my love, my Mary, in our Father's."
「天国で私たちの父の許で会いましょう、私の愛するメアリ」と、究極の愛
を告白した。彼は心の全てを語り終えたとき「息ができないほど」疲れ切っ
ていた。(p. 61)

　こうして二人は涙を流しながら門の側まで来て別れた。彼女はヘンリーの
苦痛に満ちた情熱的な顔を見るのが恐ろしくて、振り返ることもできずに無
我夢中で小道を下って行った。彼女は完全に放心状態だったので、雨が降っ
ていることに気づかず、周囲の景色も目に映らなかった。そしてようやく正
気に戻った時あたりがすっかり暗くなり、空に満月が浮かんでいた。彼女は
孤独の夜道を歩きながら、自分の悲しい運命について思いを巡らした。　そ
して彼女の自問自答が一頁近く続く。"Where am I wandering, God of
Mercy! . . . What miseries have I already encountered—and what a number
lie still before me." 「慈悲深い神よ、私は今何処をさ迷っているのでしょう
か。……私はすでになんと多くの不幸に出会ったことか。そして今後どれほ
ど多くの不幸が待っているのでしょうか」で始まり、次にヘンリーに想いを
転じて、次のように述べる。

Would he not smile upon me—call me his own Mary? I am not his—said
she with fierceness—I am a wretch! and she heaved a sigh that almost
broke her heart, while the big tears rolled down her burning cheeks; but
still her exercised mind, accustomed to think, began to observe its opera-
tion, though the barrier of reason was almost carried away, and all the
faculties not restrained by her, were running into confusion. Wherefore am
I made thus? Vain are my efforts—I cannot live without loving—and love
leads to madness.—Yet I will not weep; and her eyes were now fixed by
despair, dry and motionless; and then quickly whirled about with a look of
distraction. (p. 62)

彼は私に微笑み、そして私を、彼自身のメアリ、と呼ばなかったか。だが
私は彼の妻ではない。私は哀れな女だ。こう言って、彼女は胸が張り裂け
そうな溜息をついた。その間大粒の涙が彼女の頬を流れ落ちていた。だが、

考えることに慣れた彼女の鍛えられた心は、（理性の壁が殆ど取り去られ、自制の機能が全て混乱していたけれども）その働きを観察し始めた。どうして自分はこんな風にできているのだろう。私の努力は全て無駄だ。私は人を愛さずには生きていけない。そして愛は狂気に通じる。だが私は泣かない。そして今や彼女の目は絶望のために乾き、じっと一点を見据えていた。それから素早く、混乱した目で周囲を見回した。

　こうして我に返った彼女は希望を探し求めたが、自分がただ一人で地上をさま迷っているだけであり、「自分の憩いの場」(my abiding place) である「我が家」(home) はこの地上に存在しないと覚悟した。だが、ヘンリーは彼女にそれを望んでいるのか、と考え直した。すると急に「優しみの涙」(tears of tenderness) が頬を伝い、心が落ち着いて雨の中を家路に向かった。そして家に着くとカーテンも閉めずにそのまま寝込んでしまった。そして目を覚ますと、太陽が眩しく部屋に差し込んでいた。彼女は目を閉じたまま耳元でヘンリーの優しい声—— "Could these arms shield thee from sorrow—afford thee an asylum from the unfeeling world." 「この腕がそなたを悲しみから守り、この無情な世界から逃れる避難所になればよいのに」——を聞いた。そして彼の死が迫っていることに気づき、後は何も考えられなくなった。

　以上で第27章は終わるが、この一章は本小説の真の意味におけるクライマックスの一場面であり、作者メアリの感受性と想像力と情熱の粋を集めて一気に書き上げた逸品である。前半は彼女が心に描く理想の愛の姿を、そして後半はその愛が所詮実を結ばぬ運命を自覚したときの絶望の声を生々しく描いている。とりわけ後半は作者メアリ自身の心情を見事に反映している。中でも、"I cannot live without loving—and love leads to madness" は彼女でしか声に出せない叫びである。しかもこの言葉は作品全体を象徴する、と同時に主題そのものと評して過言ではあるまい。何故なら、これこそメアリの感受性と情熱の高さと深さを物語っているからである。

　実際上記の一節は、1785年2月に最愛の友ファニーがリスボンでヒュー・スキーズと結婚してメアリの側には居らず、その孤独感を "without some one to love, this world is desert to me." 「愛する人の居ないこの世は私にとって砂

漠だ」と述べた言葉と、その時の心境をそのままリアルに反映したものである。そして「愛は狂気に通じる」という言葉は、メアリがファニーの出産の看病をするため、多額の借金をこさえてリスボンまで一人で出かけるという「狂気」に近い行動に表れている。そしてさらに、"Where am I wandering, God of Mercy!" という言葉に象徴される「永遠の憩いの場」である「我が家」を求める心境は、作者自身の生涯の願望でもあった。そして最後の半狂乱の茫然自失の状態で家路に向かう姿は、絶望の淵に立たされた時の作者自身の心境を見事に表現している。彼女はこの心境を荒野をさ迷う狂気のリア王に、その象徴的姿を求めている。そしてこれこそメアリが心に描く「狂気の詩人」、感受性と情熱が産み出す究極の想像的世界に他ならなかった。

(8)

　第28章は、メアリがヘンリーを見舞いに行く準備をしているとき、彼の母が不意に訪ねてきたところで始まる。彼は非常に悪く、余命僅かであるので、死ぬまで彼の側に居てあげてほしいと言う、たっての願いを伝えに来たのだった。そして彼の家に向かう道々、ヘンリーは死んだ後メアリが母の子供になってほしいと彼自身が強く望んでいることを伝えた。そして彼の「気立ての良いこと」(goodness of heart) を幾つか例を挙げて強調した。メアリはその話を聞いて「最高に嬉しく」思ったが、同時に「彼が間もなく天国へ行くのかと思う」と悲しみのあまり全身が震えた。

　続く第29章は小説の最後のクライマックス、ヘンリー臨終の場面である。メアリは病床に横たわるヘンリーの姿を見た。彼は「非常に悪く」医者から既に絶望を宣告されていた。彼は今はアヘンで命を繋いでいるだけであった。しかし彼女は「彼を看病することに喜びを感じ、彼女の愛情によって彼の痛みを和らげ」そして湧き出る涙と溜息を抑えた。「彼が眠っている間彼の枕を支え、彼女の頭を胸に宛てて鼓動を聞こうとした。」彼女は彼を「自分自身以上に愛していたが、彼の回復を最早祈ることが出来ず、天の意志が

全うされる」ことだけを待っていた。さらに彼女はその時の心境を次のように語っている。

> She laboured to acquire fortitude; but one tender look destroyed it all—she rather laboured, indeed, to make him believe she was resigned, than really to be so. (p. 64)
>
> 彼女は（悲しみに耐える）不屈の精神を持とうと努力していた。しかし彼の優しい目を見るとそれが全て壊れてしまった。彼女は実際以上に諦観していることを彼に信じさせようと本当に努力していた。

ここで注目すべきは、'fortitude' と 'resigned' の2語である。前者は現実の悲しみや苦しみに耐え抜く「不屈の精神」であり、後者は全てを神の意志に委ねる死を覚悟した「諦観」を意味する。今や彼女はこれまでの純一で豊かな感受性と情熱の華から、苦しい現実に立ち向かう「不屈の精神」と、諦観と同意語の「覚悟」を、ヘンリーの死を前にして必死に習得しようと努力している姿に注目したい。ここに小説のヒロインの崇高な姿があると同時に、作者メアリが自立の道を歩む決意が映し出されている。

　さて、メアリは上記のように述べた後、ヘンリーが息を引き取る前に「彼との永遠の契りとして聖杯を共に受ける」(receive the sacrament with him, as a bond of union which was to extend beyond the grave.) ことを望んだ。こうしてメアリは真の「安らぎ」(comfort) を覚え、「悲しみを超えて立ち上がった。」(She rose above her misery.) 彼女自身もヘンリーの慈愛に支えられて共に復活したのだった。「ヘンリーの終焉は近づき、彼の目は一点を見つめ、もはや情熱に揺れることはなかった。……彼の魂は神の許に居た。そして彼の最後の息を静かに見守っているメアリはもはや一人ではなく、神と一緒だった。」彼女は「彼の乾いた唇に自分の震える唇を押し当てた。すると彼の目は再び開き、それまで覆っていた膜が取れて愛の輝きを取り戻した。そして、"My Mary, will you be comforted?" と囁いた。」(p. 65)

　彼はそれから暫く意識混濁の状態が続いたが、終に呻きながら、「あたりは暗い。メアリの顔が見えるように起こしてくれ。メアリは何処だ。……彼

女の腕の中で死なせてほしい」と叫んだ。彼女はその通りにした。こうして
彼は息を引き取った。それは恰も「彼の魂が牢獄（肉体）から逃れて、彼女
の許へ飛んでゆくように見えた。」(the soul seemed flying to her, as it escaped
out of its prison.) 彼女は天を仰ぎ、「父よ、彼の魂を受け入れ給え」と静か
に祈った。そして一人で部屋に戻り、過去の思い出に耽り、自分の運命は終
わったと思った。それから再び彼の側に戻り、「狂ったように」真剣に神に
祈りを捧げた。第 29 章は次の言葉で終わっている。

> She prayed wildly—and fervently—but attempting to touch the lifeless
> hand—her head swum—she sunk— (p. 66)
>
> 彼女は狂ったように、そして熱心に祈った。だが生命のない手に触れよ
> うとしたが、彼女の頭がぐらつき、倒れ込んだ。

(9)

　ヘンリーが死んでから 3 か月後、メアリは今では彼女の唯一の友人であ
る彼の母と会って、別人のようにやせ衰えているのを見て驚いた。そこで彼
女と一緒に旅に出ようと誘った。こうして二人はバースからブリストル、そ
してサザンプトンへ旅をして、そこに暫く滞在することにした。ところがそ
こで、メアリの夫の友人と会った。彼から依頼を受けて、彼女と会うために
そこへやってきたのだった。しかし彼女には直接事情を話さず、ヘンリーの
母に事実を伝えた。暫くしてからメアリはそれを聞き、動転して気を失って
しまった。しかし気を取り戻すと、彼に対する嫌悪が一層高まり、夫との再
会を一年遅らせてもらって一人で諸国を旅してまわった。そして約束の一年
後夫と再会したとき、彼から手を握られたその瞬間、「大地が大きく口を開
けて、自分を飲み込んでほしい」(the earth would open and swallow her.) と
思うほどであった。この表現は、メアリ自身が絶望や憎悪を覚えたときによ
く使う言葉である。（以上、第 30 章）

　さて、最終章はメアリが再び夫と別れ、健康の回復を求めて大陸を旅した後、郷里の田舎に戻った。そして自分の敷地を農地に変えて生産活動に身を投じ、過去の悲しみを紛らすと同時に無駄な後悔を一掃した。そして周囲の貧しい人や病人を訪ねて励まし、慈善事業に専念した。こうして彼女は過去の数々の悲しい思い出を遠ざけたが、折に触れてヘンリーの優しい愛情を思い起こした。そのような時、「慈善や宗教でさえ満たすことが出来なかった心の空白」(a void that even benevolence and religion could not fill) を満たしてくれた。そして最後に、次の言葉でこの小説を閉じている。(イタリックは原文のまま)

　　Her delicate state of health did not promise long life. In moments of solitary sadness, a gleam of joy would dart across her mind—She thought she was hastening to that world *where there is neither marrying*, nor giving in marriage. (p. 68)

　　彼女の繊細な健康状態は長生きを約束していなかった。時折悲しい瞬間に、歓喜の光が彼女の心をよぎった。彼女は、結婚もなく結婚に屈することもない、あの世界へ急いでいると思ったからである。

結び

　若い女性が幸せな結婚で終着すること、これは当時の女性の理想の人生であった。そしてどの女流作家も小説の筋書はこの決まり切った「常道」(a beaten track) を歩んでいる。しかしメアリ・ウルストンクラフトは只一人この常道を逸れた道を歩いた小説界の異端児であった。彼女は社会の因習や常識に捕らわれず、自分自身の体験と信念に基づいて自分の考えや感情を、仮面を着せずに表現した。つまり小説は彼女の心情の告白の場でもあったのだ。それは『メアリ』の第1章と第2章に明確に表れている。先ず第1章では、この小説の執筆当時彼女が家庭教師として勤めていたキングズバラ子爵夫人の生活態度を主題に、そして第2章ではヒロインの少女時代の家庭

環境、とりわけ父の母にたいする横暴な態度と、それに忍従する母の惨めな姿に深い同情を寄せると同時に、これが彼女の天性の感受性を呼び覚ましたことを強調している。

　しかし彼女自身は、結婚はもちろん男性と熱烈に愛し合った経験もなかった（ウォーターハウスとの愛は片思いの域を出なかった）。従って、この小説の中でも結婚後の生活、つまり夫婦生活について、全然触れなくて済むように筋書が出来上がっている。小説のヒロインは2歳年下の15歳の少年と無理矢理結婚させられた上に、夫は結婚と同時に家庭教師を伴って大陸へ遊学に出かけ、それから数年間彼女と一度も会うこともなく、そして大陸から帰国後一度会っても手を握っただけでベッドを共にすることがなかった。しかし結婚という掟に縛られて人生を送ることになった。彼女はこのような拘束された心境の中で運命と戦いながら、天性の豊かな「感受性」と「情熱」を燃やすことになる。小説の見所は正しくここにある。後半のヘンリーとの熱愛の場面はそのクライマックスと言えよう。しかしメアリの「愛情」(affection) は、「感受性」を源泉にした「同情」(compassion) と「慈愛」(benevolence) の結晶であり、究極的には肉体の次元を超えた魂の合体であった。地上では許されない二人の愛はヘンリーの死の直前に、互いの強い「決意」(fortitude) と「諦観」(resignation) によって、終に成就したのである。

　上記の特に括弧で示した7語は、本小説の主題を代弁するキーワーズであり、何度も用いられている。中でも豊かな「感受性」と「情熱」に加えて、メアリ自身が "the slave of compassion" と自称したように、不幸な人に対すると「同情」と「慈愛」の心は彼女の最高の美徳であった。それは作品の全篇に渡って彼女の行動に表れている。とりわけヘンリーの死後、孤独と絶望の人生を慰め、それを支えたのは慈善行為に他ならなかった。"She visited the sick, supported the old, and educated the young. These occupations engrossed her mind; . . ."「彼女は病人を見舞い、老人を支え、若者を教育した。このような仕事に我を忘れた」という最終章の一言は全てを物語っている。

　だが結びの一句「結婚のない世界へ早く行きたい」という消極的な願望は、これより8年後に書き始めた未完の大作『女性の侮辱』の「私は何故

男に生まれてこなかったのか、でなければ何故生まれてきたのか」(Why was I not born a man, or why was I born at all?) (p. 139) と完全に通底している。そしてこの言葉を裏返せば、「女性差別」に対する強い抗議と、「女性解放」への強い願望がより鮮明に浮かび上がってくる。このように観ると、スターンの『感傷旅行』(Lawrence Sterne, *A Sentimental Journey*) を初めとした「感傷文学」の流れを汲む小説『メアリ』は、小説の様式を超えた彼女独自の啓蒙的な意味を強く持っていたことが分かる。従ってこれより 4 年後の大作『女性の権利』の出版は作家としての突然の飛躍でも変貌でもなく、自然の成長の帰結と読み取ることができよう。しかしここで見落としてならないことは、明確な成長があったことである。それは小説『メアリ』の後半に見られるように「感傷文学」の影響を強く受けて、感受性と同情に重きを置き過ぎたことを反省して、女性の解放と自立のためには「理性」と「理解力」の必要を力説した点である。そして当時女性の唯一最大の価値と看做されていた感受性に新たな疑問を呈している点に注目したい。

第2章

『女性の権利』
──女性の解放と教育の必要

第1節　伝記的背景

(1)

　1787年8月、メアリは1年近く務めたキングズバラ家の家庭教師の職を辞して、書き上げたばかりの小説『メアリ』を携えてジョゼフ・ジョンソンの店 (72 St. Paul's Churchyard, London) を訪ねた。1年前に彼の好意で『女子教育雑感』を出版して原稿料10ポンドを手にしていたからである（19頁参照）。彼女の文才をすでに認めていた彼はこの原稿を快く受け入れただけでなく、雇われ作家 (hack writer) の仕事を任せてくれた。こうして彼女は遂に念願の完全な自立を果たした。そして当初暫くの間ジョンソンの家に間借りしていたが、10月に入ってからテムズ河の南側のドルベン通り (Dolben Street) に新居を移し、そこから通うことになった。11月7日の妹エヴェリーナ宛の手紙で、その喜びを次のように述べている。

> Mr. Johnson, whose uncommon kindness, I believe, has saved me from despair and vexations . . . assures me that if I exert my talents in writing I may support myself in a comfortable way. I am then going to be the first of a new genus—I tremble at the attempt, yet if I fail I *only* suffer, and should I succeed, my dear Girls will ever in sickness have a home and a refuge where for a few months in the year, they may forget the cares that disturb the rest. (*Wardle*, p. 86)

> ジョンソン氏の並々ならぬ親切のお陰で、私は絶望と苦しみから救われてきたと確信していますが、……私が執筆に自分の才能を存分に発揮すれば、一人で楽に生活出来るようにしてあげる、と彼は保証してくれました。私

はこれから新しい職業の最初の女性として生きることになるのです。さあ
やるぞ、と思うと（興奮して）身震いします。だが失敗すれば、苦難の道
が待っている。もし成功すれば、私の妹たちは病気になったらいつでも休
める家があり、そして一年のうちの 2〜3 か月は残りの月の心配事を忘れ
ることができる避難所を持つことになるでしょう。

そして最後に、"You know I am not born to tread the beaten track—the pecu-
liar bent of my nature pushes me on." 「私は常道を歩くために生まれていな
いことをあなたも知っているでしょう。それが私の持って生まれた特別な性
質が駆り立てる道なのです」と、小説『メアリ』の序文で力説した自分の生き
る道を改めて思い起こしている。そして数日後さらに次のように述べている。

I have done with the delusion of fancy. I only live to be useful. Benevo-
lence must fill every void in my heart. (*Wardle*, p. 86)
私は空想による妄想とは完全に縁を切りました。これからは役立つために
生きます。慈善が私の心のあらゆる空白を満たさなければなりません。

　これは前記の手紙に続いて、小説『メアリ』を念頭に置いていることは明
らかだ。先ず「空想による妄想」はメアリとヘンリーとの非現実的な愛の成
就を指しているのであろう。そして「慈善」によって心の空白を埋める決意
は、小説の最終章の「彼女は病人を見舞い、老人を支え、そして若者を教育
した」(She visited the sick, supported the old, and educated the young.) (p.
67) を念頭に置いていたに違いない。

(2)

　1788 年に入って間もなくメアリの最初の小説『メアリ』はジョンソンの店
からようやく出版の運びとなった。こうして彼女は待望の作家としての第一
歩を歩み始めた。そして彼女の仕事も書評や翻訳そして短評と多岐にわたり、
多忙ながらも活気に満ちた生活が続いた。それだけに収入も増え、彼女を頼

りにしている妹や友人への支援も拡大した。しかし彼女自身は支出を可能な
限り切り詰めてもなお多額の借金を残していた。だが以前のように追い詰め
られた気分にはならず、いずれそのうちに返済できると楽観していた。

　そのような折、メアリにとってさらに明るい未来が開ける機会が訪れた。
それは新しい雑誌『アナリティカル・レヴュー』(Analytical Review) がジョ
ンソンの手によって発刊されたことである。彼女は主として新刊書の書評を
担当したので、必然的に読書の範囲も広がり、彼女の知識も飛躍的に向上し
た。しかし彼女はこのように多忙な日々の生活の中にあっても、楽しい息抜
きの時間があった。それはジョンソンと会って自分の気持ちを聞いてもらっ
たり、また彼の店に集まる様々な文士や芸術家と会話を交わす時であった。
それはまた同時に、彼らから多くの新しい知識を吸収する絶好の機会となっ
た。彼らの多くは服装やマナーには全く無関心な常識外れの連中で、ロマン
スに出てくる騎士道的ないしは感傷的性格とは無縁の男ばかりだった。その
中にスイス人の画家フューズリがいた。彼こそ数年後メアリの人生に一大転
機をもたらした最初の人物であった。

　何はともあれ、彼らとの付き合いは彼女が小説『メアリ』で見せた感傷的
ヒロインの面影を一時的にせよ、自らに一掃する好機となった。彼らの中に
は、ヒロインが熱愛したヘンリーのような感受性に富んだ感傷的な男性が一
人もいなかったからである。しかしメアリは本質的に「理性」(reason) より
も「感情」(feeling, passion)、そして「分別」(prudence) よりも「感受性」
(sensibility)、つまり「頭脳」(head) よりも「心」(heart) を重視する「感情
の人」(a man of feeling) であったことをここで忘れてはなるまい。筆者は
「一時的にせよ」という条件を付けたのはこのような理由からである。

　実際、彼女は自分の性格をよく知っており、理性によって感情や衝動を抑
えようと努力していた。それを裏付ける言葉が彼女の手紙に散見できるが、中
でも、彼女の精神的な父であるジョンソンに送った次の手紙は実に興味深い。

　　I am a mere animal, and instinctive emotions, too often silence the sugges-
　　tions of reason. . . . I am a strange compound of weakness and resolution!
　　However, if I must suffer, I will endeavour to suffer in silence. There is

certainly a great defect in my mind—my wayward heart creates its own misery.—Why I am made thus I cannot tell; and, till I can form some idea of the whole of my existence, I must be content to weep and dance like a child—long for a toy, and be tired of it as soon as I get it. (*Wardle*, p. 97)

私は只の動物に過ぎません。そして本能的感情が余りにもしばしば理性の微かな声を黙らせてしまいます。私は弱さと決断との合成物です。しかしそのために私は苦しまねばならないのなら、文句を言わずに苦しむ努力をしましょう。私の気性には確かに大きい欠点があります。私の気紛れな心は自ら独自の不幸を創り出しているのです。私はどうしてこのような人間になったのか分かりません。だから私は自分の存在の全てがはっきり分かるまで、子供のように泣いたり踊ったり、そして玩具をねだって、それを手に入れると直ぐ飽いてしまう、そのようなことで満足しなければなりません。

　上記の「弱さ」は「感情」に負けることを意味している。彼女は小説『メアリ』第2章の最後に、「彼女は衝動の生き物、そして同情の奴隷であり過ぎた」(She was too much the creature of impulse, and the slave of compassion) と述べ、そして第24章で、「感じやすい情熱は理性の支配下に置かれ、そして心の衝動の修正を必要としないあの天国のような至福の日々」(the bliss of those paradisiacal days, when the obedient passions were under the dominion of reason, and the impulses of the heart did not need correction.) が訪れることを強く望んでいる。上記のジョンソンに語った言葉は、小説『メアリ』のこれらの言葉の延長と解釈して間違いではなかろう。何れにせよ、メアリは理性と情熱のバランスを求めてあがき苦しんだことは確かであった。本章で論じる『女性の権利』はこの努力の成果であった。

(3)

　1789年に入ると、メアリは『アナリティカル・レヴュー』に発表するための執筆に日々忙殺された。最初の半年間に約50回寄稿したほどである。その大半は書評であったが、他に翻訳、論評、伝記と多岐にわたった。それだ

けに収入も増えたが、相変わらず妹やブラッド一家の家計を支え、借金の返済に追われていた。しかし彼女は一言も不満を漏らさず、常に明るく積極的であった。それほど仕事に満足し、充実していたのである。そしてその年の後半に入ると、彼女の寄稿文のジャンルはさらに広がり、質的に大きく変化し始めた。つまり、書評だけに留まらず、演劇やオペラに手を伸ばし、しかも彼女の意の赴くまま自由に論評するようになった。そしてさらに彼女の作家としての潜在能力に活を入れる衝撃的な事件が、海を隔てた隣国で勃発した。フランス革命である。

　彼女の胸の内に深く埋もれて積み重なってきた、女性差別に対するうっ憤を晴らす好機が訪れたのである。2 年前に書いた小説『メアリ』は、父の私利私欲のために無理やり結婚させられた若い女性が解放を求めて空しい努力をした末、真の解放は天国でしか得られないことを悟るという筋書になっている。つまり女性には忍従と諦めしかなく、それを打ち破って「解放」(emancipation) を求めることは許されなかった。しかし今やフランス革命がそれを支援し、可能にしてくれたのである。さらに、ジョンソンの食事会にはフューズリを初めとした常連客に加えて、ウィリアム・ゴドウィン (William Godwin) やトマス・ペイン (Thomas Paine)、さらにウィリアム・ブレイク (William Blake) 等の革新的思想家も時折顔を見せるようになった。彼らは皆一様にフランス革命の支持者であり、メアリの女性解放の精神に同調し、さらに勇気を与えてくれた。

　彼女は『メアリ』の「序文」の最後に、女性の「崇高さ」(grandeur) は、「人の意見に従うのではなく、自分独自の源泉から自分の手によって引き出された才能を精一杯働かせるところにある」(原文は 8 頁参照) と述べている。だがその前に、このような女性の存在は少なくとも小説の世界において「許されてしかるべきであろう」と断っている。しかし今やそれは単に小説の世界だけでなく、現実の世界で大手を振って歩ける時代が遂にやってきたのである。それを確信した彼女は小説のような感傷的手法 (sentimental literature) に頼らず、直接読者に向かって堂々と主張し、論戦を挑む時代が到来したことを確信した。その第一作は『人間の権利』(A *Vindication of the Rights of Men,* 1790) であった。

　この執筆の直接の動機は、文壇の大御所エドマンド・バークがフランス革命を批判した著書『フランス革命論考』(*The Reflections on the Revolution of France*) (1790) の出版であった。この名著が上梓されてから僅か4週間後に『人間の権利』がジョンソンの店から出版されたのであるから、彼女の読書の速さと、それに反応する執筆の爆発力には正に目を見張るものがある。全62頁とは言え、彼女の天才の片鱗を如実に示している。彼女はこの著書の序文 (Advertisement) の中で、これを執筆した動機について、「最初は興味半分で読んでいたが、読むたび毎にその詭弁的論調にますます腹が立ってきた。そこでその瞬間の感情が溢れるまま手紙の形式で書いた」(大意) と述べている。そしてこの大作を「隅々まで丹念に読む暇も根気もないので、その大原則 (the grand principle) に対象を絞って批判を述べさせていただく」と付け加えている。このように序文は僅か16行であるが、本書の意図を実に明快に論じている。「その瞬間の感情が溢れる」(the effusions of the moment) ままに述べる、と言うメアリの基本的姿勢は『メアリ』の序文で強調した点であり、その後の著書でも同様の姿勢を貫いている。

　これに反してバークは巧みに詭弁を弄して、「貴族的なゴシック的偏向」を正当化している。メアリのバークに対する批判の焦点は正しくここにある。その代表例を挙げると、この著書の最初の部分で、バークが「古びた錆を尊重する」(reverence the rust of antiquity) そして「不自然な習慣を賢明な経験の果実と称し」(term the unnatural customs . . . the sage fruit of experience)、さらに「このような考えはゴシック的な美意識である」(these are gothic notions of beauty) と論破する (p. 6)。そして最後の部分でも、古びた不自然な慣行を尊び、その喪失を嘆くバークの態度を、「ゴシック建造物を飾る無価値なタペストリを懐かしむ」に等しいと断じている (p. 60)。そしてこのように既に価値を失った過去の遺産や権威を懐かしむバークの基本姿勢は、獄門に連行されて行く王族に罵声を浴びせる民衆の姿を描写した彼自身の次の一節から十分読み取れる、と述べている。

"Whilst the royal captives, who followed in the train, were slowly moved along, amidst the horrid yells, and shrilling screams, and frantic dances, and infamous contumelies, and all the unutterable abominations of the furies of hell, in the abused shape of the vilest of women." (p. 29)

「一方、囚われの身となった王族は幾人も列になって連行され、恐ろしい怒号や、耳をつんざく悲鳴や狂った乱舞や忌まわしい侮辱、そして有りとあらゆる怒れる地獄の言語に尽くし難い憎悪を全身に浴びて、卑しい最悪の女の群れの中をゆっくり移動していった。」

　バークはこのように不幸な運命を背負った王侯貴族に対して深い同情を示す、その一方で、彼らに罵倒を浴びせた民衆に対する根強い軽蔑を彼特有の巧みなレトリックを用いて表明している。メアリはこれに対してなお一層腹を立て、次のように痛烈に皮肉っている。

... if I once discover that many of those opinions are empty rhetorical flourishes, my respect is soon changed into that pity which borders on contempt; and the mock dignity and haughty stalk, only reminds me of the ass in the lion's skin (p. 29)

このような意見の多くは中身のないレトリックの飾りであることを一度発見すると、私の（これまでの）尊敬はたちまち軽蔑に近いあの哀れみに変わってしまう。そしてその偽の威厳と尊大な闊歩はライオンの皮をまとったロバを私に思い出させる。

　そして最後に、皇族がこのように民衆の手によって玉座から引きずり下されるのを見て嘆き悲しむ彼に対して、改めてさらに厳しく次のように問いかけている。

Man preys on man; and you mourn for the idle tapestry that decorated a gothic pile, and the dronish bell that summoned the fat priest to prayer. You mourn for the empty pageant of a name, when slavery flaps her wing, and the sick heart retires to die in lonely wilds, far from the abodes of men. Did the pangs you felt for insulted nobility, the anguish that rent your heart when the gorgeous robes were torn off the idol human weakness had set up, deserve to be compared with the long-drawn sigh of melancholy reflection, when misery and vice are thus seen to haunt our steps, and swim on the top of every cheering prospect? (p. 60)

人間が人間を餌食にする（厳しい）時代であるのに、あなたはゴシック大建造物を飾った無意味なタペストリと、太った司教を祈祷に招いた鈍い鐘の音を懐かしんでいる。奴隷の身分は羽をばたつかせ、絶望した人は人間の住処から遠く離れた侘しい荒野で孤独の死を求めて退いてゆく時代であるのに、あなたは名ばかりの空しい美観を懐かしんでいる。侮辱された貴族に対してあなたが感じる痛みや、人間の弱さ（信仰）が作った偶像から豪華な衣がはぎ取られるのを見て胸が引き裂かれるように感じるあなたの苦痛は、悲惨と悪がこのように私たちの足元に付きまとい、あらゆる楽しい希望の先端を揺るがすとき、憂鬱な思いから溢れ出る深いため息とでは、到底比較に値しない。

　以上のように、バークが『フランス革命論考』で論じた革命批判と、過去の名声と権威を擁護する貴族的懐古趣味に対して、メアリは激情の赴くまま猛然と反撃した。その誇張的な表現は、彼女が自らに課した感情を理性で抑える基本原理を忘れたかのような印象すら与える。しかし彼女は本質的に「感情の人」であり、「頭脳」(head) よりも「心」(heart) を、理性より本能（または衝動）を、そして技巧より自然を重視する女性であった。彼女は『メアリ』第2章の最後に、彼女は「衝動の生き物」(the creature of impulse)、そして「同情の奴隷」(the slave of compassion) であることを強調しているように、小説の主題は彼女の「感受性」に焦点が当てられていた。フランス革命の勃発は彼女の作風を政治的関心へと一変させたが、それと同時に彼女本来の「情熱」(passion) はさらに一層先鋭になったことも確かであった。

　前述のように、『人間の権利』はバークの『フランス革命論考』が出版されてから僅か4週間後の1790年11月末に著者の名を隠して上梓されたが、それは大成功であった。それから僅か2週間後に、今度は著者の名を記して再販されたからである。そしてその書評が幾つかの機関紙に載ったので、多くの読者の関心を呼び、彼女の名は忽ち世に知られるようになり、当時の著名な革新的批評家の列に入れられた。彼女は一夜にして時の人となったの

である。そしてさらに時を経ずして同じジョンソンの書店からザルツマン
(C. G. Salzman) の『道徳の本質』(*Elements of Morality*) の翻訳を出版した
ので、彼女の名はなお一層知られるようになった。こうして彼女は今や過去
の「雇われ作家」ではなく、収入も跳ね上がったので、住まいをシティに近
い高級住宅地のベッドフォード・スクエア (Bedford Square) に移した。彼女
の代表作『女性の権利』はこのような充実した気分の中で書かれたのである。

　上述のように『人間の権利』の成功は、メアリに作家としての社会的使命
感を目覚めさせた。それは感情に任せて相手を攻撃し、批判するだけでな
く、それを冷静に言葉に表すことによって広く民衆を指導し教育することに
あった。当時、趣味や絵画の世界で「改善」(improvement) という言葉が流
行っていた。メアリはそれを教育の改善、延いては社会の改善に発展させる
ことこそ作家の究極の使命であると考え始めた。そしてこれによって「女性
の解放」が真の意味で実現すると確信した。『女性の権利』の出版はそれに
向かう第一歩に他ならなかった。

　メアリは女性差別の原因の最たるものに教育の不足を挙げているが、その
原点は彼女の母の生活態度にあったことを第 1 章で説明した。それを絶え
ず見てきた彼女は自活の道として最初に選んだ職業は自ら学校を開くことで
あった。こうして子供の教育に情熱を傾けたが、経済的に 2 年間で行き詰
まり、次に選んだ職はアイルランド貴族の子供の家庭教師であった。そして
この仕事を一年足らずで辞めた後ジョンソンの出版の仕事に就き、主に書評
を担当する間に教育に関する著書を数多く読んで知識の幅を広げた。以上の
経緯から『女性の権利』は、女性の差別を解消する最良の道は女性の教育を
男性のレベルまで高めることにあるという強い信念の下に書かれた。これを
何よりも先ず念頭において本書を読む必要があろう。

第 2 節　『女性の権利』
(*A Vindication of the Rights of Woman*)

　本書は 1791 年 9 月に書き始めて翌年 1 月に出版された。その期間は僅か 4 か月余りと、驚異の短さである。その理由の一つに、本書を全部書き終えてから印刷したのではなく、1〜2 章書き終える毎に印刷したためであった。それにしてもメアリの筆の速さに改めて驚かされる。一年前『人間の権利』を、エドマンド・バークが『フランス革命論考』を出版してから僅か 4 週間後に出版したことを思い起こせば何も驚くことはないが、何れにせよ彼女の爆発的な創造力は天才の証と言う他ない。しかしこの大作を一定の量を書き終える毎に印刷していったので、同じ趣旨の記述や主張が何度か繰り返され、全体として統一に欠ける難点が目立つのもやむを得ないのかも知れない。しかし各章を独立して読むと非常に力強く、論旨は極めて明快である。中でも特に最初の「序文」(Introduction) は極めて周到に構想を練って書かれている。従って、この序文を読めば本書の主旨が的確に理解できる。

(1)

　先ず「序文」に注目すると、冒頭からいきなり女性差別の問題に触れ、人類の歴史において女性が惨めな低い位置に置かれてきた最大の原因は、教育にあることを次のように主張する。

I have turned over various books written on the subject of education, and patiently observed the conduct of parents and the management of schools; but what has been the result?—a profound conviction that the neglected education of my fellow-creatures is the grand source of the misery I deplore; . . . (p. 71)

私は教育の問題について論じた様々な本をこれまで数多く読み、そして両親の行動と学校の運営について辛抱強く観察してきた。だがその結果は何

であったか。それは私たち女性に対する教育の軽視こそ、私が遺憾に思っている惨めな境遇の最大の要因であるという強い確信であった。

　そして女性をこのような「弱くて惨めな」(weak and miserable) な状態にしたのは、女性が本来持っている「力」(strength) と「有用性」(usefulness) を犠牲にして「美しさ」を優先させた、教育の間違いそのものにあることを主張する。そしてこのように育てられた女性は、豊かに肥えた土壌で育った花のようにぱっと美しく咲くが、すぐに色褪せてしまうと警告するに留まらず、それが女性の「愚かさ」(folly) と「悪徳」(vice) に繋がる、その理由を次のように説明している。

> One cause of this barren blooming I attribute to a false system of education, gathered from the books written on this subject by men who, considering females rather as women than human creatures, have been more anxious to make them alluring mistresses than affectionate wives and rational mothers; . . . (p. 71)
>
> このような不毛の花の原因は、この問題について男性が書いた書物からかき集めた間違った教育制度に起因している、と私は考えている。彼らは女性を人間としてよりも女と考えているので、女性を愛情に富んだ妻や理性的な母よりも魅惑的な情婦にしたいと強く望んでいるからだ。

　このように述べた後さらに続けて、「今日のような文明社会において女性は、少数の例外を除いて、自分の才能と美徳によって尊敬されたいと願うよりも、男性の欲望を刺激することしか望んでいない」と、厳しく糾弾している。だが女性がこのように堕落したのは、男性に絶対的な責任がある。そもそも男性優位の社会において「男性は私たち女性を只一時の魅惑の対象にするために、私たちをなお一層貶める努力をしている」(men endeavor to sink us still lower, merely to render us alluring objects for a moment) からだ。一方、女性は男性を征服した自分の魅力に有頂天になり、真の友情を育む「心」(heart) の大切さを忘れて「感覚」(senses) の勝利に酔ってしまう。そしてこれが女性の愚かさであると同時に、軽蔑される要因の一つであることを指摘

している。だが世間は、メアリのように歯に衣着せずに話す女性を「男性的女性」(masculine woman) と誹謗するが、彼女たちは男性と同じように狩猟や賭け事に興じているのならば、そのように呼ばれても仕方ない。だが「彼女たちが美徳と才能において男性と競っていることを知った上で、そのように呼ぶのであれば、男性的女性が今後ますます増えることを望む」と皮肉っている。(p. 72)

　メアリは以上のように述べた後、本書の読者は英国の中産階級を中心とした一部上流階級を含む女性を対象にしていることを断った上で、女性が真に尊敬されるためには外見よりも心を重視し、自分に課せられた義務と責任を果たすべきことを繰り返し強調した後、女性の「真の威厳と幸せ」とは何かについて真剣に説いている。

> I earnestly wish to point out in what true dignity and human happiness consists—I wish to persuade women to endeavour to acquire strength, both of mind and body, and to convince them that the soft phrases, susceptibility of heart, delicacy of sentiment, and refinement of taste, are almost synonymous with epithets of weakness, and that those beings who are only the objects of pity and that kind of love, which has been termed its sister, will soon become objects of contempt. (p. 73)

> 女性の真の威厳と人間らしい幸せとは如何なるものかについて、私は指摘したいと心から願っている。女性が精神と肉体の両方の力を習得する努力をするように説得したい、と私は心から願っている。優しい言葉遣い、感じやすい心、繊細な感情、そして洗練された趣味は人間の弱さと同じ意味であること、そして（男性の）哀れみの対象となるだけの女性、哀れみと同種類の愛の対象となる女性は直ぐに軽蔑の対象となることを、彼女たちに確信させてあげたいと私は心から願っている。

　メアリはこのように述べた後、「以上は私の計画の概要である」(This is a rough sketch of my plan) と述べ、その目的を達成するために「頭脳」(head) よりも「心」(heart) から出た言葉を用いたことを強調して、次のように述べている。我々はここからメアリ・ウルストンクラフトの作家としての本質を、小説『メアリ』の序文と同様に、是非読み取る必要があろう。

Animated by this important object, I shall disdain to cull my phrases or polish my style;—I aim at being useful, and sincerity will render me unaffected; for, wishing rather to persuade by the force of my arguments, than dazzle by the elegance of my language, I shall not waste my time in rounding periods, or in fabricating the turgid bombast of artificial feelings, which, coming from the head, never reach the heart.—I shall be employed about things, not words! (pp. 73–74)

この目的に元気づけられた私は、言葉を選りすぐったり、文体を美しく磨いたりすることを排除するであろう。私はあくまでも実用的であることを目指し、誠実を目的とするため気取った言葉は使わない。何故なら、私は言葉の優美さによって読者を惑わすよりも、議論の力によって説得することをむしろ望んでいるので、表現を丸くしたり、わざとらしい感情を大袈裟に誇張したりして時間を浪費したくないからだ。そのような言葉は頭から出たものだから心には絶対に届かない。私は言葉ではなく事実を語ることを仕事にしているのだ。

　最後に、本書の主題の一つである女子教育の問題に触れて、「近年その関心が高まっているが」と前置きした後、その教育は結婚市場で勝利を勝ち取るための準備ばかりで、肝心の心身の教育は完全に犠牲にされている。これでは若い女性は「ハーレムに適する」(fit for a seraglio) ように教育されているみたいなもので、「家庭を統治し、赤子の世話などできるはずがない」と手厳しく批判している。(p. 74)

(2)

　メアリ・ウルストンクラフトが結婚適齢期の 1780 年頃、若い女性のための教育に関する著書は多く出版されたが、その中でも特にジェームズ・フォーダイス (James Fordyce) の『若い女性に贈る訓話』(*Sermons to Young Women*, 1767) と、グレゴリ博士 (Dr. John Gregory) の『娘に贈る父の遺産』(*Father's Legacy to His Daughters*, 1772) は最も多く読まれ、若い女性教育の標準本

となっていた。自分の感情や思いを覆い隠し、仮面を被ることを何よりも嫌ったメアリはこの著書に対して真っ向から反論した。彼女が『人間の権利』を書いた直接の動機はエドマンド・バークの『フランス革命論考』に対する抗議であったが、『女性の権利』執筆の動機の一つはグレゴリのこの著書に対する反論であったことは間違いない。結婚前の若い女性に対する彼の教育論を一口で説明すると、自分の感情や本能を可能な限り覆い隠し、自分の才能や知識を人の前では極力控えめにすること、そしてこれが男性に好かれて理想の結婚への近道である、という極めて「常識的」なものであった。これに反してメアリは小説『メアリ』の序文でも力説しているように、社会の「常道」や「人の意見」に盲従することを何よりも嫌い、自分の信じる道を直進し、言葉は「感情の発露」でなければならないと確信していた。

　以上のように、グレゴリの著書はメアリが『女性の権利』を書くきっかけになったことは確かであるが、それ以上に彼女が本書の中で論破したいと思っていた最大の相手はルソー (Jean Jacque Rousseau, 1717–78) であった。彼女は『新エロイーズ』(*Julie, ou la Nouvelle Héloïse*, 1761) を読んで最も強い影響を受けていただけに、『エミール』(*Emile*, 1763) の中で論じた女性観だけは絶対に許せなかった。従って、本書の中で彼に関する論及は最大の比重を占めている。

　当時、女性の幸不幸の運命を決めるのは一に結婚に掛かっていた。一般に中産階級以上の良家の娘は 17 歳になると、社交界に出るのが決まりになっていた。その唯一最大の目的は、自分で結婚相手を見付けるというよりもむしろ、理想の男性から選ばれることであった。従って、社交界は俗に「結婚市場」(marry-market) と呼ばれていた。若い男性の目を引くために精一杯着飾り、美しく魅力的に見せかけ、男性に好かれるように振舞わねばならなかった。若い男性だけでなく、周囲の先輩女性に対しても好印象を与えるように言動に気を配る必要があった。従って、若い女性のための教科書はこの基本を教えることにあった。グレゴリの教科書はその標準本であり、最も広く読まれていた。その主旨を簡単に説明すると、「淑やかで控えめ」(modest reserve)、「人前で多くを喋らない」(silent in company) こと、そして最も大

切な点として自分の知識を見せびらかさないことであるが、とりわけそれは
男性の前で絶対禁物である。女性が相手の男性よりも学があることを何より
も嫌うからだ。また社交界で、ダンスやお喋りをするとき、感情を丸出しに
してはしゃいではいけないこと、等々である。

　偽装や猫かぶり (dissimulation) を最も嫌うメアリは、このような教育方
法に真っ向から反駁して当然であろう。彼女は『女性の権利』第 2 章の冒
頭からこのような女性を皮肉っている。

> Women are told from their infancy, and taught by the example of their
> mothers, that a little knowledge of human weakness, justly termed cunning,
> softness or temper, *outward* obedience, and scrupulous attention to a
> puerile kind of propriety, will obtain for them the protection of man; and
> should they be beautiful, every thing else is needless, for, at least, twenty
> years of their lives. (p. 84)

> 女性は幼児の頃から母の見本によって、人間的な弱さ、即ち、狡猾、柔和、
> 平静、外面的従順、そして少女らしい礼儀作法に対する細心の注意、これ
> らについて少しでも知っていれば、男性の保護を手にすることが出来る、
> ということを聞かされ、教えられている。そして女性が美しくさえあれば、
> それ以外の全ては少なくとも人生の中の 20 年間不必要である。

　女性に関する世間の偏見や一般常識に対するメアリの強い抗議や怒りの感
情は、この一文から鮮明に読み取ることが出来る。そしてこの精神は本書全
体を支配し、これを執筆した意図そのものであることを象徴的に物語ってい
る。男性優位の文明社会において、女性が男性を「支配」(govern) し得る機
会と手段は、上述のように女性特有の「柔和」「従順」そして「狡猾」な媚
態に象徴されるが、何よりもただ「美しくさえあれば」このような手段を全
く必要としない。しかしこれを裏返せば、男性の女性に対する蔑視に他なら
ない。そしてこのような状態が続く限り永遠に男女平等の理想社会が生まれ
る筈がない。それを解決するためには教育の改善以外にはない。それは女性
も男性と同様に心身を鍛錬することである、と先ず次のように主張する。

　Consequently, the most perfect education, in my opinion, is such an exercise of the understanding as is best calculated to strengthen the body and form the heart. Or, in other words, to enable the individual to attain such habits of virtue as will render it independent. . . . This was Rousseau's opinion respecting men: I extend it to women. . . . (pp. 86–87)

　従って、最も完全な教育とは、肉体の強化と心の育成に一番役立つような理解の訓練である、と私は考えている。言い換えると、個人が独り立ちできるような能力を積み重ねる習慣を身に付けるようにすることである。……これはルソーが男性の教育について論じた意見であるが、私はこれを女性にも広げたいと思う。

　メアリはこのように述べた後、理想の女性教育とは現在行われているような「上辺だけ美しくすること」(false refinement) ではなく、「男性と同じ質の向上に努力すること」(an endeavour to acquire masculine qualities) を主張している。つまり、序文でも力説したように、「（女性も）より一層男らしく、そして尊敬される人間になるように教える努力をする」ことである。要するに、女子にも男子と同じ質と程度の教育をする必要を強調しているのである。そしてこれが男女平等の理想社会実現の最良の道であるが、今日一般の男性だけに留まらず、男性作家でさえ、女性を慰安の対象程度にしか認めていないことに対して強く抗議している。それは次の一節によりはっきり表れている。

　I may be accused of arrogance; still I must declare what I firmly believe, that all the writers who have written on the subject of female education and manners from Rousseau to Dr. Gregory, have contributed to render women more artificial, weak characters, than they would otherwise have been; and, consequently, more useless members of society. I might have expressed this conviction in a lower key; but I am afraid it would have been the whine of affectation, and not the faithful expression of my feelings, of the clear result, which experience and reflection have led me to draw. (p. 87)

　私は横柄の誹りを免れないかも知れないが、それでもやはり言明しなければならない。女性の教育と作法に関する主題についてこれまで論じられ

てきたルソーからグレゴリまでの全ての作家の影響力の所為で、女性をさ
らに一層巧妙で弱い性格にしてしまった。その結果、さらに一層社会の無
用の存在にすることに寄与してきた、と私は確信している 。私はこの確
信をもっと弱い響きの言葉で表現しようと思えば出来たが、それでは只の
気取った泣き言になってしまい、私の感情の忠実な表現、つまり私自身の
経験と考察から引き出された明白な結果を感じたままに表現したもの、で
はなくなってしまうだろう。

　彼女はこのように述べた後、上記の二人の著作は「女性の確かな美徳をす
べて犠牲にして、ただ男性を喜ばせるように」教育していると、痛烈に批判
している。ここで最も注目すべき言葉は、男性を「喜ばせる」(pleasing) と
いうこの一語である。つまり当時の女子教育の目的は一言で説明すると、将
来有利な結婚をするために「男性を喜ばせる」ような教育ばかりしており、
健全な心身の教育を怠っている。言い換えると、女性は将来社会人として立
派に自立できるような教育をすべきであるというのが、メアリ自身の体験か
ら出た一貫した主張であった。そして結婚した場合は、妻として母としての
本来の「義務」(duty) を果たす力と責任感を養う教育をすべきであるが、中
産階級以上の有閑マダムはその義務を怠っている。これらは全て間違った教
育の所為であると言うのが、彼女の家庭教師としての体験から得た絶対的な
確信であった。

　グレゴリ博士の女子教育の基本理念は、感情を抑えた「慎み深さ」(propri-
ety) であるが、これは言い換えると、自然に湧き出る感情を覆い隠す「偽装」
(dissimulation) に他ならない。女性はこれによって男性を征服しようとする
のであろうが、これは自然の原理に全く反する行為である。舞踏会などで若
い女性が感情をむき出しにしてはしゃぎ過ぎてはならないと教えているが、
それは「無邪気な娘に自分の感情を偽り、控えめに踊ることを勧める」のと
同じだとメアリは批判した後、聖書の言葉を借りて次のように述べている。

　　I hope, that no sensible mother will restrain the natural frankness of youth
　　by instilling such indecent cautions. Out of the abundance of the heart the
　　mouth speaketh; and a wiser than Solomon hath said, that the heart should

be made clean, and not trivial ceremonies observed, . . . (p. 94)

> 分別のある母親はあのような誤った注意を教え込むことによって、若者の
> 自然な率直さを抑えることのないように望む。言葉は豊かな心から溢れ出
> るものだ。故に、ソロモンより賢い人（キリスト）は、「私たちの心は常
> にきれいにしておくべきであり、つまらぬ儀式を順守するべきではない」
> と申してきたではないか。

　メアリ・ウルストンクラフトの作家としての真髄は正しくこの言葉にあ
る。これと同様の表現は、「言葉は私の感情の忠実な表現」と述べたあの一
節（80〜81 頁参照）、さらに「序文」の中で「大言壮語や美辞麗句は頭脳
(head) から出た言葉であるから人の「心」(heart) には届かない」と述べた一
節（77 頁参照）と完全に通底する。要するに、作家や詩人の言葉は「頭」
の中で「組み立てた」(fabricate) ものではなく、心の底から溢れ出た真実の
表現でなければならない、と言うのが彼女の不動の信念であり、彼女の最大
の特徴であった。その観点からも、「女性の解放」や「男女同権」を主張し
た先駆者として一般に知られる彼女は、心や感情よりも「理性」と「頭脳」
に重きを置く強気の女性と思われがちであるが、本質はむしろその逆であっ
た。そしてここに彼女のロマン主義的本性があった。

(3)

　以上のように第 2 章で、ルソーからグレゴリまでの女性教育の歴史とそ
の特徴を論じたが、その延長として第 5 章で同じ問題について特にルソー
に焦点を当てて論じている。ルソーの作品はイギリス 18 世紀末のロマン主
義の発展に大きく貢献したことは誰もが認めるところであるが、メアリ・ウ
ルストンクラフトはこれに先んじてルソーの影響を強く受けてそれを作品に
反映させた。それだけになお一層、彼の女性観に強い違和感を覚え、その一
点に対して執拗に繰り返し反論した。『女性の権利』執筆の原動力は正しく
そこにあったと言っても過言ではあるまい。メアリはルソーの女性観、即ち

『エミール』の中で論じたヒロイン、ソフィ (Sophie) に対する教育法、に反
論の砲火を浴びせたと言ってよかろう。中でも彼の次の記述に猛反対した。
男女の合体は互いに全く異なった性質に惹かれて生じた現象である。即ち、
男は強くて積極的であるのに対して、女性は弱くて受動的である。この原理
に基づいて、先ず「女性は明らかに男性を喜ばせるために形作られている」
(Woman is expressly formed to please the man.) と前置きした後、さらに続
けて次のように論じている。（英訳版）

> If woman be formed to please and be subjected to man, it is her place,
> doubtless, to render herself agreeable to him, instead of challenging his
> passion. The violence of his desires depends on her charms; it is by means
> of these she should urge him to the exertion of those powers which nature
> hath given him. (p. 116)

> もし女性が男性を喜ばせ、そして従うために形作られているのであれば、
> 女性は男性の感情に逆らうよりも、男性に気に入られるようにするのが、
> 当然女性の為すべきことだ。男性の欲望の激しさは女性の魅力次第だ。自
> 然が男性に与えたあの力を行使させるのは、女性のこの魅力という手段一
> つに掛かっている。

　21 世紀に住む男性が公然とこれを口にするようなことがあれば忽ち社会
的信用を無くしてしまうが、ルソーが『エミール』を書いた当時（1762 年）
は、平然と受け入れられたのである。本来女性は「弱い」人間であり、独り
立ち出来ないので男性に「保護」(protect) される必要がある。従って、男性
に「好かれ」「気に入られる」ように振る舞い、美しく着飾る必要がある。そ
して女性の魅力こそ男性を「支配」(govern) できる唯一最大の手段であり、そ
してこれが理想の男性と結婚して幸せを勝ち取る最高の生き方である。当時
の若い女性のための教科書はこのような社会通念に基づいて書かれていた。
　女性の「解放」(emancipation) と「自立」(independence) を主張し、自ら
にその義務を課せてきたメアリにとって、以上のような女性観は全く許せな
い考えであったが、中でも男性を「喜ばす」(please) と言う一語は我慢のな
らない屈辱的な女性蔑視を象徴する言葉であった。彼女は本書の中でこの語

を何度も使っているのを見ても分かるように、女性が男性を「喜ばす」ため
に振る舞う媚態を含めた様々な言葉遣いや表情は、結局女性自らを卑しめ、
「悪」(vice) と「愚かさ」(folly) の原因を作っている、とメアリは再三にわた
って主張している。そしてこの怒りが『女性の権利』執筆の主要モチーフと
なっている。その第5章は、このテーマを巡ってルソーとの激しい論争が
主題になっている。先ず彼の言葉を引用した後、メアリがそれに対して反論
するという形式をとっている。その中から最も興味深い例を2〜3挙げてみ
よう。

メアリが『エミール』のヒロインの教育を巡る女性観を読んで最も強い怒
りを感じた言葉は、先に引用した「女性は男性を喜ばせるために形作られて
いる」であった。従って、第5章のルソー批判はこの一節（83頁参照）に
ついての言及から始まり、続いて次の一節を引用している。

Hence we deduce a third consequence from the different constitutions of
the sexes; which is, that the strongest should be master in appearance, and
be dependent in fact on the weakest; and that not from any frivolous
practice of gallantry or vanity of protectorship, but from an invariable law
of nature, which, furnishing woman with a greater facility to excite desires
than she has given man to satisfy them, makes the latter dependent on the
good pleasure of the former; and compels him to endeavour to please in
his turn, *in order to obtain her consent that he should be strongest.*

(pp. 150–51)

男女の体型上の違いから第3の結論を引き出すことが出来る。先ず、一
番強い者（男性）は外見的に支配者であるが、実際は一番弱い者（女性）
に頼っていること。次に、女性に対する慇懃な態度とか、女性を守るとい
う見栄のような安っぽい行為ではなく、自然の不変の法則によって、女性
は男性の欲望を満足させるというよりもむしろ、欲望を刺激する能力をよ
り一層多く備えているので、男性は女性の十分な喜びに依存せざるをえな
い。従って、男性は自分が一番強いという女性の同意を得るためには、今
度は自分が女性を喜ばせる努力をせねばならない。

実に回りくどい表現だが（メアリは英訳本を読んでいた）、女性は男性の

欲望を刺激する力そのものによって男性を支配し、一方男性はそれに見事に応えることによって自分が女性より強いことを認めさせるという意味であろう。しかしここで、女性が本当に弱くて男性に屈服しているのか、それとも好きだから許しているのか、「これを疑わしい状態にしておく巧みな技を一般に持っている」(generally artful enough to leave this matter in doubt) と述べている。言い換えると「女性は弱いことを少しも恥ずかしいとは思わず、それを誇りにしている。」(so far from being ashamed of their weakness, they glory in it.) そしてさらに、これを「巧みに」に利用して男性の力を借りる。このようにルソーは女性の「巧みな」(artful) 言動を繰り返し強調している。

　これに対して、メアリは "What nonsense" とルソーの記述を一蹴した後、このような女性観を教育に適用すれば、女性を「狡猾で煽情的」な大人に育ててしまう、と次のように反論している。

> I have already asserted that in educating women these fundamental principles lead to a system of cunning and lasciviousness. (p. 151)
> 私は既に主張したように、女性を教育する場合このような基本原理は狡猾と扇情的な教育制度に通じる。

「既に主張したように」とは、第 2 章の冒頭で、「女性の弱さ」は「狡猾、柔和、平静、表面的な従順」を意味し、それは男性の「保護」を誘う最良の方便である、と述べた一節（79 頁参照）を指している。このように同じ主張を第 2 章と第 5 章の冒頭で繰り返すことは、彼女が如何にこの点を重視しているかを鮮明に物語っている。

　実際、ルソーは「女性の教育は常に男性と関わっているべきである」(the education of the woman should be always relative to the men.) と前置きした後、女性は男性を喜ばせ、男性にとって有益で、そして「男性の生活を楽で楽しいものにさせるべき」(to render our lives easy and agreeable) と説いている。これに対してメアリは次のように反論している。

This is certainly only an education of the body; but Rousseau is not the only man who has indirectly said that merely the person of a *young woman*, without any mind, . . . is very pleasing. To render it weak, and what some may call beautiful, the understanding is neglected, and girls forced to sit still, play with dolls and listen to foolish conversations; . . .

(pp. 153–54)

　これは明らかにただ体の教育だけである。しかし若い女性が精神を伴わずに体だけで（男性を）大いに喜ばせる、と婉曲的に述べた人はルソーだけではない。女性の体を弱くさせ、そして美しいと呼ばれる姿にするために、理解力が軽視され、そして女の子はただじっと座って、人形をもてあそび、馬鹿げた話を無理やり聞かされている（のが実情だ）。

　このようにメアリは、男性が女性から求めるものは精神ではなく、体だけであることに対して激しく抗議しているが、それと同時に女性の「愚かしさ」はこのような男性の欲望を満たすために自ら進んで招いた結果であると述べている。要するに、これら全ては女性の「弱さ」に起因している。そしてこれが男性の女性蔑視と女性の男性への隷属に繋がっている、と言うのがメアリの揺るがぬ持論となっている。『女性の権利』執筆の目的と動機はこのような信念に基づいた「社会の改善」(improvement of society) を目指したものであり、これこそ自らの作家使命と考えるようになっていた。

(4)

　メアリは女性が男性に勝る最大の美徳を豊かで繊細な「感受性」に求めてきた。豊かな感受性は「想像力」と「情熱」の母でもある。さらに「衝動」に敏感で、「同情心」に富んでいる。小説『メアリ』のヒロインはこれら全てを兼ね備えた感受性のシンボル的存在であった。同時にそれはメアリ・ウルストンクラフト自身の心の自画像であり、理想像でもあった。しかし『女性の権利』で取り扱う女性の多くは理性を欠いた感受性だけに頼る人物を話題の中心にしている。その代表例として、そのような女性が子供の教育に最も不向きであることを、第4章で次のように説明している。

Now, from all the observation that I have been able to make, women of sensibility are the most unfit for this task, because they will infallibly, carried away by their feelings, spoil a child's temper. The management of the temper, the first, and most important branch of education, requires the sober steady eye of reason; a plan of conduct equally distant from tyranny and indulgence; yet these are the extremes that people of sensibility alternately fall into; always shooting beyond mark. (p. 139)

私は今日まで可能な限り見てきた全ての経験から判断して感受性の強い女性は子供の教育には不向きである。何故なら、彼女たちは必ず自分の感情に負けて、子供の気性を損ねてしまうからだ。教育における一番重要な条件である気性の管理は、冷静で安定した理性の目を必要とする。つまり、抑圧と甘やかしの何れにも陥らない行動計画が必要である。だが、感受性の強い人はその何れかに陥りがちである。常に的を外しているのだ。

続く第 5 章では、「感受性の強い人に立派な性質はめったに見られない」(People of sensibility have seldom good tempers) と述べた後、その理由として、「気性の形成は冷静な理性の仕事である」(The formation of the temper is the cool work of reason) と説明し、さらに「穏やかな気性の人に、弱い人間や無知な人を私は見たことが無い」(I never knew a weak or ignorant person who had a good temper, . . .) とまで述べている。そして最後に、ルソーの余りにも強い感受性と豊かな想像力のために、恍惚と悲惨の両極の間を生きたことに対して深い同情と遺憾の意を示している。

Why was Rousseau's life divided between ecstasy and misery? Can any other answer be given than this, that the effervescence of his imagination produced both; but, had his fancy been allowed to cool, it is possible that he might have acquired more strength of mind. . . . it is probable that he would have enjoyed more equal happiness on earth, and have felt the calm sensations of the man of nature, . . . (p. 165)

どうしてルソーの一生は恍惚と悲惨の何れかに分けられていたのか。彼の想像力の横溢がその両方を産み出した、と答えるしかないだろう。だが、もし彼の空想が冷やされていたとすれば、彼はもっと力強い精神の持ち主になっていたかも知れない。……そしてこの世に生きている間に死後と同

様の幸せ（名声）を手にして、自然の人間としての静かな感動を享受できたであろう。

「感受性と情熱の華」とも称すべきメアリ・ウルストンクラフトがルソーの霊に捧げた追悼の言葉として、これほど的確に真情を吐露した記述は他にない。何故なら上記に続いて、「だが、彼の御霊に平和を。私が彼と戦っているのは彼の死灰ではなく、彼の意見である」(But peace to his manes! I war not with his ashes, but his opinions.) と、深い敬愛の情を示しているからである。彼女はこのようにルソーの霊に敬意を表した後再び、「彼と戦っているのは、彼の感受性が女性を愛の奴隷にすることによって堕落させたからである」と述べる。そしてこのような男の感受性はルソーだけでなく、歴代の有名な詩人は「女性の魅力の前にひれ伏す」姿を美しく描写してきたが、女性はそれを読んで知らぬうちに自らを堕落させている、と言う。つまり、女性は男性の感受性を満足させるために肉体的（外面的）魅力のみを追い求め、精神の向上を無視している。そこで彼女は女性全体に向かって次のように呼びかける。（イタリックは筆者）

> Let us, dear contemporaries, arise above *such narrow prejudices*! . . . let us endeavour to *strengthen our minds by reflection*, till *our heads become a balance for our hearts*: let us not confine all our thoughts to *the petty occurrences of the day*, . . . but let *the practice of every duty* be subordinate to *the grand one of improving our minds*, and preparing our affections for *a more exalted state*! (p. 166)

> 親愛なる同世代の女性たちよ。このような狭い偏見から立ち上がりましょう。……私たちの頭脳が心と均衡がとれるまで、考察によって私たちの精神を強くするように努力しましょう。その日の些細な出来事に私たちの心の全てが奪われないようにしましょう。……そして各人が自分の義務を果たすことは、私たちの精神を改善し、そしてより高度な社会の実現に愛情を傾けるという壮大な仕事に役立つようにしましょう。

上記の一見素朴に感じる言葉の中に、『女性の権利』の中でメアリが読者（女性）に訴えたいと熱望している重要な行為のキーワーズが全て含まれて

いる。それは筆者が特にイタリックで表示した語句である。先ず「このような狭い偏見」は、一般に女性は世間の因習や偏見そして常識に縛られて自ら判断できないことを指している。その自縛から解放されるためには「考察によって自分の精神を強くする」努力をしなければならない。女性は日常の「些細な出来事」に心を奪われて、物事を広く客観的に「考察する」能力に欠けている。メアリが本書の中で繰り返し力説する女性の「弱さ」と「愚かさ」と「堕落」の原因は全て、ここから始まると言ってよかろう。そして同時に、これが男性の女性蔑視に繋がっている。

　次に、上記引用文の後半に目を移すと、女性は日常の身の回りのことばかりに心を奪われて、広く社会や時代の流れに目を向ける余裕がない。しかし各自に課せられた「務め」(duty) を立派に果たすことは、延いては人類社会の「改善」に繋がることを力説している。女性は男性と同様に社会に出てそれぞれの役目を果たすことは理想であるが、それが出来ない現実社会では、女性が結婚して子供が生まれると母としての務めを立派に果たすことが、人類社会の「改善」に貢献する第一歩である、とメアリはこれまで再三力説してきた。しかし彼女が知る上流社会の女性は、子供が生まれると直ぐに乳母に預けて、自分の手で授乳すらしない。もちろん子供の教育は家庭教師に全てを任せてしまう。此れでは母子の間に自然な愛情が湧き出る筈がない。上流社会における堕落は正しくここに起因している。以上は彼女がアイルランド貴族の家で家庭教師をした貴重な経験から得た確信に他ならなかった。このように上記の一節は、『女性の権利』執筆の主たる動機と目的を集約ないしは凝縮した極めて貴重な記述と言えよう。

(5)

　『女性の権利』第 12 章は「国民教育について」(On National Education) のタイトルが示すように、作家メアリが究極の使命としている「社会の改善」に不可欠な女性の教育のあるべき理想の姿を論じている。本書の中で最も重

要かつ興味深い一章である。本章においてメアリは長年にわたる人生の厳しい「体験」(experience) と「考察」(reflection) によって蓄積してきた理想の教育法とその制度について、自らのヴィジョンを大胆かつ明快に論じている。

　先ず、「個人教育」(private education) と「集団教育」(public education) の何れが良いか、という問いかけで始まる。答えはもちろん後者である。その理由として、前者は子供が大人の社会の中に閉ざされているので、心身共に自由な成長が妨げられる。これに対して、集団教育は次の利点があると説明する。

> In order to open their faculties they should be excited to think for themselves; and this can only be done by mixing a number of children together, and making them jointly pursue the same objects. (p. 241)

> 子供の能力を自由に発揮さすためには、自分の力で考えるように刺激される必要がある。そしてこれは数多くの子供が一緒に交わり、同じ目的を一緒に追求することによって初めて可能になる。

　ここで最も重要なことは「自分の力で考える」習慣を子供に付けさせることであろう。教育の目的は正しくここにあるとメアリは常に考えているからである。特に女性は周囲の意見や偏見に左右されて、自分の考えを主張することを恐れているのが現状であったからだ。次に、同じ集団教育でも、両親の家から毎日学校に通う制度 (day-school) と、寄宿制度の二通りあるが、その何れが良いか問いかける。その答えは、彼女自身の体験から判断して、前者が絶対的に有利である。それは日中他の子どもたちと交わり、夜は家庭の愛を実感するという情操教育の面からも推奨できる。一方、寄宿学校は、外の社会から閉鎖されているだけでなく、宗教的儀式に毎日参加を強要されて自由な発想を抑圧される。特にこの弊害について、

> As these ceremonies have the most fatal effect on their morals, and as a ritual performed by the lips, when the heart and mind are far away, is not now stored up by our church . . . , why should they not be abolished?
>
> (p. 243)

このような儀式は子供たちの精神形成に致命的な悪影響を与え、そして心と頭脳は全く別のところにあるのに口先で唱えている儀式は、今日私たちの教会では守られていないのだから、……何故学校ではそれが廃止されないのか。

と述べた後、さらに悪いことに、これらの儀式は狭い宗派に閉じ込められているので、「人類愛を基本にした神の愛」(the love of God, built on humanity) と無縁のものになっている、と厳しく糾弾している。(p. 245)

　メアリの教育論の広がりの大きさは、第 12 章のタイトル「国民教育」に見られるように、国民全体が等しく受けられる公的な学校で、しかも男女共学の制度を提案した点にある。彼女は人類社会の「改善」のためにも男女共学の必要を次のように説いている。

> . . . to improve both sexes they ought, not only in private families, but in public schools, to be educated together. If marriage be the cement of society, mankind should all be educated after the same model, or the intercourse of the sexes will never deserve the name of fellowship, nor will women ever fulfil the peculiar duties of their sex, till they become enlightened citizens, . . . Nay, marriage will never be held sacred till women, by being brought up with men, are prepared to be their companions rather than their mistresses; . . . So convinced am I of this truth, that I will venture to predict that virtue will never prevail in society . . . , till the affections common to both are allowed to gain their due strength by the discharge of mutual duties. (p. 250)

男女の双方を改善するためには、個人の家庭だけでなく公の学校でも男女が一緒に教育されなければならない。もし結婚が社会の接合剤であるとするならば、人類は全て同様に教育されるべきである。そうでなければ、男女の交わりは交友の名に全く価しないか、或いは女性が教化された市民になるまでは女性固有の義務を永遠に果たせないであろう。……さらに、女性は男性と一緒に育てられることによって、結婚した後男性の情婦になるよりもむしろ仲間になる準備ができるまでは、結婚は決して神聖なものにはならないだろう。……私はこの真実について強い確信を持っているので、大胆に次のように予言したい。男女に共通の愛情が生まれて互いの義務を

果たすことによって、それぞれに相応しい力をもつようになるまでは、……
社会に美徳が行き渡ることはあるまい。

　ここにメアリが理想とする結婚生活のヴィジョンが描かれている。男女が
互いに友として尊敬しあい、互いに夫婦としての義務を果たす男女同権の理
想社会が描かれている。そしてこれを可能にするのは教育であり、しかもそ
れが男女共学によって差別意識が自ずと解消される。彼女はこれについて
「強い自信を持っている」ことを強調しているが、それは自らの「体験」
(experience) と「考察」(reflection) に基づいたものであることを、これまで
何度も力説してきた。その一つは彼女の両親の不幸な関係を子供の頃から直
に観察してきたからである。彼女の最初の小説『メアリ』はもちろん、未完
の大作『女性の侮辱——マリア』でも、両親のこのような関係についてリア
ルに描写している。そしてこれが彼女の独身主義の最大の要因になったこと
を示唆している。一方、外見は幸せそうに見えても、実は夫婦の体を成して
いない家族を多く観てきた。その代表例は彼女が家庭教師を務めたアイルラ
ンドのキングズバラ子爵夫人であった。これについてもメアリは上記の小説
の何れにおいても具体例を挙げて説明している（26 頁参照）。

　それだけに当時の若い女性にとって、結婚は自分の運命を決める最も重要
な関心事であった。従って、メアリと同世代の女流作家の作品は全てこれが
主題になっている。だが彼女はこれについて実に興味深い皮肉を交えた解釈
をしている。当時、中産階級以上の良家の娘は 17 歳になると社交界に出る
のが常識になっていた。良縁を求めて「結婚市場」(marry-market) に身を売
り出すためである。女性の幸・不幸の運命は一に結婚それ自体に掛かってい
るからだ。社交界には結婚相手に相応しい立派な男性もいたが、多くは若い
女性との恋愛遊戯を楽しむ色男 (gallant) であり、中には巧妙な結婚詐欺師
もいた。男性を全く知らない初心な娘にとってそれは非常な危険を伴う楽し
い一大冒険の場であった。従って、当時の女流作家は皆等しくこれを小説の
主題にした。そしてストーリは様々な試練を乗り越え、精神的に大人になっ
て理想の男性と幸せな結婚をする、と言う「常道」を通る。作品の優劣はそ

の試練の過程の描写に掛かっている。その代表作はバーニの『セシリア』（前述）であろう。一方、メアリ・ウルストンクラフトはこのような常道に反して、小説『メアリ』の結びの言葉（62頁参照）に象徴されるように、結婚を人生の墓場と考え、男性の「保護」(protection) を必要としない自立の道を選んだ。従って、本書の第12章でも若い女性が社交界に出ることの意義を次のように述べている。

　　Besides, what can be more indelicate than a girl's *coming out* in the fashionable world? Which, in other words, is to bring to market a marriageable miss, whose person is taken from one public place to another, richly caparisoned. Yet, mixing in the giddy circle under restraint, these butterflies long to flutter at large, for the first affection of their souls is their own persons, to which their attention has been called with the most sedulous care whilst they were preparing for the period that decides their fate for life. (pp. 255–56)

　その上、若い娘が社交界に出かけることほど不謹慎なことが他にあろうか。言い換えると、それは結婚適齢期の娘を市場に持ち込み、娘の体を着飾ってあちこちと人前に連れ出すことである。しかしこれら蝶たちは、眩いばかりの輪の中に紐で繋がれたまま入って自由に羽ばたくことを望んでいる。何故なら、彼女たちの胸中の第一の関心は自分の容姿であるから、そのために細心の注意を払って準備をする。と同時にその間、彼女たちは一生の運命を決める時期に備えて準備をしているのだ。

　良家の娘たちがこのように社交界に出て蝶のように羽ばたきながら将来の夫選びに打ち興じている年齢で、メアリは両親の許を離れて自立の道を選んだ。そして妹や弟の生活を時には支えながら自活してきた。そして遂に作家として独立した今、世間並みの生き方をする若い娘たちに皮肉に満ちた視線を投げかけても何ら不思議ではなかろう。しかしよく考えてみると、メアリの言葉は真実を見事に突いている。実際、若い初心な娘を結婚市場に品定めに送り出す行為は「不謹慎」そのものである。だが、メアリが提唱する男女共学が行われていれば、このような女性を商品扱いする習慣が疾うに無くなっていたに違いない。

(6)

　第12章の後半は本題の女性の教育から若干離れて、メアリがアイルラン
ド貴族の家庭教師を務めていた頃に主に体験したことを、上流階級の女性一
般の愚かな行動を象徴的現象として嘲笑の対象にしている。中でも特に彼女
たちの歪んだ感受性の一例として、自分の愛犬が病気になると寝床で一緒に
寝て労わるのに、子供は一切 乳母に任せきりだ。さらに次のように付け加
えている。

> I own that I have been as much disgusted by the fine lady who took her
> lap-dog to her bosom instead of her child; as by the ferocity of a man, who,
> beating his horse, declared, that he knew as well when he did wrong, as a
> Christian. (p. 259)
>
> 正直に言って、私は貴婦人がわが子を抱かずに愛犬を胸に抱きしめている
> のを見ると胸がわるくなる。それは、男が自分の馬をぶっ叩きながら、馬
> が間違ったとき私は（キリスト教徒らしく）当然のことをしているのだと
> 公言するのを見たとき、と同じだ。

　そしてこれよりさらに興味深い皮肉に満ちた記述は、社交界などで体験し
た貴婦人の態度である。社交界では一般に「学のある女性」(learned woman)
は毛嫌いされるが、これもまた女性差別の結果であり、男女共学によって完
全に払拭されるべき筈である、と前置きした後、社交の場で美貌だけを売り
物にしている婦人を前にして、メアリが男性と楽しそうに話を交わしていた
時のその婦人の態度を次のように記している。実にメアリらしい愉快な皮肉
である。

> The exclamations which any advice respecting female learning, commonly
> produces, especially from pretty women, often arise from envy. When they
> chance to see that even the lustre of their eyes, and the flippant sportive-
> ness of refined coquetry will not always secure them attention, during a
> whole evening, should a woman of a more cultivated understanding
> endeavour to give a rational turn to the conversation, the common source

of consolation is, that such women seldom get husbands. What arts have I
not seen silly women use to interrupt by *flirtation*, a very significant word
to describe such a manoeuvre, a rational conversation which made the men
forget that they were pretty women. (p. 262)

女性に学問を勧めると通常、特に美人から猛反対を受けるが、それはしば
しば嫉妬によるものである。（社交の場でたまたま）彼女たちより教養の
ある女性が会話を理論的方向に移す努力をすると、彼女たちの目の輝きや
洗練された色っぽい陽気な態度をもってしても、一晩中ずっと人々の目を引
き付けておけないことが分かった時、彼女たちの共通の慰めの源はそのよ
うな女性が滅多に夫に恵まれないと言うことである。この愚かな女性たち
は自分たちが美女であることを男性に忘れさせたその理論的な会話を、
「いちゃつき」と言う意味深長な手法で中断させる彼女たちの芸を私は何
度も見てきた。

　以上、これらの記述は全て、メアリがアイルランド貴族の家庭教師を務め
ていた時の体験に基づいて書いたものであるが、その時の悔しい思いをここ
で見事に晴らしたと解釈してよかろう。彼女の作品の記述そのものが自伝的
意味合いを強く持っているので、上記の一節はその特徴の典型例として極め
て貴重な資料と言えよう。
　メアリは本書の中で、男性は一般に柔らくて弱弱しい女性を好むので、教
育もその影響を受けていることを繰り返し力説してきたが、第12と13章で
彼女が理想とする魅力的な女性像について述べている。先ず第12章で放蕩
者 (libertine) が好む女性像と全く異なる点を強調して次のように述べている。

I am of a very different opinion, for I think that, on the contrary, we should
then see dignified beauty, and true grace; to produce which, many powerful
physical and moral causes would concur.—Not relaxed beauty, it is true, or
the graces of helplessness; but such as appears to make us respect the
human body as a majestic pile fit to receive a noble inhabitant, in the relics
of antiquity. (pp. 256–57)

私は彼らとは全く異なった意見だ。何故なら、私は彼らとは逆で、威厳の
ある美しさと真の気品を求めているからだ。それを産み出すには多くの力

強い肉体的かつ精神的要因が同時に働いている。正直に言ってそれは、緊張感のない美しさ、あるいは助けを求める弱弱しい優美ではなく、人間の肉体を尊敬させるような姿、つまり古代の遺物の中の高貴な住人を受け入れるのに相応しい堂々たる建造物のような姿である。

　「古代の遺物の中の住人」とはミロのヴィーナスのような健康美の影像を指している。メアリが求める理想の美人はこのような女性を想像している。つまり力強い官能美を頭に描いている。これをなお一層的確に表現した文章は第13章に見られる。即ち、「子供のような微笑を浮べながら愛撫を求める知性の片鱗も見られない姿」とは対照的に、理想の姿を次のように表現している。(イタリックは筆者)

　　Yet, true voluptuousness must proceed from the mind—for what can equal the sensations produced by mutual affection, supported by mutual respect? What are the cold, or feverish caresses of appetite, but sin embracing death, compared with *the modest overflowings of a pure heart and exalted imagination*? (p. 281)

　　だが真の官能美は精神から出てこなければならない。何故なら、尊敬によって支えられた相互愛から産み出された感動に匹敵するものは他にない。冷やかな、あるいは熱っぽい欲望による愛撫は、純な心と高揚した想像力から溢れ出た淑やかな感情の豊かさと比べると、死を抱く罪でしかない。

上記の "true voluptuousness" と言う表現に特に注目したい。何故なら、"true" を取り除けは、それは「淫蕩」「放蕩」を意味しているからである。筆者はこれを「新の官能美」と訳したが、これこそメアリが心に描く、愛する女性のあるべき理想の姿であった。言い換えると、「純な心」から自ずと湧き出る豊かな「感受性」と「想像力」の発露とも言うべき愛の姿であった。筆者がイタリックで示した最後の2行は正しくそれを物語っている。メアリはこの頃から、小説『メアリ』で描いた「感傷的」(sentimental) でロマンチックな愛から、上記のような「官能的」愛に理想美を求めるようになった。上記の一節はその最初の明確な表現であった。そしてこれが年を重ねるに従ってより一層確かなものになってゆく。その確信はイムレイとの愛を通してさらに

深まり、『北欧からの手紙』でその意味を一層鮮明かつ崇高な次元へ高めている（125 頁参照）。そして彼女の最後の未完の大作『女性の侮辱――マリア』ではヒロインの姿態そのものを次のように表現している。

> . . . such was the sensibility which often mantled over it (i.e. her brow), that she frequently appeared, . . . only born to feel; and the activity of her well-proportioned, and even almost voluptuous figure, inspired the idea of strength of mind, rather than of body. (*Maria*, p. 98)
>
> 彼女の額にしばしば表れる感受性は余りにも強烈であったので、……彼女はただ感じるために生まれてきたように見えた。そして彼女の均整の取れた、そして殆ど官能的にさえ見える姿態は、肉体よりも精神力の強さを印象付けた。

この一節を『女性の権利』の前記の一節（96 頁参照）に照らしてみると、全く同じ考えを述べていることは明らかであろう。そしてここで、'voluptuous' という語と並んで、さらに注目すべき語句は 'pure heart' 'exalted imagination' 'sensibility' 'to feel' であろう。そしてこれら 4 つの語句は、本書に限らず彼女の著作の中でしばしば繰り返し用いられてきた言葉である。しかし本書『女性の権利』ではこれらは何れも 'reason' と 'understanding' の対照語として主に用いられている。そして前者のとりわけ 'sensibility' は「理性」を欠いた軽侮語 (pejorative) として、些細なことで感極まって涙を流したり驚いたりする「弱い女性」にしばしば適用されている。小説『メアリ』のヒロインの「理性」と「不屈の精神」(fortitude) を伴った健全な感受性とは全く対照的である。当時、感受性と言う語が女性に適用される場合、通常褒め言葉として用いられた。特に 1780 年代は女性の感受性が男性に勝る唯一最大の徳性として、小説のヒロインに適用された。その代表例はバーニの『セシリア』であり、またラドクリフの『シチリアのロマンス』(*A Sicilian Romance*, 1790) と『森のロマンス』(*The Romance of the Forest*, 1791) のヒロインはその典型例であった。『セシリア』のヒロインはウルストンクラフトの『メアリ』のそれに近い健全なバランスの取れた感受性であるのに対

して、ラドクリフのロマンスに登場するヒロインは「か弱い、寄る辺ない、男性の支えなしには生きていけない」若い美女であった。つまり、ラドクリフは当時大流行したロマンスの流れに乗って上記の２作を書いたのである。一方、ウルストンクラフトはこのようなロマンスを軽蔑していた上に、男性の保護を求めるか弱い美女は、女性の自立を主張するメアリと気性が合うはずがなかった。『女性の権利』の中で折に触れてこの種の小説を批判ないしは冷笑しているのはそのためである。このような女性は一般に人の感情に訴え、同情と哀れみを買おうとする。男性はこのような弱い女性を好むので、女性は無意識のうちにそれを売り物にして様々な手練手管を弄する。一方、女性の自立を主張するメアリは「理性」と「知性」を武器に男性に立ち向かうので、「男性的女性」と揶揄されたが、それをむしろ歓迎して、なお一層その必要を「弱い愚かな女性」に強く求めた。『女性の権利』を初めて手にした読者にとって、メアリは女性の「感受性」を嘲笑または軽視して、「理性」を第一に重視する女性解放論者と見えるのも当然であろう。しかし彼女の本質は、『メアリ』の第２章で「衝動の生き物、同情の奴隷」(7, 24 頁参照) と述べたように、あくまでも「感受性と情熱の華」そのものであった。言い換えると、彼女は上述の４つの語句（97 頁参照）に表明されているように、理性よりもむしろ感情の人であり、「頭脳」(head) より「心」(heart) を重視する典型的なロマン主義作家であった。それは、これ以後の彼女の作品はもちろん、手紙その他で一層明確に示すことになる。

(7)

　メアリは『女性の権利』執筆中にルソーのことは彼女の頭から離れることがなかったらしく、本題と殆ど無関係な所で折に触れて彼に関する問題を持ち込んでくる。第５章の彼の過剰な感受性と想像力がもたらした不幸に関する論及はその一例であるが（87〜88 頁参照）、第 12 章の彼とテレサとの異常な関係について論じた一節はその典型例である。それは第５章の論述

の延長ないしは続編であるのでなお一層興味深いものがある。それは次のように一般論で始まった後、彼とテレサとの特殊な関係についてメアリ独自の解釈に入ってゆく。

The power which vile and foolish women have had over wise men, who possessed sensibility, is notorious: I shall only mention one instance.

Who ever drew a more exalted female character than Rousseau? though in the lump he constantly endeavoured to degrade the sex. And why was he thus anxious? Truly to justify to himself the affection which weakness and virtue had made him cherish for that fool Theresa. He could not raise her to the common level of her sex; and therefore he laboured to bring woman down to her's. He found her a convenient humble companion, and pride made him determine to find some superior virtues in the being whom he chose to live with; but did not her conduct during his life, and after his death, clearly shew how grossly he was mistaken who called her a celestial innocent. Nay, in the bitterness of his heart, he himself laments, that when his bodily infirmities made him no longer treat her like a woman, she ceased to have an affection for him. And it was very natural that she should, for having so few sentiments in common, when the sexual tie was broken, what was to hold her? (pp. 260–01)

劣悪で馬鹿な女が豊かな感受性を持った賢い男性を思いのままにする能力のあることは、広く世に知られている。その実例を一つだけ挙げておこう。

　ルソーは女性一般を低く賤しめようとしているにも拘わらず、彼ほど女性の性格を高く思い描いた人は他にいないであろう。では何故、そのように描こうと気を使ったのか。それは正直に言って、あの馬鹿なテレサを溺愛するようになった自分の弱さと優しさを正当化するためであった。彼は彼女を女性一般のレベルまで高めることが出来なかった。そこで逆に一般の女性を彼女のレベルまで落とそうと努力したのだった。彼女が彼にとって都合の良い相手であることが分かったので、自分のプライドを守るため、人生の伴侶に選んだその女性の中に人並み以上の美徳を見付けようと心に決めた。しかし彼女は彼の生前も死後も、彼が彼女を「天使のように無邪気」と呼んだことが大きい間違いであったことを明確に裏付ける行動をとっていた。ところが悲しいことに、彼は病気を患って彼女を最早女として扱うことが出来なくなると、彼女が途端に彼に対する愛情を失ってしまったことを、心の底から嘆き悲しんだ。だが、そのようになるのは全く自然

なことだった。何故なら、彼女は人並みの感情を殆ど持っていなかったのだから、性的繋がりが切れると、彼女を彼の側に留めておくものが他に何もなかったからである。

メアリはこのように述べた後、本書の中で繰り返し主張してきた夫婦生活が長続きする条件として、互いが相手を尊敬して友達のように接することができるような、気性の一致と精神的ゆとりが必要であることを強調している。そして女性にそれだけのゆとりがないと、夫の愛を繋ぎとめるためには、「夫の側で猫のように喉を鳴らし」(purr about her husband) 続けなければならない、と皮肉っている。そしてここでも男女共学によって女性の地位が高まれば、このようなことが無くなることを暗に強調している。

このようにメアリは『女性の権利』の中で終始ルソーの弱点ばかりを取り上げているが、その言葉の端々で彼を擁護していることを見落としてはならない。と言うのも、彼女は本質的にルソー的性格を持っており、彼の著書を読んで誰よりも共感するところが多かった。彼女が『メアリ』を書いていた頃キングズバラ子爵の図書室にあったルソーの作品を読み耽った。中でも『新エロイーズ』に強く心を惹かれ、そのヒーローであるサン・プルー (Saint-Preux) が『メアリ』のヒーロー、ヘンリーに強い影を残している。メアリはこの小説を書いた 1780 年代は「感受性」が女性の美徳として持て囃され、小説の主要テーマに取り上げられた。その元祖はルソーの作品であった。そしてスターンの『感傷旅行』(64 頁参照) や、マッケンジーの『感情人間』(Henry Mackenzie, *The Man of Feeling*) (1771) はその流れを汲む代表作であった。メアリはそれを敏感に受け止めた。それは当時の彼女の手紙にも明確に表れている。例えば、1787 年 5 月 11 日に妹エヴェリーナに宛てて次のように述べている。

> You know not, my dear Girl, of what materials this strange inconsistent heart of mine is formed, and how alive it is to tenderness and misery.
>
> (*Wardle*, p. 69)

この不思議な矛盾した私の心は一体何からできているのか、そして優しさと不幸にどれほど敏感に反応するのか、あなたはとても分からないでしょう。

　彼女はさらに同じ手紙の中で、ルソーがその意味において彼女と一体であることを示唆している。

Rousseau rambles into that *chimerical* world in which I have too often wandered—and draws the usual conclusion that all is vanity and vexation of spirit.（*Wardle*, p. 70）

ルソーは、私がこれまで何度も迷い込んだ奇想天外な空想の世界をぶらついている。そして全てが空虚と精神的苦痛という何時もの結論を引き出している。

　さらに第 1 章の第 1 節で引用したジョゼフ・ジョンソン宛書簡の一節は上記より凡そ 1 年後に書いたものであるが、「私は只の動物に過ぎず、本能的感情が強すぎるために理性の提言を黙らせてしまう」（原文は 67〜68 頁参照）は、上記の気性の延長であることは言うまでもあるまい。これと同様に、『メアリ』第 2 章の最後に、「（彼女は）本能の生き物、同情の奴隷であり過ぎる」（原文は 12 と 28 頁参照）と評した言葉も、上記の全てと通底していることは明らかであろう。

　それから 2 年後に書き始めた『女性の権利』の中で理性の重要性を強調する一方、感受性の弱点を誇張した最大の動機は、上述のような感情の過多を矯正してバランスを取ろうとする意志が強く働いたからであろう。もちろんその背景にはジョンソンの店の二階に常時集まる多くの自由思想家の影響も無視できない。しかし彼女本来の「本能的感情」は抑えきれるものではなかった。それは、ルソーを厳しく批判するその一方で、時折彼に対する深い同情と尊敬の念を示すのを見ても分かるであろう。中でも彼女の感情を最も露わに表現した文は、彼女の本性に最も合わない性質の「分別」(prudence)について論じたとき、それを一蹴した次の名言であろう。"It is far better to be often deceived than never to trust; to be disappointed in love than never to love; . . ." (p. 175) 「人を全く信用しないより何度も騙される方が遥かに良く、一度も愛さないより失恋するほうが遥かに良い。」これこそ彼女自身の「体験」(experience) と「内省」(reflection) から生まれた彼女の本性を表す最

良の言葉であろう。言い換えると、これはグレゴリが結婚前の若い娘に贈った教訓とは正反対の意味を持っている。要するに、メアリはこのような模範的な「常道」を通ることを何よりも嫌った象徴的言葉として、記憶に留めておく必要があろう。端的に言って、彼女は本質的に「頭脳」(head) より「心」(heart) を重視する作家であった。つまり、彼女は「純粋理性」(pure reason) の人でもなく、哲学者でもなく、自らの体験と考察（または内省）によって得た生の知識や考えを覆い隠すことなく言葉に表す作家であった。従って、彼女の作品は彼女自身の告白であり自画像でもあった。『女性の権利』もこれを無視してはその本意に迫ることが出来ないであろう。

第3章

『北欧からの手紙』
──「わが心の歴史」

第1節　イムレイとの愛の歴史

　1792年1月『女性の権利』を出版したメアリは過去の「雇われ作家」ではなく、今や「ウルストンクラフト夫人」として文壇に名を馳せる存在となった。従って、住まいもその名に相応しいセント・ジェームズ庭園に近いストア通り (Store Street) に移った。そして服装や髪型にも気を遣うようになった。女性の教養と精神性を重視し、上辺を飾ることをあれほど痛烈に批判した彼女の著書からは、にわかに想像できない変貌ぶりであった。しかし『人間の権利』（69頁参照）を出版した後、彼女の名が知れ渡り収入も増えた頃から、彼女自身の美意識も次第に変化を見せ始めていた。それは彼女の文章にも表れている。例えば『女性の権利』の第4章で、次のように述べている。

　　The French, who admit more of mind into their notions of beauty, give the
　　preference to women of thirty. I mean to say that they allow women to be
　　in their most perfect state, when vivacity gives place to reason, and to that
　　majestic seriousness of character, which marks maturity; . . . (p. 141)

　　フランス人は美の概念に精神性を一層高く認めているので、（若い娘より）
　　30歳の女性を一層好む。それは、若者の活気が理性に道を譲り、そして
　　円熟味を特徴づけるあの威厳のある生真面目な性格に道を譲るとき、最も
　　完全な姿態であることをフランス人が認めている、と言う意味である。

　そしてこれよりさらに注目すべき例は、前章で引用した『女性の権利』第12章の "Yet, true voluptuousness must proceed from the mind, . . ." 「しか

し真の官能美は精神から出てこなければならない」で始まる一節である（93頁参照）。これらの言葉は、メアリ自身の美意識を一般論に置き換えたものと解釈すれば、彼女がこの大作を書き終えた頃の彼女の変貌ぶりを十分理解できるであろう。以前と比べると生活にゆとりができ、作家として自立する自信が付き、そして女性としての気品を彼女なりに意識するようになった何よりの証拠であろう。彼女の妹エリザは当時のメアリの姿を、「30歳を過ぎて以前よりずっときれいになった」と述べ、そしてメアリ・ヘイズ (Mary Hays) は彼女の家を初めて訪ねたときの印象を、「極めて魅力的」と述べ、さらに次のように記している。

> Her person was above the middle height, and well proportioned; her form full; her hair and eyes brown; her features pleasing; her countenance changing and impressive; her voice soft, . . . (*Wardle*, p. 170)
>
> 彼女の体は標準以上の高さで、均整がとれ、そしてふっくらとしていた。彼女の髪と目は茶色で、表情は相手を楽しくさせ、変化に富んで印象的だった。彼女の声は優しく、……

　これらの記述を総合すると、これより5年後に書き始めた小説『女性の侮辱——マリア』のヒロインはメアリの自画像であったことが分かる。

> Mary was six-and-twenty . . . Grief and care had mellowed, without obscuring, the bright tints of youth, and the thoughtfulness which resided on her brow did not take from the feminine softness of her features; nay, such was the sensibility which often mantled over it, that she frequently appeared, like a large proportion of her sex, only born to feel; and the activity of her well-proportioned, and even almost voluptuous figure, inspired the idea of strength of mind, rather than of body.
>
> (*The Wrongs of Woman*, p. 98)
>
> マリアは26歳だった。……悲しみや気遣いは若い頃の色彩を失わずに熟させていた。彼女の額に宿る深い思考は彼女の女らしい表情を失わせていなかった。それどころか、顔全体に広がる感受性が余りにも際立ってい

たので、女性の大部分がそうであるように、彼女はしばしば感じるために生まれてきたように見えた。そして均整の取れた体の動きや、殆ど官能的と言ってもよい姿態は、肉体よりもむしろ精神の強さを印象付けた。

以上のように、『女性の権利』を出版した後のメアリ・ウルストンクラフトは、ウォルポール (Horace Walpole) から「ペチコートを纏ったハイエナ」(the hyena in petticoat) と揶揄されたような、あるいは生涯独身を決意してなりふり構わず自活の道を歩いた当時の姿、からは想像できない威厳を備えた魅力的女性に成り変わっていた。そして 'even voluptuous figure' や 'pure voluptuousness' と言う表現から推察できるように、高貴な色気を漂わせていた。言い換えると、本能的に異性を求めていたのである。彼女にとって、「本能」と「自然」は常に一つに繋がっていた。彼女は『メアリ』の第 2 章で自分が「衝動的生き物」であることを強調し、『女性の権利』では終始一貫繰り返し不自然で技巧的な言葉や行動に異議を唱えてきた。グレゴリ博士の娘に対する教育も一見常識的であるが、不自然そのものであり、上流階級の女性の虚飾と自己欺瞞に満ちた生活態度はそれ以上のものであった。今や精神的に余裕のできたメアリは以上のような信念の上に立って、生まれて初めて自ら進んで積極的に恋の道を歩もうとしていた。その相手はジョンソンの店で時々出会ったドイツ系スイス人の画家ヘンリー・フューズリであった。そしてこれを皮切りに、38 歳で急死するまで深刻な愛の人生を送ることになる。

(1)

フューズリは、メアリがかつて恋したことのあるウォータハウスとは対照的な気の短い痩せ細った中年の妻帯者であった。しかし思想的には彼女と同じ常識に捉われない、自由な型破りのシャイな男性であった。従って、彼女自身の愛はあくまでもプラトニックであるという自信を持っていたので、彼女に罪の意識が全くなかった。それ故、彼に自分の思いを自由に語り、手紙

にも記した。そしてこれを友人や知人に平気で打ち明けもした。一方、フューズリは彼女に特別優しい感情を持っていたわけでもなかったので、彼女の好きなようにしておいた。だがその間にも彼女はただ一方的に情熱を高めていった。そして一日でも彼の顔を見ないと堪えられない状態にまでなった。ちょうどその頃（1792 年 5 月）ジョンソンとフューズリ夫妻とメアリの 4 人は革命後のパリを直接見るため、8 月初めにフランスへ旅する計画を立てていた。メアリにとってフューズリを絶えず側に見ることのできる絶好の機会が訪れたのである。ところが、出発の日が近づいた頃パリの情勢が急に悪化し始めたために突然渡航が中止になった。こうして彼女は遂に我慢が出来なくなった。そして不意に彼の家を訪れ、夫人と直接会って一緒に住まわせてほしいと頼み込んだ。夫人はメアリの願いを冷静に受け止め、決して感情を取り乱すことなく、ただ一言「お帰りください」と言って追い返してしまった。(*Wardle*, p. 177)

　このとてつもない非常識な行動は、メアリ自身の道理から観て純な衝動に従った自然な行動であった。およそ 8 年前、彼女の妹エリザを夫と別れさすため、彼の留守の間に妹を強引に連れ出した行動を思い起こせば、さほど驚く行為でないかもしれない。だがフューズリの許から突き返された衝撃は彼女にとって耐え難いものがあった。彼の居る英国にもはや住むことが出来ず、これを区切りに念願の革命の地パリへ行く決意をした。

　1792 年 12 月初めメアリは一人でパリに向かって出発した。4 か月前パリ行きを計画した時とは彼女の心境は全く異なっていた。気候も彼女の心境を映して暗く寒々としていた。しかし因習と偏見にまみれた祖国を離れ、自由と希望の地を見るという明るい夢によって暗い気分を一掃しようと心掛けた。こうして 12 月 10 日にパリに着いた。「9 月の大虐殺」(the September Massacre) で知られるその日からまだ 4 か月しか過ぎていなかったので、その傷跡は生々しく残っていた。メアリのような異国から一人で来た女性は本来ならパリを離れるべき時期であった。ウィリアム・ワーズワスもちょうどこの頃フランスから英国へ戻ったほど危険が迫っていたからである。過激なジャコバン派が穏健なジロンド派を押しのけて次第に勢力を高めている時期

であった。ルイ 14 世を裁判にかけるため連行していったのもちょうどこの
頃であった。メアリは自分が滞在する家の窓からその光景を実際に見て恐怖
におののいた程である。幸いメアリは知り合いの家に逗留していたので、こ
のような光景を見るだけで済んだ。その間彼女は将来社交界に出ても言葉に
不自由しないように、ひたすらフランス語の日常会話の勉強に専念した。そ
して専念することによってフューズリの影を消し去ることが出来た。

(2)

　こうして 1793 年を迎えたメアリは、国王の処刑に続いて 2 月 1 日英仏の
間に戦争が布告されたので、敵国の住人になってしまった。このような中で
も彼女はフランスの現状に関する記事を数回ジョンソンの許へ送っていた。
彼女は常に言葉を飾ることなく、感じたままをリアルに表現するという特別
な才能を持っていたので、そのレポートは何れも胸を打つ迫真の文章ばかり
であった。その内容は、彼女が渡仏前に期待をかけた理想の世界とは余りに
も大きくかけ離れた「失望」の一語に尽きるものであった。(*Wardle*, pp.
181-83)
　しかし幸い彼女は当面危険にさらされる心配はなかった。彼女には友達が
おり、その上パリ在住の自由主義者のグループの一人となったからである。
そして英国から逃れてきたかつての仲間トマス・ペイン、さらにヘレン・ウ
ィリアムズ (Helen Maria Williams) らとも付き合うようになった。ただ一つ
の大きい不安は財布の中身が底を突きかけていたことであった。だが幸い、
彼女が付き合っている仲間の中に裕福な連中が居たので、彼らから借金をし
て食い繋いでいた。戦争の開始と同時に祖国との文通が困難になり、原稿料
が当てにできなくなったことも大きい原因であった。
　ところが 4 月に入って突然、偶然にも救いの手が現れた。彼女が友人の
クリスティ夫妻 (Mr. and Mrs. Christie) の家を訪ねたとき、ギルバート・イ
ムレイ (Gilbert Imlay) という名のアメリカ人と出会ったことに始まる。彼

はニュージャージ出身で、メアリより5歳年上であった。独立戦争のとき士官として活躍したが、その後ケンタッキー州の未開地に住み、その地方を探検して回った。その成果として1792年に書簡の形式の著書 (*A Topographical Description of the Western Territory of North America*) を英国から出版してかなりの関心を呼んだ。ちょうどその頃、フランスがアメリカでの影響力を強めるために、ミシシッピー河流域に広大な土地を手に入れる計画を立てていた。そこでその地域に詳しいイムレイがその計画に参加することになった。彼がメアリと初めて会った頃、政府に必要な人物として多忙な毎日を送っていた。従って、彼は彼女にとって身の安全に不可欠な存在であったに違いない。

　彼は長身痩躯の人好きのする顔で、態度に少々傲慢なところがあった。メアリが最初彼と会ったとき決して好きにはなれなかったが、何度か会っているうちに次第に心を許す仲になった。と同時に、彼女の心の片隅に残っていたフューズリとの失恋の影が消えていった。そして一度好きになると相手の欠点や不愉快な面に目をつぶり、彼女が求める自由奔放で常識に捉われない一面に強く心が惹かれるようになった。つまり、彼女の「衝動」が「理性」を征服してしまったのである。

　一方、イムレイは彼の経歴が物語るように極めて行動的で、それだけに女性遍歴も盛んであった。フランスではヘレン・ウィリアムズと浮名を流したほどである。従って、メアリのような著名な作家で、しかも彼女自身が「真の官能美」を意識するほどの魅力的な女性と知り合って胸を焦がさない筈がなかった。しかしその愛し方はメアリと本質的に異なっていた。彼女はあくまでも一途に情熱的で、「真心」から出た「愛情」であるのに対して、彼の愛は「放蕩者」(debaucher) 特有のその場限りの快楽に他ならなかった。それ故、当初の情熱が冷めると離れていく運命にあったが、二人の愛の歴史（確執）は4年の長きにわたって続くことになる。

　さて、メアリはイムレイと知り合ってから間もなく（1793年夏）、不安なパリを逃れて郊外のヌイイ (Neuilly) の田舎家に住まいを移した。ここで彼女は初めて念願の牧歌的生活を過ごすことが出来た。イムレイはここで彼女

と一緒に生活をしたが、仕事の都合で大半はパリで過ごした。こうして二人
の生活が始まり、夏の終わり頃にメアリは既に妊娠していた。それは彼女が
人生で初めて知った男性の子であった。つまり、彼女は結婚の誓いも式も挙
げずに妊娠したのである。『女性の権利』を読んだ読者にとって、これは一
種の裏切り行為のように見えるかもしれないが、彼女は4年後の小説『女
性の侮辱』の中で釈明しているように、彼女の信条に基づいて行った結果で
あった。「愛」が生んだ「自然」の結果であり、女性の貞操を汚す行為では
決してなかった。またこれによって女性の自立の精神を放棄した訳でもなか
った。要するに、彼女は自らの意志で情熱の命に従って行動した結果であ
り、その責任と義務は全く男女平等であった。しかしこれを転機に作家メア
リは女性として明らかに大きい変化を見せた。それは本章の主題である『北
欧からの手紙』――「わが心の歴史」が明らかにする最大のテーマである。

　先ずその最初の確かな証として、彼女がイムレイと愛の絶頂期にあった
頃、仕事でパリに出かけた彼に送った次の手紙を読んでみよう。

Cherish me with that dignified tenderness, which I have only found in you;
and your own dear girl will try to keep under a quickness of feeling, that
has sometimes given you pain. Yes, I will be *good*, that I may deserve to
be happy; and whilst you love me, I cannot again fall into the miserable
state which rendered life a burden almost too heavy to be borne.

(*Wardle*, p. 191)

私があなたの体にだけ感じたあの威厳のある優しさで私を愛撫してくださ
い。そうすれば、あなたの可愛い女の子はあなたを何度も苦しめた敏感な
感情を抑える努力をいたしましょう。そうです、私は本当に幸せになれる
ように好い子になりましょう。そしてあなたが私を愛してくれる限り、人
生に殆ど耐え難い重荷を背負わせたあの惨めな状態に再び陥ることがない
でしょう。

　上記の 'a quickness of feeling' は彼女の敏感な感受性を意味している。彼
女がその敏感な感受性のためにイムレイに余計な疑いか、或いは無理難題を
押し付けて彼と争いを起こしたのであろう。そして彼がパリへ出かけて自分

が一人になってから静かに反省して、謝罪の手紙を書いたものと思われる。それにしても彼女が自らを「あなたの可愛い女の子」とか、「好い子になる」と言った表現を使って憚らないメアリの姿は、『女性の権利』を書いた当時の「男性的女性」からは到底想像できない変貌ぶりである。

　一方、イムレイはその頃メアリ以外の女性に気を配る余裕はなかった。前述のようにメアリと会う以前の彼は、ルイジアナ州のスペイン領の買い上げという政府の重要な仕事に携わっていたので、比較的落ち着いて収入も安定していたに違いない。しかしジャコバン派が政権を奪った今となってはスペイン領買収の仕事も立ち消えになり、新たな収入の道を探す必要に迫られた。そこで見つけた新たな仕事は、戦時中を巧みに利用した貿易、つまり巨大な投機を伴うブローカーの仕事であった。具体的には、戦争に必要な物資を外国から安く買って、それをフランス政府に高く売りつける仕事であった。彼はこの商売に手を付けてから次第に性格が変わり、早晩メアリから縁遠くなる運命にあった。しかしメアリが妊娠するに至った前後の数か月は彼女の熱愛に対してイムレイは十分に応えていた。そして彼女も彼を心から信頼していた。それは『女性の侮辱──マリア』の前半でかなり理想化されて十分に描かれている。

　これはさておき、イムレイは彼女と同棲するようになった頃、この貿易の仕事で多忙を極めていた。従って、彼はメアリを郊外の田舎家に置き去りにしてパリへ出かけて帰らない日が多くなった。そこで彼女は田舎家を引き払ってパリで一緒に暮らすことになった。ところがそれから幾日かして彼が注文していた船がアーヴルの港に着いたという報せが届いたので、彼は急遽一人で出発した。身重のメアリは長旅に耐えられなかったからである。だがイムレイがパリを去った後政情がさらに悪化して、10月に入るとジロンド派のブリソ (Brissot) を含む 12 人の議員が処刑され、またメアリの友人数名も逮捕された。幸い彼女はイムレイの妻と言うことで難を免れた。

　さて一方、彼は 9 月末にアーヴルに出かけたまま数週間過ぎても帰って来なかった。メアリは次第に不安が募り始め、苛立ちと叱責の混じった愛情の手紙を頻繁に出すようになった。彼女は彼の愛情を疑ったわけではな

いが、少なくとも彼女が愛している程には愛していないことをなじるよう
になった。こうして遂にその年の暮れになってもパリに戻らず、アーヴル
に居座ったままだった。メアリの苛立ちは頂点に達し、商売と彼女とどち
らが大切かという意味の手紙を書くようになった。と同時に心中で「商売」
(commerce) そのものを呪い始めた。そして商売が彼の性格を根底から変え
てしまったと考えるようになった。以前の彼はもっと高貴な思想と性格の
持ち主であると信じていたからである。と言うのも、彼と交際し始めた頃、
彼は小説『移住者』(*The Emigrants*) を書くほどの想像力と豊かな感受性に
富んだ人物の筈だった。ところが今や投機に現を抜かす商人に成り果ててい
ると考えざるを得なかった。こうして年が明けて 1794 年 1 月初め遂に感情
が爆発した。

　　I hate commerce. How differently must ＿＿'s head and heart be organ-
ized from mine! You will tell me that exertions are necessary: I am weary
of them! The face of things, public and private, vexes me. The "peace" and
"clemency" which seemed to be dawning a few days ago, disappear again.
. . . My head aches, and my heart is heavy. The world appears an
"unweeded garden" where "things rank and vile" flourish best.
　　If you do not return soon— . . . I will throw my slippers out at window,
and be off—nobody knows where. . . . Amongst the feathered race, whilst
the hen keeps the young warm, her mate stays by to cheer her; but it is
sufficient for a man to condescend to get a child, in order to claim it. A
man is a tyrant. (*Wardle*, p. 198)

　　私は商売が大嫌いだ。某氏の頭と心は私のそれと組織がまるっきり異な
っている。あなたは私に我慢の必要を説いているが、私はそれには飽き飽
きしている。現状は内も外も苦しいことばかりです。「平和」や「平穏」
の夜明けが間近のように見えたけれど、また消えてしまう。……私の頭は
痛く、心は重い。世界は「腐敗と悪」が一番良く育つ「雑草だらけの庭」
のようです。
　　もしあなたは今すぐに帰って来なければ、……私は私のスリッパーを窓
から投げ捨て、誰も知らないところへ行きます。……羽の生えた鳥の世界
では、雌鶏が雛を温めている間、雄鶏はじっと側にいて雌鶏を元気付けて

います。だが人間の男は子供を手に入れるために腰を低くするだけで十分です。男は暴君です。

メアリは子供の頃から母が父の暴力に黙って耐えている姿を日常見てきたことが、その後の彼女の生き方を決めたことについて、第1章の第1節で詳しく説明した。そしてこれが彼女に創作意欲を駆り立てた要因の一つでもあった。上記の一節はそれを改めて裏付ける文章である。

さて、メアリはこの手紙を書いてから数日後イムレイから優しい返事の手紙を受け取った。これに対する彼女の返事は一転して甘えた女の声に変わっている。『女性の権利』のあの「男性的女性」の影が完全に消えたようにさえ見える。彼女は「衝動の生き物」と言うよりもむしろ、本質的に彼を愛していた何よりの証と解釈すべきであろう。先ず、先日の手紙であのように乱暴な言葉を吐いたことを詫びた後、それは彼女の「感受性の気紛れ」(these caprices of sensibility) から出た言葉であることを強調する。そして最後に、今後はもっと「理性的」で［好い子］になることを約束した上で、次のように結んでいる。

God bless you, my love; do not shut your heart against a return of tenderness; and, as I now in fancy cling to you, be more than ever my support. (*Wardle*, p. 199)

お願いですから、あなたの心に優しさが戻ってくるのを閉ざさないでください。いま私は空想の中であなたに縋っているので、これまで以上に私の支えになってください。

メアリは『女性の権利』の中で繰り返し主張してきたように、女性が男性から「支援」(support) や「保護」(protection) を得るために、ことさら「弱さ」を見せることを最も嫌った。女性差別の解消のためには何よりも「自立」の必要を力説してきた彼女は、自らの信条に反してこのような弱い態度を見せている。要するに、如何に自立心の強い彼女といえども、心底愛している男性に対しては折れざるをえなかったのである。ましてや、その男性の子を宿している身重の体ではなおさらであろう。こうして彼女は、上記の手

紙を書いてから 2 週間後の 1 月半ばにパリを離れて、イムレイが待つアーヴルに向かった。

(3)

　メアリが凡そ 4 か月ぶりにイムレイと一緒に過ごした少なくとも最初の 2 ～3 か月は彼女にとって至福の毎日であった。もちろん時々口論したり、意見の対立があったであろうが、彼の愛情を疑うようなことは一度もなかった。3 月 10 日に妹エヴェリーナに送った手紙の次の言葉はそれを如実に物語っている。

> I am safe through the protection of an American, a most worthy man, who joins to uncommon tenderness of heart and quickness of feeling, a soundness of understanding, and reasonableness of temper, rarely to be met with. (*Wardle*, pp. 200–01)
>
> 私は一人のアメリカ人の保護によって無事に過ごしています。彼は並外れた優しい心と豊かな感受性に加えて、滅多に見られない健全な理解力と理性的な性質を持った最高に立派な人物です。

男性に対するこれほど過大な褒め言葉が他にあろうか。彼女が『女性の権利』の中で繰り返し力説した人間の価値を決める理想の男性像はここに集約されていると評して過言ではなかろう。現実のイムレイからは余りにもかけ離れた賛辞であるが、メアリの至福の気分がこのような表現を産み出したのであろう。彼女とイムレイとの数年に及ぶ愛憎の歴史はこのような愛情表現と厳しい批判と詰問の反復の歴史であった。

　この数年間程、彼女の激しい感情と鋭敏な感受性、そして女性としての優しさと弱さが顕著に表われた時期は他になかった。彼女の気分次第で幸福の絶頂に昇り、また絶望のどん底に沈む振幅の大きい性格は、イムレイとの愛の歴史において頻繁に見られた。彼女自身もこの特性を誰よりもよく知って

いた。1787年5月11日のエヴェリーナ宛の手紙で、「この矛盾した私の心は一体何で出来ているのか、そしてどうして優しさと悲しみにこのように敏感に反応するのか、あなたは到底分からないでしょう」と述べ、また1788年7月にはジョゼフ・ジョンソンに宛てて「私は只の動物に過ぎません。そして本能的感情が余りにもしばしば理性の戒めを黙らせてしまう。私は弱さと決断の不思議な混合です」（原文は100と67頁参照）と述べている。彼女がアーヴルでイムレイと一緒に生活するようになった後も、彼が商用でパリに出かけて暫く帰らないと、恋しさのあまり苛立ちをそのまま言葉に表すのが常であった。『女性の権利』の中であれほど繰り返し、女性の自立と理性の必要を説いてきた彼女は、激しい愛情の前に無力であることを内心痛感していたに違いない。そしてこれが彼女の作家としての方向を転向させる原動力となった。『女性の権利』より4年後に出版した『北欧からの手紙』が、まるで別の作家が書いたような印象を与えること自体はそれを見事に裏付けている。

　とは言え、彼女のイムレイに対する愛は必ずしも盲目ではなかった。実際、彼女が初めて愛し始めた頃の彼は「自然児」そのものであり、冒険家の色合いの濃い男性であった。そして近い将来、資金に余裕が出来次第アメリカに戻り、広大な土地を購入して牧歌的生活をする約束を交わしていた。メアリはそれを夢見て彼の投機的商売に耐えていたことも事実であった。それは彼女が彼に送った手紙の言葉からしばしば読み取れる。ところが彼が投機的な貿易に手を染め始めてから「商売の虜」(slave of commerce) になってしまった。そして彼女が彼に、金が出来次第アメリカに戻って牧歌的生活を送るように勧めると、そのようなロマンチックな考えを捨てろ、と言って相手にしない始末であった。『女性の権利』の中で女性がややもすればロマンチックな夢を追いがちになることを折に触れて戒めているが、その作者がイムレイの子供を身籠るようになってから立場が逆転して、彼からもっと現実的になれと戒められる様子が彼女の手紙からしばしば読み取れる。

　5月14日メアリは待望の女児ファニーを出産した。イムレイは最初の数週間わが子をとても可愛がっているように見えたが、月日が経つにつれて商

売に熱心になり、パリへ出かけることも多くなった。そのような頃（8月）
彼に送った数通の手紙は当時の彼女の心境を如実に物語っている。彼女はこ
れらの手紙の中で、イムレイが熱中する商売を直接目の敵にはしていないも
のの、彼の常識的・理性的・実利的思考を攻撃し、それとは対照的に彼女自
身のロマンチックな想像力と愛情の豊かさを強調する。そして真の幸福とは
後者にあることを主張し、彼にそれを強く求めている。次にその手紙の一部
を引用する。先ず、彼のロマンチックな感情の欠如を次のように婉曲的に訴
えている。

> I will allow you to cultivate my judgment, if you will permit me to keep
> alive the sentiments in your heart, which may be termed romantic, . . .
> (*Wardle*, p. 203)

ロマンチックと呼ばれる感情をあなたの心の中に根付かせることを私に許
してくれるならば、私の判断力を教化することをあなたに許しましょう。

この一文は、彼の商売が成功すれば仕事を切り上げてアメリカに戻り、念願
の牧歌的生活をしようとメアリが勧めたのに対して、イムレイがこのような
ロマンチックな夢を捨ててもっと理性的に「判断」するようにと戒めたこと
に対する彼女の返答である。
　次にさらに興味深い文章は、上記と同様にメアリの「愛」即ち「情熱」に
対して、彼の理性的で上辺だけの愛情を際立たせている。

> I do not think it false delicacy, or foolish pride, to wish that your attention
> to my happiness should arise *as much* from love, which is always rather a
> selfish passion, as reason— . . . For, whatever pleasure it may give me to
> discover your generosity of soul, I would not be dependent for your
> affection on the very quality I most admire. No; there are qualities in your
> heart which demand my affection; but unless the attachment appears to me
> clearly mutual, I shall labour only to esteem your character instead of
> cherishing a tenderness for your person. (*Wardle*, p. 204)

私の幸福に対するあなたの気遣いは理性から出たものですが、それに劣ら
ず愛情から出たものであってほしいと願うことは、偽りの繊細さでも、愚

かな誇りでもないと私は考えています。……何故なら、私はあなたの心の
寛大さを知ってすごく嬉しいと思いますが、あなたの愛情は私が求めてい
る最も尊い性質のものではないからです。確かにあなたの心には私の愛情
を要求するに十分な性質があります。しかしその愛情が私の目に明らかに
相愛に見えないに限り、私はあなたの性格を尊敬しようとただ努力するだ
けで、あなたの体を優しく愛撫することはないでしょう。

　これは非常に手厳しい言葉であるが、それだけになお一層彼の愛を求める
姿が鮮明に浮かび上がってくる。一方、イムレイは当初の愛をすでに失くし
ているが、自分の子供を産ませた彼女に対する責任感から経済的に十分寛容
な態度を示していたことが読み取れる。しかしメアリが求める愛は男性の気
前の良い「保護」ではなく、男女平等の「相互愛」(mutual love) に他ならな
かった。さらに上記に続いて、彼女の溢れる愛情を ‘sufficient’ ‘overflowing’
そしてフランス語の ‘epanchment de coeur’ の語句を用いて説明している。
以上を総合すると、彼女が『女性の権利』で主張した「理性」と「判断力」
よりも「情熱」と「感受性」を、言い換えると「頭脳」(head) よりも「心」
(heart) をより一層重視していたのである。そしてここにメアリ・ウルスト
ンクラフトのロマン主義的真価が見られる。

(4)

　10月初めイムレイは商用でロンドンへ向かった。期間は2か月という約
束であった。メアリは彼の居ないアーヴルには最早用がないので、友人の居
るパリへ戻ることにした。ちょうどその頃英仏戦争が一時休止の状態であっ
たからだ。この時彼女はこれを最後に一生イムレイと生活を共にすることが
なくなるとは夢にも想像していなかったであろう。だが彼女がイムレイの帰
りを待つ2か月のパリ生活は、彼女のフランス在住の2年半のうち恐らく
最も充実した毎日であった。アーヴルに住んでいた時に娘が罹った天然痘も
すっかり回復し、日々大きく成長してゆく姿を見守る母の喜びに加えて、パ

リ在住の友人と会うのが何よりの楽しみであった。その上ロベスピエールの恐怖政治もなくなり、新たに社交界に加わる喜びもあった。そのような時彼女は何時も、生後 6 か月の愛児ファニーを下女のマーガリート (Marguerite) に抱かせて堂々と立ち振る舞っていた。偶々その場に居合わせたイギリス人は彼女が『女性の権利』の著者であることを聞かされて自分の耳を疑うほど、魅力的な女性に変貌していた。かつての「男性的女性」の面影がどこにも見られない「官能美」を漂わせていたからである。その頃イムレイに送った手紙にも陽気で甘えたような色っぽさが言葉に表れている。例えば、

My heart longs for your return, my love, and only looks for, and seeks happiness with you; yet do not imagine that I childishly wish you to come back before you have arranged things in such a manner that it will not be necessary for you to leave us soon again, or to make exertions which injure your constitution. (*Wardle*, p. 217)

私の心はあなたの帰りを待ち望んでいます。ただ一途にあなたとの幸せな生活を探し求めています。だが私は子供のようにあなたが仕事をし終えないうちに帰ってきてほしいとおねだりしているのではありません。帰ってきても直ぐに別れなくてはならないような、あるいは無理をし過ぎて体を壊すような、そのようなことはいたしません。

『女性の権利』を書いた当時のメアリから、このような「好い子」ぶった甘い言葉はとても予想できないであろう。イムレイとの熱愛は彼女を完全な女性に変えてしまったのである。パリの社交場でたまたま彼女を見たイギリス人が彼女の変貌ぶりに驚いたのも当然と言えよう。

このようにしてパリの秋も終わり、12 月に入った。しかしイムレイは約束した 2 か月が過ぎても帰ってくる気配さえ見せなかった。メアリは苛立ちはしたが、彼を決して疑ってはいなかった。そしてさらに 4 週間が過ぎて年の暮れになっても帰国の手紙が届かなかった。パリに住む同業者に問い合わせたところ、仕事で忙しいのだろうとのことであった。だがメアリは遂に我慢が出来なくなって次の趣旨の手紙を送った。

金がある程度貯まれば仕事を切り上げて、生活を楽しむのが理性のある大

人の生き方だ。あなたは仕事と家庭のどちらが大切なのか、私には分からなくなった。私は今もなおアメリカでゆったり田園生活を楽しむ夢を見ている。あなたがこれをロマンチックと言うかもしれませんが。これ以上あなたがロンドンに留まるつもりなら、私はファニーと一緒にどこかあなたの知らぬ所へ消えてしまうかもしれない、と。

(5)

　新しい 1795 年を迎えても事態は何も変わらなかった。変わったのは、メアリが遂にイムレイの心を疑い始めたことである。それまでは彼に厳しい言葉を投げかけても彼の愛を信じていたからである。それだけに年が変わると彼に送る手紙の言葉はさらに厳しさを増してゆく。先ず 1 月初めの手紙は次のように述べている。

> How I hate this crooked business! . . . Why cannot you be content with the object you had first in view when you entered into this wearisome labyrinth? I know very well that you have been imperceptibly drawn on; . . . Is it not sufficient to avoid poverty? . . . And, let me tell you, I have my project also, and, if you do not soon return, the little girl and I take care of ourselves; we will not accept any of your cold kindness—your distant civilities.—no; not we. (*Wardle*, p. 219)

> 私はこのいんちきな商売が大嫌いだ。……あなたがこの退屈な迷路の中に入った時、最初に見た仕事になぜ満足できなかったのですか。あなたが気づかぬうちにどんどん引きずり込まれてきたことを私はよく知っています。……貧乏を避けるだけで充分ではありませんか。……私の話をよく聞いてください。私にも計画があります。もしあなたが直ぐに帰って来なければ、小さな娘と私は自活してゆきます。あなたの冷たい親切は何も受けたくありません。あなたの疎遠な気遣いなど、二度と受けません。

　そして翌日の手紙では怒りが頂点に達したかのように、イムレイを「暴君」(tyrant) と呼び、外で色んな女と関係を持った後、家に帰っても威張り

散らすサルタン (sultan) 同然だ、と激情に任せてののしる。だが次の瞬間多
少冷静になって、このような商売で神経をすり減らすよりも、田舎で農場を
開いて暮らす方がずっと幸せだ、と付き合った当初の夢を想い出させようと
している。

　ところが 2 月に入って間もなく彼から、当分帰るつもりがないことを知
らせてきた。そこで彼女は彼と永遠に別れるべきか決断する時が来たと思
い、その返事を求める手紙を書いた。その手紙の最後に彼女は次のように述
べている。

> I have two or three plans in my head to earn our subsistence; for do not
> suppose that, neglected by you, I will lie under obligations of a pecuniary
> kind to you! No; I would sooner submit to menial service. (*Wardle*, p. 221)

　　私は自分の生活費を自分で稼ぐ計画を 2〜3 立てている。だから、私はあ
　　なたに無視されても金銭的な援助を受ける、と思わないでください。とん
　　でもない、それをするぐらいなら下働きをした方がましです。

　しかしイムレイから僅かでも優しい手紙を受け取ると忽ち機嫌を治すと言
った調子の、感情の起伏の激しい一か月が続いた。これが彼女の健康を害す
ることになり、さらに惨めな精神状態に陥った。これを知ったイムレイはさ
すがに黙っておれず、パリを離れてロンドンへ戻るように勧めた。しかし
彼女は俄かにそれを受け入れる気にはなれなかった。革命下の自由な思想の
パリでは未婚の母であることを左程恥ずかしいと思わなかったが、保守的な
イギリスでは世間が彼女を快く受け入れてくれないと考えたからである。し
かし 4 月に入って彼から優しい手紙を受け取り、遂に帰国を決意する気に
なった。そして 4 月 11 日にブライトンの港に着いた。だが約束にも拘わら
ず彼の姿は港にはなかったので、ロンドンのホテルで彼を待つという手紙を
書いた。しかし彼はホテルには出てこず、ロンドンに彼女とファニーの住む
家を用意していることを知らせてきた。不審に思った彼女は彼と直接会って
問い質した結果、彼が若い女優と同棲していることが分かった。これまで彼
を信じ切っていただけにそのショックは大きく、半ば衝動的に服毒自殺を試

みた。運よくこれに気づいたイムレイはそれを何とか未然に防ぐことが出来た。彼女は小説『メアリ』の第2章で自ら「衝動の生き物」と呼んだことを改めて思い起こす必要があろう。

　このように激しい気性のメアリを知り尽くしているイムレイは多少困惑したが、あくまでも冷静であった。そこで彼女にも冷静さを取り戻させるために、彼の仕事の代理人としてスウェーデンからノルウェーへ旅に出ることを提案した。旅の最終地点はノルウェーのトンスベルク (Tonsberg) だった。そして旅から帰った時、ハンブルクで落ち合ってスイスへ旅に出る約束をした。本心では今もなお彼を愛しているメアリはこの提案を喜んで受け入れた。彼はこの時本心からスイス旅行を考えていたのか疑問だが、断固とした彼女の前ではっきり決断できない優柔不断なところがあったので、急場しのぎの口実に過ぎなかったのかも知れない。一方、メアリはこれをあくまでも好意的に受け止め、旅から帰った後再び彼と親子三人一緒に生活する夢を心の片隅に抱いていたことも確かであった。こうして6月9日（1795年）にハル (Hull) の港に向かって出発した。この時、生後1年2か月のファニーと子守役のマーガリートも一緒だった。

第2節　『北欧からの手紙』
(*Letters written in Sweden, Norway, and Denmark*)

　6月9日の夜メアリ一行はハルの宿に着いた。町は汚く、宿はみすぼらしく、暗い気分はさらに一層惨めになった。しかしその翌日、紹介状をもらった医者を訪ねたところ、親切な夫人は馬車で彼女を近くの郷里の村べヴァリまで連れて行ってくれた。十数年ぶりに懐かしい郷里を訪ねた時の感動について、2年後『女性の侮辱——マリア』の第10章で詳しく述べている（203頁参照）。こうしてハルでの最初の一日を楽しく過ごしたが、その翌日から16日までの6日間、風向きが好転しないという理由で待機させられた。そしてやっと乗船が許されたので大急ぎで船に乗って自分のキャビンに落ち着い

たと思うと、また風向きが悪くなったという理由で 21 日まで待たされた。だが彼女はその間ほぼ毎日のようにイムレイに手紙を送っている。彼女は彼からあれ程衝撃的な体験をさせられたにも拘わらず、なお依然として彼に対する愛情を捨て切れなかったのである。次にその手紙の一部を引用しよう。

> Do write by every occasion! I am anxious to hear how your affairs go on; and, still more, to be convinced that you are not separating yourself from us. For my little darling is calling papa, and adding her parrot word— Come, Come! And will you not come, and let us exert ourselves?
>
> (*Wardle*, p. 228)

暇がある毎にお手紙ください。私はあなたがどのように過ごしているのか知りたいのです。そしてそれ以上に、あなたが私たちと別れようとしていないことを確信したいのです。何故なら、私の愛児はパパと呼んで、「おいで、おいで」を繰り返しているからです。だからあなたは、まさか来ないで、私たちを苦労させることはないでしょうね。

(1)

　6 月 21 日、船は遂にハルの港を出た。しかし航海は必ずしも順調ではなかった。デンマークに近づくにつれて海は荒れ始め、船は大きく揺れた。マーガリートは船酔いがひどく、メアリは一人でファニーの世話をしなくてはならず、夜も満足に眠れなかった。船はスウェーデンのエルシノア (Elsinore) 行きで、途中ノルウェーのリソール (Risor) か、スウェーデンのヨーテボリ (Gothenburg) に寄港する予定であったが、嵐のために立ち寄れず、そのままエルシノアに向かった。これを知ったメアリは船長に必死に頼み込んだ結果、危険を冒して小舟でヨーテボリ南方の陸地に近い小島に降ろしてもらった。

　本書はここから本格的に始まったと言ってよかろう。彼女はその島の風景やそこに住む人々の姿や性格等について見たまま感じたまま克明に記している。そして何よりの見所はその折々の考察である。彼女が作家として常に重

視する「体験」(experience) と「考察」(reflection) の貴重な記録にある。本書は 25 の手紙から構成されているが、彼女自身がこれを「わが心の歴史」(the history of my heart) と呼んでいることからも分かるように、旅の過程における様々な経験の後の深い思索と瞑想の記録に本書の真の価値がある。そしてこれらの手紙の相手 (addressee) はイムレイを念頭に置いて書かれているので、彼女の自叙伝の中の最も興味深い一幕と解釈して決して間違いではなかろう。従って、本章ではこの点に特に注目しながら論を進めてゆきたい。言い換えると、『女性の権利』を書いた当時のメアリとの、「心の変化」に特に注意しながら論じることにする。

　さて、6 月 27 日の午後ヨーテボリに着いたメアリは仕事の都合でそこに 2 週間滞在することになった。従って、本書の第 2・3・4 の全 3 通はここで書いたものであろう。先ず、第 2 の手紙は彼女が招待された裕福な家庭の生活様式や習慣について詳しく述べている。そして結論として、彼らは大した趣味もなく、文学や政治について論じることは全くない。彼らの楽しみは友人を食事に招いて長時間、世間話や人の噂をするしかない。このような日々の生活からは、人間の進歩や改善に不可欠な想像力が湧いてくるはずがない。そして「想像力の助けが無ければ、感覚的な快楽は全て粗野なものになるに違いない」(Without the aid of the imagination all the pleasures of senses must sink into grossness.) と述べた後、さらに「想像力」の真の価値を次のように説明している。

　ソロモンは（新約聖書の中で）「太陽の下では新しいものはない」(Nothing new under the sun) と述べているように、この世で我々の感覚 (senses) を喜ばせるような新しいものが絶えず出てくることは絶対にない。それを可能にするのは、我々の想像力である。それは絶えず思索し、黙想することによって生まれてくる。つまり、「考察する習慣を持たない人々の中で豊かな想像力に出会ったことは一度もない」(I never met with such imagination amongst people who had not acquired a habit of reflection.) からである (p. 14)。そしてこのような想像力はとりわけ、造物主である神の意志の象徴とも言うべき「自然」との融合によって、自ずと生じる深い思索を通してさらに大きく広が

ってゆく。メアリはこれを身をもって証明している。即ち、彼女はその日の夜、再び食事の接待攻めに会ったが、途中で抜け出して、夜の自然の中に救いを求めに行った。真夜中と言うのに昼間の明るさを残している不思議な静寂の世界の中、新鮮なそよ風が吹き、月が青い空に煌々と輝いていた。メアリはこの美しい静寂の世界に感極まって、「これぞ正しく夜の魔法の時刻ではないか」(Is not this the witching time of night?) と、『ハムレット』(Hamlet) のせりふを吐く。そして恍惚たる気分の中で深い瞑想に入ってゆく。(イタリックは筆者)

> The waters murmur, and fall with more than mortal music, and spirits of peace walk abroad to calm the agitated breast. Eternity is in these moments: worldly cares melt into *the airy staff that dreams are made of*; and reveries, mild and enchanting as the first hopes of love, or the recollection of lost enjoyment, carry the hapless wight into futurity, . . . (p. 16)

> 水は囁き、音楽以上の音色で流れ落ちる。そして平和の精霊たちは動揺する心を鎮めるためこの世に出て歩く。永遠はこの瞬間に存在する。この世の心配事は、夢が構成される空中に溶けて消える。そして夢想は初恋の希望か、失恋の想い出のように、不幸な人を未来の世界へ運んでゆく。

　ハムレットの亡霊が出てくる真夜中の世界に、『大嵐』(The Tempest) の空想の世界(イタリックの部分)を見事に融合させた理想の詩的ヴィジョンを描いている。これぞ正しく、メアリが意味する「想像力」が創り出す理想の世界である。これに反して、人間は感覚(唯物主義)だけの世界に閉じこもっていると、ソロモンの言うように「太陽の下に新しいもの」は何もなく、進歩も発展も期待できない。それに変化をもたらすのは人間の想像力であり、想像力こそ自分の世界に無限の広がりと進歩を創出する。文明や科学の進歩は正しくここに原点がある。『北欧からの手紙』の主要テーマはこの想像力の意味を問いかけることにあった。そして豊かな「感受性」こそ想像力の源泉であることを、この作品を通じて力説している。『女性の権利』を書いた同じ作家とは俄かには信じ難い大きい前進である。メアリ・ウルストンクラフトの心の領域の広さを改めて痛感させられる作品である。北欧の夜の

神秘的な景色は彼女の想像力の広がりに輪をかけたのである。

　さて 7 月 10 日、メアリはヨーテボリの仕事を終えて、100 キロ北のノルウェーとの国境の町ストロムスタッド (Stromstad) に向かった。2～3 週間で戻って来れると思ったので、愛児をマーガリートに預けて一人で北に向かった。

(2)

　7 月 13 日の午後 ストロムスタッドに着いたメアリはその翌日、最後の目的地であるトンスベルク (Tonsberg) へ向かう予定であった。従って、それまで十分時間があるので、国境を越えて左程遠くない景勝地フレドリスクハルド (Fredriskhald) まで旅の仲間と一緒に観光旅行に出かけた。ところが、途中の道は思ったより険しく、目的地に着いた時には夜になっていた。しかし幸い、北欧の 7 月は白夜であり、全く予想もしない美しい景色を目の当たりにした。そこはヨーテボリより 100 キロ以上も北にあるので、全く比べ物にならなかった。とりわけ夜空が醸す光景を次のように描写している。

> But it is not the queen of night alone who reigns here in all her splendor, though the sun, loitering just below the horizon, decks her with a golden tinge from his car, illuminating the cliffs that hide him; the heavens also, of a clear softened blue, throw her forward, and the evening star appears a lesser moon to the naked eve. (p. 34)

> 地平線の真下を移動する太陽がその姿を隠す断崖を照らしながら、彼（太陽）の車から彼女（月）を金色に飾っているのだけれど、そこにあるのは全身光に包まれて君臨する夜の女王だけではない。さらにそこには、清くて優しい青い空が月を前方に押し出し、そこに宵の明星が小さな月となって冴えた夜空に現われる。

　詩的な用語を駆使しながら極めて科学的に、太陽と月そして金星の姿と、その動きを実に的確に描写している。彼女の詩情 (heart) と合理性 (head) の

見事な融合である。正しく彼女の将来の娘婿シェリー (Percy Bysshe Shelley) を彷彿させる文章である。

　さて、メアリを乗せた馬車はこのような美しい夜空の下、ストロムスタッドの港に向かって真夜中の道をゆっくりと走った。彼女以外の乗客は疲れてぐっすり眠っている。ただ一人メアリは目を開けて、美しい夜の自然と一つに溶け合い、至福の境地に入ってゆく姿を次のように描写している。（イタリックは筆者）

　　My companions fell asleep: —fortunately they did not snore; and I con-templated, fearless of idle questions, a night such as I had never before *seen* or *felt* to charm the *senses*, and calm the *heart*. The very air was balmy, as it freshened into morn, producing *the most voluptuous sensations. A vague pleasurable sentiment absorbed me, as I opened my bosom to the embraces of nature; and my soul rose to its author*, with the chirping of the solitary birds, which began to *feel, rather than see*, advancing day.

(p. 34)

　　私の仲間は眠り込んだ。幸いなことに、彼らはいびきをかいていなかった。そして（彼らから）くだらない質問を受ける心配もなく、私はこれまで見たことも感じたこともないような、感覚を魅了し、心を静めてくれるこの夜をじっと見つめた。夜の空気は朝が近づくにつれて新鮮な香りを増し、この上もない官能的な感動を呼び起こした。私は自然の抱擁に応えて私の胸を開けたとき、漠とした心地よい感動が私をうっとりとさせた。私の魂は、孤独の小鳥が夜明けを見るよりむしろ感じて囀るその声を聞きながら、造物主の許へ昇っていった。

　これは美しい夜明け前の自然と一体になった至福の境地を詠んだ感動的な一場面であるが、とりわけ筆者がイタリックで示した語句に注目すると、その力点がより明確になるであろう。先ず、'see' と 'feel' を二度、そして 'sense' と 'heart' の対象語を並べて、何れも後者により高い価値を与えている。次に、'the most voluptuous sensations' 以下のイタリックの部分は正に絶妙である。当時の女流作家には絶対に見られないウルストンクラフトの真髄とも言うべき大胆な表現である。ここで述べる 'voluptuous' の意味は、

『女性の権利』第13章の 'Yet, true voluptuousness . . . .' で始まる一節（96頁参照）のそれと基本的には同じであるが、それをさらに発展・昇華させたものである。ここで筆者が「大胆な表現」と評した意味は、女性が胸を開けて月の光を一杯浴び、これを「漠とした心地よい感動」と、性的快感を連想させる表現を用い、そして最後にその造物主である神の許に昇華して一体になる。つまり、神との合一を男女の性的合体と同じ表現を用いている点に注目したい。これと同じ描写は、ローレンス (D. H. Lawrence) の短編小説『太陽』(The Sun) で、全裸の女性が太陽の光を全身に浴びながら太陽と一体になる歓びに共通している。そして最後に、'feel rather than see' に注目したい。「感じる」は「心」(heart) を、そして「見る」は「感覚」(sense) を原点にしている。メアリは後者よりも前者に一層高い価値を置いていることは言うまでもない。言い換えると、後者、即ち唯物的思考を軽視し、唯心論に重きを置くロマン主義的思考の典型的表現である。これより 7 年後、詩人コールリッジが彼の代表作の一つである『失意のオード』(Dejection: An Ode) の第 2 連で、自らの想像力の喪失を嘆いた名句——"I see, not feel, how beautiful they are." 「それが如何に美しいかを見ても、感じないのだ」——と全く同じ思考である。この点からも、彼女はイギリス・ロマン主義の先駆者と評してよかろう。

(3)

　さて、その日（7 月 14 日）の朝ストロムスタッドに戻ってきたメアリは、ノルウェーの港ラルヴィク (Larvik) 行きの船に乗った。そして危険な荒海を数時間かけてようやく着いた。そこで一泊して、翌朝小さな一頭立ての馬車を雇い、その日の夕刻最後の目的地トンスベルク (Tonsberg) の宿に着いた。そして翌朝早速、町の行政官を訪ねて仕事の打ち合わせをした。そして驚いたことに、少なくとも 3 週間ここに滞在する必要があることが分かった。もっと早くヨーテボリに戻れると思っていたので、愛児を残してきたこ

とを心から悔やんだ。

　メアリの手紙は通常その地に着いて見聞したことを詳しく記しているが、最後は彼女の思索と考察で締め括っている。彼女が当地に着いて最初に書いた手紙（本書の第 6 書簡）も同様であるが、思索の主要テーマは「想像力」についてである。一般に想像力と言えば、遠い未来のことや空想の世界を想い描く意味に捉えられるが、メアリの場合は過去の経験に想いを馳せることに重要な意味を見出している。数年前（小説『メアリ』を書いた頃）は豊かな感受性から自ずと広がり高まる想像力を意味し、それが同情や博愛に発展する原動力になっていた。『北欧からの手紙』ではこれに新たな意味が加わったのである。しかし想像力を呼び覚ます最良の対象は自然である点において共通していることは言うまでもない。この第 6 書簡では次のように述べている。

> In the evening the winds also die away; the aspen leaves tremble into stillness, and reposing nature seems to be warmed by the moon, which here assumes a genial aspect: and if a light shower has chanced to fall with the sun, the juniper, the underwood of the forest, exhales a wild perfume, mixed with a thousand nameless sweets, that, soothing the heart, leave images in the memory which the imagination will ever hold dear. (p. 39)

> 夕方には風も鎮まり、ポプラの葉は小さく震えて静かになった。そして寝静まった自然は、穏やかな表情を帯びた月に温められているように見える。そして日没と同時に軽い驟雨が降ると、森の茂みの針葉樹は無数のえも言えぬ甘い匂いと混ざり合って野生の香りを放つので、それが私の心を癒して記憶の中にその影を残し、想像力がそれを永久に大切に保存するであろう。

そして数行ほど間を置いて、さらに想像力の意味を次のように説明している。

> When a warm heart has received strong impressions, they are not to be effaced. Emotions become sentiments; and the imagination renders even transient sensations permanent, by fondly retracing them. I cannot, without a thrill of delight, recollect views I have seen, which are not to be forgotten, . . . (p. 39)

　　温かい心が強い印象を受けるとき、その印象は決して消えない。感動は
感情となりそして一時的な感動でさえも想像力がその跡を懐かしく辿るこ
とによって永久に消えないものとなる。私は一度見て忘れることのできな
い眺めを、必ず震えるほど楽しく想い出す。

　さらに第9書簡では、想像力と記憶に「至福の瞬間」即ち詩的創造の源
泉を求めた興味深い記述が見られる。

　　In solitude, the imagination bodies forth its conceptions unrestrained,
and stops enraptured to adore the beings of its own creation. *These are
moments of bliss*; and the memory recalls them with delight. (pp. 57–58)

　　私は一人でいろいろ考えていると、想像力がその考えを自由に具体的形
に表し、そして想像力が創り出したものを感心して見惚れている。これこ
そ至福の瞬間であり、記憶がそれを喜んで呼び起こすのだ。

　以上、メアリの想像力と回想に関する論考を総合すると、詩人ワーズワス
の有名な言葉——"Poetry takes its origin from emotion recollected in tran-
quillity"「詩は静かに回想した感動を源泉にして生まれる」——を思い起こ
させる。そしてこの回想の概念は彼の代表作『ティンタン僧院』(*Tintern
Abbey*) と『不滅のオード』(*Intimations of Immortality: Ode*) の創造に繋が
っている。さらに、上記引用文のイタリックの部分は、『水仙』(*The
Daffodils*) の名句"a bliss of solitude"「孤独の幸せ」を連想させる。要する
に、彼女はコールリッジの思想的先駆者であると同時に、ワーズワスの詩的
先駆者でもあった。言い換えると、彼女は両詩人が起こした「ロマン主義復
興」(Romantic Revival) の先導者でもあったのだ。

(4)

　メアリはトンスベルクに凡そ一か月滞在中に前記の第6書簡を含めて全
部で7通（第12書簡まで）書いている。従って、この7通は『北欧からの

手紙』の中核を占めていることは間違いない。彼女は当地に着いてから3日後の7月18日にイムレイに宛てた手紙の中で、本書を「書き始めた」こと、そしてこれによって「借金が返せる」ことを伝えている。これまですでに書き終えた5通の手紙も出版のつもりで書いてきたのであろうが、トンスベルクで部屋を借りて本格的に書き始めたものと思われる。そこでこの一か月間に書かれた手紙の中で特に注目すべき最も興味深い記述を、順を追って紹介することにする。

先ず第7書簡では、トンスベルクの教会の奥にミイラの入った棺が置かれている。メアリはこの教会に大した興味もなかったが、ミイラそのものの意味を痛烈に批判している。そもそもミイラは「人間の最も尊い魂を犠牲にして肉体だけを保存したもの」と言う批判で始まり、「私は人間の化石を見せられた時、憎悪と恐怖で身がすくんだ」と述べたる。そして「人間は灰から灰へ、塵から塵へ」向かうのだと思うと、これは正しく「自然の法則」と「人間性」に対する「反逆」(treason) であると断罪している。世の偏見と因習、そして権力者の生と富への執着に対するメアリの反感の表れである。

続く第8書簡は、彼女が今回の旅の中で経験した最も理想に近い至福の創造的気分について、冒頭から一頁余にわたって記している。トンスベルクの海辺の景色は抜群であるが、彼女はとりわけ城の廃墟のある小高い丘に寝そべって、眼下の海を眺めながら夢想にふける。イムレイとの愛の破局によって絶望の縁をさ迷ってきた彼女にとって、正に夢の世界に来たような気分であった。それは精妙な情景描写で始まる。

Here I have frequently strayed, sovereign of the waste, I seldom met any human creature; and sometimes, reclining on the mossy down, under the shelter of a rock, the prattling of the sea amongst the pebbles has lulled me to sleep—no fear of any rude satyr's approaching to interrupt my repose. Balmy were the slumbers, and soft the gales, that refreshed me, when I awoke to follow, with an eye vaguely curious, the white sails, as they turned the cliffs, or seemed to take shelter under the pines which covered the little islands that so gracefully rose to render the terrific ocean beautiful. (p. 49)

　私はこの崇高な廃墟の丘を何度もさ迷い歩いた。ここではめったに人と会うことがなかった。そして時々岩陰の芝の生えた丘に横たわり、砂利の岸辺の波の音を聞きながら眠りについた。乱暴なサテュロス（色男）が私の眠りを妨げるために近づいてくる不安が全くない。眠りは心地よく、そして風は優しく、私を爽やかな気分にした。そこで目を覚まし、ぼんやりした好奇心の目で白い帆を追った。舟は断崖を回ったのか、あるいは小さな島々を覆う松の木々の下に隠れたようにも見えた。その島々はとても優美に立ち上がり、荒海を美しく見せていた。

　メアリはこの後さらに続けて、海上で漁夫が網を投げる姿、そして丘の上で牛が鈴の音を響かせながら静かに家路に向かう情景を描いている。そして後半は、この夢見るような風景を眺めながら、魂が自然と一つに溶け合い、想像の翼を広げて神の膝下に到達する過程、即ち詩的想像力が目指す至福の境地を描いている。（イタリックは筆者）

　　With what ineffable pleasure have I not gazed—and gazed again, losing my breath through my eyes—my very soul diffused itself in the scene—and, seeming to become all senses, glided in the scarcely-agitated waves, melted in the freshening breeze, or, taking its flight with fairy wing, to the misty mountains which bounded the prospect, fancy tript over new lawns, more beautiful even than the lovely slopes on the winding shore before me.—I pause, again breathless, to trace, with renewed delight, sentiments which entranced me, when, turning my humid eyes from the expanse below to the vault above, my sight pierced the fleecy clouds that softened the azure brightness; and, imperceptibly recalling the reveries of childhood, *I bowed before the awful throne of my Creator, whilst I rested on its footstool.*(p. 50)

　私は消し難い無上の喜びをもって、息を殺してただ一途に眺め続けた。私の魂は自ずとその眺めの中に溶け込み、魂が感覚のある生き物になったように殆ど静止した波の中に滑り込み、或いは新鮮な微風の中に溶け込んだ。或いはまた妖精の翼を付けて、遠くに聳える霧のかかった山に向かって飛んで行った。そして空想は眼前の蛇行する岸辺の可愛い斜面よりも遥かに美しい真新しい芝生の上を軽快に走っていった。私はここで再び息を殺して立ち止まり、新たな喜びをもって私を有頂天にした感動の跡を辿っ

た。そこで私は涙に濡れた視線を、眼下の景色から頭上の空に移し、青空
を優しく覆う薄い雲を突き通して（遥か彼方を）見た。そして気づかぬう
ちに子供の頃の夢を思い起し、わが造物主の恐れ多い玉座の前に頭を垂れ
て、その膝下に休んでいた。

　実はこれと全く同じ心境をコールリッジもこれより 2 年後（1797 年 7 月）
彼の代表作の一つである『この菩提樹の木陰わが牢獄』(*This Lime-tree
Bower My Prison*) の中で見事に詠んでいる。しかも場面も同じ海辺に近い
丘の上から美しい景色を眺めている。そしてじっと眺めていると自然の世界
と心が一つになり、終に神の姿を目の当たりに見る至福の創造的瞬間を詠ん
でいる。詩と散文の違いがあるが、両者を読み比べてみるとその共通点は明
らかである。因みに、先ず丘の上から見た海の眺めを次のように詠んでいる。

> . . . the sea,
> With some fair bark, perhaps, whose sails light up
> The slip of smooth clear blue betwixt two Isles
> Of purple shadow! (23–26)

　美しい船の浮かぶ海。その白い帆は、
　紫色の影を落とす二つの島の間の
　一筋の滑らかな海面を照らしている。

　そしてこの大自然の美しい光景をじっと見つめていると、感極まって自ず
と目に涙が溢れ出たときの心境を次のように表現している。

> So my friend
> Struck with deep joy may stand, as I have stood,
> Silent with swimming sense; yea, gazing round
> On the wide landscape, gaze till all doth seem
> Less gross than bodily; and *of such hues*
> *As veil the Almighty Spirit, when yet he makes*
> *Spirits perceive his presence.* (37–43)

　そこでわが友は深い喜びに心打たれ、
　目に涙を浮かべて声もなく、私が佇んだように

佇むであろう。そして広大な景色を見渡しながら
なおもじっと見つめていると、すべては
肉体を超えて霊的に見え、そして遂に
精霊たちに神の存在を感じさせるとき
全能の神を覆う、その色を帯びて見えるであろう。

　上記の詩とメアリの前記（130 頁参照）後半の一節と比較してみると、共通した表現が実に多いことに気づくであろう。先ず、何れも 'gaze' を 2 度繰り返し用いている。次に、詩の 'swimming sense' は、メアリの 'humid eyes' に相当する。そして詩の 'silent' は、メアリの 'losing my breath' および 'breathless' と同じ意味である。そしてさらに詩の 'all doth seem / Less gross than bodily' は、メアリの 'my soul . . . seeming to become all senses' と同じ心的経験である。そして最後のイタリックで示した 2 行は何れも、宗教的感動の至福の境地を表している。

　以上の比較から見ても、メアリは本質的にロマン主義的な思考と感情の持ち主であることはもちろん、ワーズワスとコールリッジに代表されるイギリス・ロマン主義復興の先駆者であることが改めて確認できたと思う。

(5)

　トンスベルクに来てからのメアリは上述のような詩的感興に浸っていただけではなく、日中は暇を見付けて海に出かけて泳いだり、習ったばかりの舟を漕いで楽しんだ。そして時には乗馬に出かけることもあった。お陰ですっかり健康を回復して見違えるほどの体つきになった。7 月 30 日にイムレイに送った手紙―― "I walk, I ride on horseback—row, bathe, and even sleep in the fields; my health is consequently improved."「私は散歩したり、乗馬を楽しんだり、また漕いだり、泳いだり、野原で眠ったりもして、お陰で健康がすっかり良くなりました。」(p. 146) ――は、それを裏付けている。

　彼女は体が強くなっただけではなかった。自由な時間に恵まれていたの

で、一人で静かに内省に耽ることも多くなった。彼女特有の自己分析はこの内省の結果であった。『北欧からの手紙』の見所は正しくここにある。

　先ず、彼女の自己分析の典型例として前記の第 8 書簡の中で、自分の「愛情過多の性質」(the extreme affection of nature) を抑制しようとここ数年間努力してきたが、それは「激流」(impetuous tide) に逆らって泳ぐのと同様に無駄な努力であった。そして自分がほんの少しでも愛されているという「しるし」(tokens) を見ると、まるで「天国」にでもいるような気分になると述べた後、スターンの『感傷旅行』（64 頁参照）の中のエピソード「マリア」のヒロインを例にとって、自分の愛情の深さを次のように分析している。

Tokens of love which I have received have rapt me in Elysium—purifying the heart they enchanted.—My bosom still glows.—Do not saucily ask, repeating Sterne's question, 'Maria, is it still so warm?' Sufficiently, O my God! has it been chilled by sorrow and unkindness—still nature will prevail—and if I blush at recollecting past enjoyment, it is the rosy hue of pleasure heightened by modesty; for the blush of modesty and shame are as distinct as the emotions by which they are produced. (p. 50)

私が受けた愛のしるしは私をまるで天国にいるように有頂天にさせ、そして心を清らかにしてきました。私の胸は今もなお輝いています。「マリア、今もなお君の胸はそれほど温かいのか」と、スターンが聞いたことを、意地悪く私に聞かないでください。おお神様、十分温かいのです。私の胸は悲しみや裏切りによって随分冷やされてきましたが、それでも私の本性は変わりません。私は昔の喜びを想い出して顔を赤くすることがあれば、それは貞淑によって一層高められた喜びのバラ色です。何故なら、貞淑と恥じらいの紅色はその源泉である感動と同じように鮮明ですから。

　これは大胆かつ正直な告白である。彼女は一旦心から愛した男性から如何にひどい仕打ちを受けようとも、彼に対する「温かい愛情」を持ち続けている。これは彼女のイムレイ対する真情の告白であることは誰の目にも明らかである。彼女は彼と一つになった愛の喜びを想い出して思わず顔を赤くしている。しかしこれは不貞の喜びではなく、真心から愛した清純な情熱の賜物であり、決して恥ずべきものでない、と言うわけである。これと同様の告白

は、次の小説『女性の侮辱——マリア』の回想の中でも述べている。そして
さらに注目すべきは、彼女の愛をスターンの小説に出てくる清純な乙女のそ
れに譬えている点である。マリアは愛した男性に裏切られて悲しみのあまり
気が狂れてしまった。彼女に心から「同情」したヨリック (Mr. Yorick) はわ
が子のように優しく接し、一緒に涙を流す。そして濡れたハンケチで彼女の
涙を拭いてやった。彼女はそれを大切に胸にしまい、それから 2 年後再び
偶然会った時、彼女は彼を覚えていたばかりか、そのハンカチを胸の中で大
切に「暖めて」いた。メアリはイムレイとの愛をそのハンカチのように今も
なお大切に暖めていると言うのである。スターンはこのエピソードの最後に
次のように述べている。

　　　Maria, tho' not tall, was nevertheless of the first order of fine forms—
　　affliction had touch'd her looks with something that was scarce earthly—
　　still she was feminine—and so much was there about her of all that the
　　heart wishes, or the eye looks for in woman, that could the traces be ever
　　worn out of her brain, . . . she should *not only eat of my bread and drink
　　of my own cup*, but Maria should lie in my bosom, and be unto me as a
　　daughter. (*A Sentimental Journey*, p. 116)

　　　マリアは背が高くはなかったが、姿態は一級であった。苦悩が彼女の表
　　情に月並みではない不思議な雰囲気を漂わせていたが、女性らしさを失っ
　　ていなかった。彼女の姿全体に、(男性が) 心から憧れ、是非見てみたい
　　と望むような女性的要素が余りにも多かったので、たとえ彼女が私のこと
　　を跡形もなく忘れたとしても、マリアは私と一緒にパンを食べ、茶を飲む
　　だけでなく、私の胸の中に永遠に存在し、私の娘であり続けるでしょう。

　メアリの最初の小説『メアリ』は、上記のような感傷小説の影響を多分に
受けたことは第 1 章の「結び」で説明したが、それは『メアリ』と同様に
「感受性」(sensibility) と「同情」(compassion) の世界そのものであった。彼
女は『女性の権利』の執筆と同時にその世界と完全に縁を切ったかに思えた
が、そこへの愛着ないしは懐かしい思いを今もなお十分に留めていたことが
分かる。それに加えて、人生の悲しみや苦しみを多く経験してそれに耐え抜

いた女性が、それを未だ経験していない若い娘より、女性としての魅力を湛えていることを暗に強調している。そしてそこには「官能的な美しさ」さえ漂っていたことを恐らく主張したかったのであろう。上記のスターンの言葉にもそれがはっきり表れている。しかもマリアの体型は「一級品」とあるからなおさらであったろう。メアリ・ウルストンクラフトは理想の自画像を正しくここに求めていたに違いない。彼女は最後の小説『女性の侮辱──マリア』においてそれを具体化した、と解釈して間違いなかろう。（なお、これに関連した記述は、第 2 章 95〜96 頁を是非参照していただきたい）

(6)

　以上は、メアリ自身の愛情についての自己分析であったが、次に彼女が真剣に考えていたことは、真の幸福とは何か、それが「人類社会の改善」に繋がるか、というテーマであった。もちろんこれは『女性の権利』のそれの延長でもあった。彼女はノルウェーに来てから美しい自然と人々の素朴な勤勉に触れて、自分がこのような田舎で静かな瞑想の日々を送るべきか、それとも都会で様々な刺激を受けながら多忙な生活をするべきか、その何れが幸せかについて真剣に考えさせられた。ルソーは人間が何もせずに自然のまま気楽に暮らした原始時代を「黄金時代」と呼んだが、メアリはこの考えには大反対であった。そもそも人間は手足を動かし、勤勉に働くことが自然の法則に従った生き方であり、またそうすることによって人類の進歩と「社会の改善」が成し遂げられる。その観点から上流階級の女性は自然の法則に最も逆らった生活をしている。従って、そのような生活から「社会の改善」が期待できないばかりか、彼女達こそ女性蔑視の原因を自ら作っている。同様の観点から、田舎の素朴で自然な生活は確かに幸せかもしれないが、人類の進歩と改善には都会の刺激と情報の豊かな生活の方が望ましい、と考えたりもする。そして最後に、この度のノルウェーの旅を機に、「わが心の歴史」に新しい頁を開こうと真剣に考えるが、簡単に答えが出てこないと、次のように

この手紙（第 9 書簡）を結んでいる。

> What a long time it requires to know ourselves, . . . I cannot immediately determine whether I ought to rejoice at having turned over in this solitude a new page in the history of my own heart. (p. 61)
>
> 自分自身を知るということは何と長い時間を必要とすることか。……私はこの孤独の生活の中で、私自身の心の歴史に新しい頁を開いたことを喜んで良いものか、俄かには決められない。

だがこれとほぼ同じ頃の 8 月 5 日にイムレイに宛てた手紙で、「俄かに決められない」理由を、心から情熱を傾ける特別な人がいないからだ、と暗にイムレイの所為にしている。

> Employment and exercise have been of great service to me; and I have entirely recovered the strength and activity I lost during the time of my nursing, . . . I have, it is true, enjoyed some tranquillity, and more happiness here, than for a long—long time past. . . . Still, on examining my heart, I find that it is so constituted, I cannot live without some particular affection—I am afraid not without a passion—and I feel the want of it more in society, than in solitude. (pp. 146–47)
>
> 仕事と運動は私の健康に大変役立ちました。私は育児の間に失った体力と活力を完全に取り戻しました。……正直に言って、私は平穏に過ごしています。そしてここに来てから過去の長い期間と比べると、ずっと幸せです。……それでも自分の心をよく調べてみると、ある特定の愛情を失くしては生きていけない構造であることが分かりました。つまり、情熱を失っては生きていけない体質かも知れません。そして私は孤独の時よりも人々の中にいる時の方がその必要を一層痛感します。

この最後の 3 行から、メアリは今回の北欧の旅を新たな人生のきっかけにしようと考えていた、そしてトンスベルクに来てからそれが半ば成功したかのように思ったが、それでもやはりイムレイの愛無くしては生きて行けないことを改めて痛感させられたことが読み取れる。言い換えると、彼女の心の歴史に新しい頁を開こうと努めたが、その難しさを痛感したことを意味し

ている。しかし作家メアリにとって、イムレイとの熱愛を通して得た様々な
経験は、彼女の心の歴史に、それまで想像もしなかった新しい頁を加えたこ
とは確かな事実であった。そして何よりも貴重なことは、彼女の作風を一変
させたことである。それは、『女性の権利』と今回の『北欧からの手紙』を
読み比べてみれば明らかであろう。正に別人の観がある。

(7)

　メアリは上記の手紙を書いてから 10 日後（8 月半ば）予定していた仕事
がようやく終わり、観光を兼ねてさらに野性的な南西の小島が点在する地方
へ旅に出かけた。第 10・11 書簡はその時の体験記である。
　先ず第 10 書簡は、トンスベルクを出発してラルヴィク (Larvik) に向かう
途中のブナの並木道を通った時の風景描写で始まる。そこで彼女はその風景
の美しさに魅せられた理由について、それは心に強く響くものがあったから
であり、ギルピン (William Gilpin) が「絵画的」(picturesque) について定義
した「狭い規準」(narrow rules) に基づいたものでないことを強調して、感
動こそ自分の規準だと次のように述べている。

> In these respects my very reason obliges me to permit my feelings to be
> my criterion. Whatever excites emotion has charms for me; . . . (p. 62)
>
> この点（美の価値判断）に関して私の感情が規準になることを、私の理性
> が認めざるを得ない。つまり、私に感動を呼び覚ますものは全て魅力的な
> のです。

　これと全く同じ考えをワーズワスも『序曲』(The Prelude) の第 11 巻で、
「模倣芸術の規準を、あらゆる技巧を超越した存在に適用した」(by rules of
mimic art transferred / To things above all art,) (ll.155–56) と述べて、ギルピ
ンの芸術論を暗に厳しく批判している。「模倣芸術」は絵画を意味し、「技巧
を超越した存在」は、メアリの言葉を借りると「感動を呼び覚ますもの」即

ち、大自然の生きた姿を指している。このように法則や規準に捉われない、自然で自由な発想は作家メアリの生涯一貫した信条であった。この点においても、彼女はワーズワスやコールリッジのロマン主義的思考と感情の先駆者であったと言えよう。

　さて、その日の夜10時頃メアリは目的のラルヴィクの宿に着いた。ベッドは心地よく、窓を開けると優しい風が入ってきた。彼女はパラダイスに居る気分でこの日の手紙（第10書簡）を書いた。手紙は次の言葉で結んでいる。（イタリックは筆者）

> Now all my nerves keep time with the melody of nature. Ah! Let me be happy whilst I can. The tear starts as I think of it. I must fly from thought, and find refuge from sorrow in *a strong imagination—the only solace for a feeling heart. Phantoms of bliss*! ideal forms of excellence! again enclose me in *your magic circle*, and wipe clear from my remembrance the disappointments . . . (p. 67)

> 今や私の全神経は自然の旋律に歩調を合わせる。ああ、私が幸せになれる間は幸せにしておくれ。そのことを思うと涙が出てくる。私は思考の世界から飛び出し、感じる心の唯一の慰めである強力な想像の世界に、悲しみから逃れる避難所を見付けなければならない。素晴らしい理想の姿をした至福の幻影よ、私を再びそなたの魔法の輪に中に包んでおくれ、そして私の記憶から失望をきれいに拭い去っておくれ。

　上記の「そのことを思うと」は、イムレイが若い女優と浮気をしている事実が露見した時のことを想い出しているのである（119〜20頁参照）。そしてこの悲しみを忘れる唯一の手段は現実の世界から飛び出して想像と幻想の世界に逃避するしかない、と瞑想に耽っている。このような心境は、『女性の権利』を書いた当時のメアリから想像できたであろうか。全く別人の観がある。愛は人を変え、失恋の絶望は信念を根底から揺るがしてしまう。『北欧からの手紙』は、これを体験したかつての「男性的女性」の「心の歴史」の赤裸々な回顧録である。この公の書簡を書いた時とほぼ同じ頃（8月7日）イムレイに送った手紙は上記の心境をそのまま語っている。

I am sensible that I acted foolishly—but I was wretched—when we were together—Expecting too much, I let the pleasure I might have caught, slip from me. I cannot live with you—I ought not—if you form another attachment. But I promise you, mine shall not be intruded on you. Little reason have I to expect a shadow of happiness, after the cruel disappointments that have rent my heart; . . . (p. 147)

私は馬鹿なことをしたと感じています。でも、私は惨めでした。私はあなたと一緒にいるとき、余りにも多くを期待しすぎて、手に入れることができた喜びを逃してしまったのです。もしあなたが再び別の女性を好きになるようなことがあれば、あなたと一緒に暮らしていけませんし、いくべきではありません。だがその時、私の愛があなたの邪魔を決してしない、と約束します。私の心を引き裂いたあの残酷な失望を体験した後では、（あなたから）僅かな幸せをも期待する理由は何処にもないからです。

(8)

さて、前記に続く第 11 書簡は、ラルヴィックを発ってリソール (Risor) に向かう無数の小島が続く危険な海岸ぞいの航海の場面から始まる。メアリはその景色を見ながら瞑想に耽る。彼女の瞑想のテーマは「世界の未来の改善」(the future improvement of the world) であった。この不毛の地を改善するためにはどれだけの人数と日数が必要か、などと考えた。そして改善が進むと、ここにも多くの人が住むようになり、いつかはこの島々にも人間が溢れて「小さな牢獄」に化すだろう、と余計な心配をしたりした。

こうして陸に上がって彼らの生活を見ると、誰一人として仕事らしい仕事をしている人が居らず、ただ煙草をくゆらし、飲み食いしているだけである。彼らは恐らく密輸で生計を立てているのであろう。村全体は岩ばかりで、緑の草地は教会の庭だけであり、村人の家の中は汚く、男はそれ以上に粗野で汚い。このような状態では人類の改善も進歩もあり得ない。しかし彼女がここに来たのはこの原始生活同然の生活を有りのままに書くことであり、そのために原稿用紙を態々持ってきたのだった。そうでもなければ、こ

こでの三日間は耐え難い退屈なものになっていただろう、と述べている。「社会の改善」を論じるためには、その前にこのような世界を一度は是非見ておく必要があると考えていたからである。

　だが夜になって辺りが静かになった頃、外の孤独の世界は一変した。彼女はフレンチ・ホルンを携えて舟に乗った。舟から見た夜の町の眺めは「絶妙」(extremely fine) だった。「背後に巨大な岩山が立ち上がり、両側に広がった大きな断崖は半円形を描きながら延びていた。」そこで彼女は持ってきたホルンを吹き鳴らしたとき、岩から岩へと響き渡る音色はシェイクスピアの『大嵐』の「魔法の島」へ彼女を誘い込んだ。第 11 書簡は次の言葉で終わっている。

> We had a French-horn with us; and there was an enchanting wildness in the dying away of the reverberation, that quickly transported me to Shakespeare's magic island. Spirits unseen seemed to walk abroad, and flit from cliff to cliff, to soothe my soul to peace. (p. 72)
>
> 私たちはフレンチ・ホルンを携えていた。その次第に消えゆく反響音は、私をシェイクスピアの魔法の島へ忽ち誘い込む魅力的な野性味があった。目には見えない妖精が、私の魂を慰め、そして鎮めるために外界に出てきて、断崖から断崖へ飛んでゆくように見えた。

　上記の一節は第 10 書簡の最後の一節（138 頁参照）と同様、魂が空想と「幻想」(phantom) の世界に溶け込んでゆく至福の気分を詠んでいる。彼女のロマンティシズムは正しくここにある、と言って決して過言ではなかろう。

　ところで、上記の一節はギルピンのピクチャレスクの世界を同時に想い描いている。高い山で囲まれた静かな海面でフレンチ・ホルンを吹き鳴らす情景は、ギルピンの代表作『湖水地方探訪』(*Observations on Cumberland and Westmoreland*, 1786) の第 2 巻第 18 節 (p. 62) で既に述べている。場面はアルズウォーター湖の両岸が最も狭く、しかも最も高い岩山が迫っている地点である。その湖面で通常は大砲を鳴らすのだが、フレンチ・ホルンを鳴らした方が遥かに素敵な反響音を楽しむことが出来るであろう、とギルピンが述

べている。メアリはこのギルピンの描写を恐らく思い起していたに違いな
い。ワーズワスもメアリより 4 年遅れて、彼の代表作『序曲』の第 2 巻で
同様の場面を思い起しながら、学友の笛の名手がウインダーミア湖の小島で
フルートを吹き鳴らす情景を描いている。この点に関しても、彼女はワーズ
ワスの先輩であったわけである。なお、この場面について詳しくは、拙著
『ワーズワスと紀行文学』（2018 年、音羽書房鶴見書店）107〜9 頁を参照し
ていただきたい。

(9)

8 月 21 日リソールの港を出たメアリは 14 時間の航海の末、ヘルゲロア
(Helgeroa) の港に着いた。彼女はその時の気分を「（牢獄から）解放された
よう」(a sort of emancipation) と表現している。女性解放を唱え続けてきた
彼女らしい言葉である。そしてさらに続けて、リソール周辺の岩ばかりの世
界からこの緑の大地を踏んだ時、「約束の地」(a land of promise) そして「自
由の住処」(a free abode) に来たような気分になったと述べている。

翌朝早く起きてトンスベルク行きの馬車に乗った。車窓から見る田舎の景
色を、彼女の明るい気分を映して「ロマンチック」で「楽園のような景色」
と述べている。

The country still wore a face of joy—and my soul was alive to its charms.
Leaving the most lofty, and romantic of the cliffs behind us, we were
almost continually descending to Tonsberg, through Elysian scenes; . . .
Peace and plenty—I mean not abundance, seemed to reign around. (p. 73)

田舎は喜びの表情を見せていた。そして私の魂はその魅力に応えて生き生
きしていた。私たちは背後に聳える高いロマンチックな断崖を後にして、
楽園のような景色の中をトンスベルクに向かって、途切れなく続く坂道を
下って行った。……平和と豊饒（私は豊富を意味しているのではない）が
周囲に君臨しているように見えた。

この時、メアリはミルトンの『失楽園』の有名な最後の4行を想い描いていたに違いない。

> The world was all before them, where to choose
> Their place of rest, and Providence their guide:
> They hand in hand with wandering steps and slow,
> Through Eden took their solitary way. (*Paradise Lost*, XII, 646–49)

彼らの眼前に、彼らの休息の地であり、
神意が案内者である世界が広がっていた。
彼らは手を取り合って気楽にゆっくり、
エデンの二人だけの道を歩いて行った。

しかし彼女の向かう「休息の地」は神に守られた楽園ではなかった。彼女がトンスベルクの町に入って彼女のアパートに近づくと、たちまち彼女の目から光が消えた。愛のない孤独の部屋に入るのが怖かったからである。

> I dreaded the solitariness of my apartment, and wished for night to hide the starting tears, or to shed them on my pillow, and close my eyes on a world where I was destined to wander alone. Why has nature so many charms for me—calling forth and cherishing refined sentiments, only to wound the breast that fosters them? (p. 73)

私は部屋の孤独が怖かった。そして夜が待ち遠しかった。それは溢れる涙を隠すため、或いは私の枕に涙を流し、そして私が一人でさ迷う定めのこの世に対して目をつぶるためだった。自然は私のためにかくも多くの魅力を持ち、私の繊細な感情を呼び覚まし、そして私を慈しんでくれたのは何故か。それは私の感情を育む胸をただ傷つけるためだったのか。

そしてさらに続けて、自分がこれまで信念を持って世の幸せのために行動してきたことは全て「錯覚」(illusion) に過ぎなかったのか、また「自画自賛は、失恋の穴を埋めることの出来ない冷たい孤独感に過ぎない」(self-applause is a cold solitary feeling that cannot supply the place of disappointed affection) のか、と果てしない愚痴に似た自問自答を繰り返した。そしてこ

れらの悲しい自己否定は全てイムレイとの愛の破綻と深く関わっている、と思った。そして最後に、自分は愛に関してもカリ (wild-goose) と同じ「渡り鳥」(a bird of passage) に過ぎない、と言う言葉で終わっている (p. 74)。

　以上は『北欧からの手紙』の第 13 書簡であるが、これより 2 週間後の 9 月 6 日に上記の心境を映した手紙をイムレイに送っている。

> I am weary of travelling—yet seem to have no home—no resting place to look to—I am strangely cast off.—How often, passing through the rocks, I have thought, 'But for this child, I would lay my head on one of them, and never open my eyes again!' With a heart feelingly alive to all the affections of my nature—I have never met with one, softer than the stone that I would fain take for my last pillow. (p. 150)

> 　私はもう旅に疲れました。だが、私には我が家がなく、また探し求めている休息の場所が見つかりそうにありません。私は余所者として捨てられたのです。私は岩の間を歩きながら、「もし子供さえいなければ、この岩を枕にして永久に眠り続けたい」と、何度思ったことか。私本来の性質である愛情の全てを心に一杯感じながら。私が最後に眠る枕として取っておきたいと願ったこの岩ほど、優しい枕に出会ったことがないからです。

　メアリの熱愛に背いたイムレイにとって、これほど手厳しい当て擦りの言葉が他にあろうか。と同時に、彼女はあれほどの仕打ちを受けながら、なお依然として彼の愛にすがらずにおれない心境、即ち「彼女本来の性質である愛情」の深さを読み取ることが出来よう。『女性の権利』だけを読んだ読者にとって、その著者がこのような自己憐憫に満ちた感傷的な言葉を吐くとは恐らく想像もできなかったであろう。しかしこのような性質が本質的に彼女の心に存在していたことも忘れてはなるまい。要するに彼女は、第 1 章で論じたように「感受性と情熱の華」に他ならなかったのである。

(10)

　8月22日の朝メアリは1か月余りを過ごしたトンスベルクのアパートを引き払い、愛児ファニーの待つヨーテボリに向けて旅立った。途中クリスチャニア（Christiania, 現代のオスロ）を経由して、フレドリクスタッド(Fredrikstad) の滝を見た後、船でスウェーデンのストロムスタッド（124頁参照）へ行き、そこから一路馬車でヨーテボリへ向かう4泊5日の強行軍であった。それだけにゆっくり腰を落ち着けて本書の手紙を書く時間が全くなかったに違いない。従って、この間の書簡から彼女の「心の歴史」を強く印象付ける思索や記述は期待できない。しかしその中にも見落としてはならない特筆すべきものがある。

　その一つは、彼女がオスロに近づいた時、眼前に広がるピクチャレスクな景色を次のように描写している。

　　Approaching, or rather descending, to Christiania, though the weather continued a little cloudy, my eyes were charmed with the view of an extensive undulated valley, stretching out under the shelter of a noble amphitheatre of pine-covered mountains. Farm houses scattered about animated, nay, graced a scene which still retained so much of its native wildness, that the art which appeared, seemed so necessary it was scarcely perceived. (p. 79)

　　坂道を下ってクリスチャニアに近づいた時、空は依然として少し曇っていたけれど、広大な波打つ谷間の景色に私の目はすっかり魅せられてしまった。それは高貴な円形劇場のように、松で覆われた山々に取り囲まれて広がっていた。点在する農家はその景色を活気づけ、むしろ上品に見せていた。その景色は自然本来の野性味を余りにも多く留めていたので、そこに技巧を施す必要があるように見えるものは殆ど感じとれなかった。

　これはギルピンの絵画論を強く意識した描写であることが明白である。その何よりの証拠は、'amphitheatre' と言う語の使用に見られる。ギルピンは高い山に囲まれた谷間の美しい景色を描写するとき、この語を好んで用いた

からである。しかしその景色は自然本来の「野性味」を賛美し、人為的な
「改善」の必要が全くないことを強調することによって、ギルピンの狭い芸
術のルールを批判している。コールリッジもワーズワスもこれより 3〜4 年
後、同様の景色を描写するときこの語を一度は用いている。例えば、コール
リジは『孤独の不安』(Fears in Solitude) の最後の一節で、そしてワーズワ
スもこれに応えて『グラスミアの我が家』(Home at Grasmere) の中でこの
語を用いている。そして両詩人は何れもギルピンの狭い芸術の規範を厳しく
批判している。このようなピクチャレスクに関するロマン主義的観点からも、
メアリ・ウルストンクラフトは両詩人の先輩格であったのだ。

　そしてさらに注目すべき記述は、メアリがオスロで一泊した後フレドリク
スタッドの有名な滝を見たときの感動を記した一節である。彼女はその町の
城外の宿に泊まって、その翌朝早くから滝を見に出かけた。滝の音が遠くか
ら聞こえてきたので、胸をわくわくさせながら急いで歩いた。そして滝を目
の当たりにした時の感動を次のように記している。

> The impetuous dashing of the rebounding torrent from the dark cavities
> which mocked the exploring eye, produced an equal activity in my mind:
> my thoughts darted from earth to heaven, and I asked myself why I was
> chained to life and its misery? Still the tumultuous emotions this sublime
> object excited, were pleasurable; and, viewing it, my soul rose, with
> renewed dignity, above its cares—grasping at immortality—it seemed as
> impossible to stop *the current of my thoughts, as of the always varying,*
> *still the same, torrent* before me—I stretched out my hand to eternity,
> bounding over the dark speck of life to come. (p. 89)

暗い岩の穴から跳ね返りながら、探査する私の目を嘲るように猛烈な勢い
で飛び出してくる激流は、私の心にそれと同じ活動を呼び起こした。私の
思考は地上から天に向かって飛び出し、私は何故に人生とその惨めな運命
に縛られているのか、と自問した。それでもやはりこの崇高な激流が呼び
覚ます騒がしい感動は快かった。そしてじっと眺めていると、私の魂は新
たな威厳を帯びて浮世の心配事より高く昇り、不滅の命を掴もうとした。
そして眼前の絶えず変化しながらも常に同じ激流を止めることができない
のと同様に、私の（激しい）思考を止めることが不可能のように思えた。

　私は来るべき人生の暗い影を跳び越えて、永遠に向かって私の手を一杯伸ばした。

　これこそ彼女の「心の歴史」の中の白眉の一節と称して然るべき心と自然が一つに溶け合った言葉である。中でも特筆すべきは、筆者がイタリックで示した「絶えず変化しながらも常に同じ激流」をメアリ自身の心に映した描写は、見事という他はない。しかもそれはコールリッジが滝の描写に用いただけでなく、不変の真理の定義に用いた。ここにもメアリのロマン主義的先駆者の特徴が鮮明に読み取れる。

(11)

　メアリはフレドリクスタッドの滝を観た後、40日前に来たスウェーデンの港町ストロムスタッドへ向かった。船はその日のうちに着く予定であったが、風が殆ど吹かなかったので数時間遅れて、8月25日の午前1時過ぎに着いた。彼女はそこで仮眠をとった後、次の宿泊地 (Kvistram) に向かった。そして26日の朝、愛児の待つヨーテボリに向かって往路と同じ道を進んだ。あの時は7月上旬であったので完全な夏景色であったが、今度は完全な秋の色に変わっていた。

　こうしてメアリはその日の夕方ヨーテボリの近くに来たとき、ライムギを満載した馬車を曳く父と子供の姿を見た。5歳ぐらいの男の子が後ろから車を押し、その妹が馬の背中に跨っていた。そこへよちよち歩きの幼児が父を迎えに来た。父が車を止めてその子を抱き上げると、その子は父の首にしがみついた。メアリは一生でこれほど美しい光景を見たことがないと思った。それと同時に彼らの帰りを待つ主婦が夕食の仕度をしている姿を想像して、これまた無上に美しいと思った。そしてこの第16書簡は次の言葉で終わっている。メアリの「心の歴史」に新しい頁を加えた一瞬でもあった。

My eyes followed them to the cottage, and an involuntary sigh whis-
pered to my heart, that I envied the mother, much as I dislike cooking, who
was preparing their pottage. I was returning to my babe, who may never
experience a father's care or tenderness. The bosom that nurtured her,
heaved with a pang at the thought which only an unhappy mother could
feel. (p. 95)

　　私の目は彼らが家に帰るまでその後を追った。そして私は思わずため息
　をついて、（私が料理をするのが大嫌いであるのに）彼らのためにポター
　ジュを準備している母親が羨ましい、と自分の心に呟いた。だが私は、父
　の世話や優しさを一度も経験できない私の赤ん坊の許へ帰るところだ。彼
　女に乳を飲ませたこの胸は、不幸な母だけが感じる悲痛な思いで張り裂け
　そうだった。

　さて上記に続く第17書簡は、ヨーテボリに着いて愛児と7週間ぶりに再
会した時の感動その他について一言も触れずにいきなり、"I am unwilling
to leave Gothenburg without visiting Trollhaettae."「私はトロルヘッタンを
訪ねないでヨーテボリを去りたくなかった」と言う一行で始まっている。そ
して巨大な運河を切り開いている工事現場に赴き、その規模の大きさと人口
の激流に目を奪われた。しかし最後に、「かくも高貴な景色がその孤高の威
厳をすべて残らず失ってしまうのを残念に思わずにはいられなかった」と、
自然破壊に対する強い抗議を示している。こうして彼女はスウェーデンのエ
ルシノアに向かって旅立ったが、その途中でも愛児のことは一言も触れてい
ない。しかし彼女がヨーテボリに着いた翌日（8月26日）イムレイに次の
ような手紙を送っている。

　　I arrived here last night, and with the most exquisite delight, once more
　pressed my babe to my heart. We shall part no more. You perhaps cannot
　conceive the pleasure it gave me, to see her run about, and play alone. Her
　increasing intelligence attaches me more and more to her. I have promised
　her that I will fulfil my duty to her; and nothing in future shall make me
　forget it. I will also exert myself to obtain an independence for her; . . .
　　　　　　　　　　　　　　　　　　　　　　　　　　　　　(p. 148)

　昨夜ここに着きました。そしてこれ以上ない喜びをもってわが子を固く抱きしめました。私たちは二度と別れません。娘が走り回り、一人で遊んでいる姿を見て私はどれ程嬉しく思ったか、あなたはその喜びが分からないでしょう。娘がますます知恵を付けてきたのでなお一層可愛くなりました。私は娘に約束しました。母としての義務を果たし、そして未来永劫にそれを忘れないと。私はまた娘のために、独立できるように頑張るつもりです。

(12)

　メアリは上記の手紙を書いてから2〜3日してヨーテボリを去り、デンマークのエルシノアを経由してコペンハーゲンに向かった。そして途中2〜3泊して9月初めにコペンハーゲンに着き、そこで休養を兼ねて一週間余り滞在したものと思われる。彼女はその間に第18〜21書簡の原稿を書いている。しかし彼女の「心の歴史」について語ることは殆どなく、評論家としての彼女、言い換えると『女性の権利』の著者としての声が大半を占めている。しかしただ一点、24歳の若さでこの世を去ったデンマークの王妃マティルダ (Matilda, 1751–75) に話が及んだとき、メアリ本来の心情が一気に表面に出てくる。

　そこで先ず、評論家メアリのデンマーク評について簡単に説明すると、彼女がここに着いたその翌日街中を散策して、最近の大火（1795年6月9日）の跡を見て驚愕したことを2頁に渡って記している。

　中でも大火の間、町の支配者はただ嘆くばかりで何も行動しなかったこと、そして住民は自分の財産を持ち出すことばかり考えて他人のことに関して無関心、つまり「公の精神」(public spirit) の欠如を厳しく批判している。次に、デンマークの女性はあらゆる面で程度が低いこと、彼女の言葉を借りると、「完全な無知」(total ignorance) であり、子供の育て方はただ甘やかすばかりで厳しく指導しないので、「弱い子供」にしてしまっている。そして男女間の愛について、「猥褻」と言う間違った考えを持っており、それがマ

ティルダを貶める要因になったことを指摘している。だがその一方で、下層階級の性の乱れは全くひどいものであり、そして中産階級では主人と下女との無差別な性交は当り前になっていること、などを指摘している。

　これに反して、マティルダは全ての面において秀でていた。彼女に対する尊敬と深い同情の念は次の言葉で始まっている。

　　Poor Matilda! thou hast haunted me ever since my arrival; and the view I have had of the manners of the country, exciting my sympathy, has increased my respect for thy memory! (p. 102)

　　気の毒なマティルダ。あなたは、私がここに来てからずっと私に付きまとって離れなかった。この国の（あなたに対する）態度を見ると、私の同情を刺激すると同時にあなたの御霊に対する尊敬の念がさらに増してきた。

　英国のジョージ二世の妹であったマティルダはデンマーク王クリスチャン七世 (Christian VII) の妃となった。しかし彼は彼女と結婚する前から多くの女性と放蕩三昧の生活を重ねてきた。従って結婚して間もなく病気（性病？）に罹り、脳が侵された。その間にも彼女は王妃として立派に務めを果たしてきた。ところが王の専属医師 (Struensee) とやがて恋仲になり、一子を儲けることになった (1772)。これが彼女の政敵の格好な攻撃材料となり、彼女は王妃の座を奪われた。一方、医師は即座に処刑された (1772)。それから2年後、マティルダはハノーヴァで不遇の死を遂げた。

　以上はマティルダ王妃の不幸な歴史の概略であるが、メアリと祖国も同じ品格と才能に恵まれた女性が自分の意志に反して、親の命令で異国の放蕩息子と無理矢理結婚させられ、人権を全く無視した夫婦生活を送ることになる。そして彼女に同情した専属医師と恋仲になり、やがて一子を儲ける。それが世間に知れて悲劇の道を辿ることになる。この筋書きはメアリの最初の小説『メアリ』にもあてはまるが、彼女の遺作となった『女性の侮辱──マリア』の筋書と全く同じである。しかもそれはイムレイとの不幸な関係がモチーフの原点になっているので、マティルダ王妃の悲運はメアリ自身のそれに当てはまる。以上の観点から、彼女の王妃への想いは格別なものがあった。彼女

はコペンハーゲンを離れる前にマティルダが住んでいた宮殿 (Hirsholm) の庭を訪ねて彼女の面影を偲んだ一節は、彼女に寄せる敬愛の深さを物語っている。

I have not visited any other place, excepting Hirsholm; the gardens of which are laid out with taste, and command the finest views the country affords. As they are in the modern and English style, I thought I was following the footsteps of Matilda, who wished to multiply around her the images of her beloved country. I was also gratified by the sight of a Norwegian landscape in miniature, which with great propriety makes a part of the Danish king's garden. The cottage is well imitated, and the whole has a pleasing effect, particularly so to me who love Norway—it's peaceful farms and spacious wilds. (p. 111)

私はヒルズホルム宮殿以外のいかなる場所も訪ねなかった。その庭は趣味豊に設計され、国中で最も美しい眺めを提供していた。それは現代の英国風の眺めであったので、私はマティルダの足跡を辿っているのだと思った。彼女は愛する祖国の面影を自分の周りに様々な形で残しておきたいと願っていたからである。私はデンマーク王の庭の一部をとても品よく形成しているノルウェーのミニアチャの景色を見て満足した。その小屋も実に良く真似ており、そして全体はノルウェーが大好きな私にとって特に楽しい出来栄えである。その平和な農場と広々とした荒野が大好きだ。

メアリはこの後、2 年前に開設された王立図書館を訪ねてその充実ぶりに驚いたが、中でもアイスランド語の写本を見て、その意味が分からないもののこの難事業を成し遂げた天才に想いを馳せる。そして思わず自分の本心を口にする。

I have sometimes thought it a great misfortune for individuals to acquire a certain delicacy of sentiment, which often makes them weary of the common occurrences of life; yet it is this very delicacy of feeling and thinking which probably has produced most of the performances that have benefited mankind. It might with propriety, perhaps, be termed the malady of genius; ... (p. 112)

　私は、個人がある種の繊細な感情を持つことが非常に不幸なことだと
時々思うことがある。そのために人生の平凡な出来事に嫌気をさしてしま
うことがよくあるからだ。しかしこの繊細な感情と思考こそ、人類に利益
をもたらす立派な行動の多くを恐らく産み出してきたのであろう。だがこ
れは、天才の病気と呼ぶのが恐らく正しいのかもしれない……。

　これは彼女の自画像、即ち彼女が日ごろ心の底で感じている本心の告白で
ある、と同時に彼女特有の自己憐憫の表現に他ならない。彼女は自らを「天
才の病気」の一種と折に触れて考えていたからである。それは彼女自身の手
紙はもちろん『女性の権利』の中でも何度か口にしている。

　さて、この第 20 書簡の最後はデンマークの国政に触れて、問題の国王ク
リスチャン七世は白痴に近いので侍従のベルンストルフ (Bernstorff) と王子
(Prince Royal) に全てを任せていることを、皮肉交じりに述べた後、最後に
突然、次の言葉でこの書簡を閉じている。

　　But let me now stop; I may be a little partial, and view every thing with
　the jaundiced eye of melancholy—for I am sad—and have cause. (p. 14)
　　だが、もう止めましょう。私は少々一方に偏り、そして憂鬱の病に冒さ
　れた歪んだ目で物を見ているかも知れない。と言うのも、私は本当に悲し
　く、それだけの理由があるからだ。

　これもまたメアリの抑えきれない心情告白である。上記の「私には悲しい
理由がある」と言う言葉は、イムレイとの愛の亀裂を意味しているのであろ
う。上記とほぼ同じ日（9 月 6 日）に彼に送った手紙がそれを裏付けている。

　　I have not that happy substitute for wisdom, insensibility—and the lively
　sympathies which bind me to my fellow-creatures, are all of a painful kind.
　—They are the agonies of a broken heart—pleasure and I have shaken
　hands. (p. 149)
　　私は知恵に代わるあの幸せな鈍感を持ち合わせていない。そして私を同じ

仲間の人間に結び付ける生きた共感は全て痛ましいものばかりだ。その共感は失意の苦しみばかりです。喜びと私は縁が切れたのです。

メアリはここでもマティルダの悲運を念頭に置いていることは明らかだ。何故なら、彼女と同じ仲間であるマティルダも彼女と同じ「失意の苦しみ」を味あわされた不幸な一人であったからだ。

(13)

　第21書簡はコペンハーゲンで書いた最後の手紙であるが、興味深い記述は一つもない。ただ如何にも彼女らしい表現を挙げると、その一つは国王の侍従ベルンストルフ伯爵と会って話をした時の印象として、彼は何事をするにも極めて慎重で、事を為す勇気がない、つまりメアリが一番嫌う「分別」(prudence) の塊のような人物である。次に、デンマーク人は「革新」(innovation) を嫌う国民で、常に現状に満足している。このような人種から「社会の改善」は絶対に期待できない。そして最後に、彼女はコペンハーゲンでは比較的気楽に暮らしたが、とにかく全てが退屈で、知的興味を刺激するものは何もなく、ただ「ため息ばかり」ついていたと結論している。要するに、マティルダの面影を偲ぶ以外に彼女の感受性と想像力を呼び覚ますものは何もなかったのである。

　さて、上記に続く第22書簡は、コペンハーゲンを出てハンブルグに向かう数日間の旅の途中の、出来事や車窓からの眺めを記録したものであるが、その中で「わが心の歴史」に残る唯一の快い想い出は、ドイツ人紳士の一行とひと時旅を共にしたことであった。その中でも特に彼女の心にいつまでも温かい記憶として残る、感受性豊かな貴族が一人いた。

　先ず、彼女はドイツ人一行と別れたときの寂しさを、「憂鬱で死のような気分」「自分の魂と別れるような気分」さらに「運命によって引き裂かれるよう」と述べている。そしてたとえ「自分と無縁の人でもそれぞれに特徴が

あるので、自分の記憶にはっきり残っている」と一般論を述べた後、その貴族について次のように述べている。

> There was, in fact, a degree of intelligence, and still more sensibility in the features and conversation of one of the gentlemen, that made me regret the loss of his society during the rest of the journey; . . . (p. 118)

> 実際（あの同じ仲間の中に）ほど良い知性に加えて、それ以上に顔の表情と話し方に豊かな感受性を持った紳士が一人いた。だから私はその後の旅の間、彼とお付き合い出来ないのが実に残念だった。

　この僅か数行の中にメアリの理想の男性像が浮かび上がってくる。中でもとりわけ、彼の表情と話し方に「知性以上に豊かな感受性」があることと強調している点に注目したい。このような男性像は『女性の権利』の中から求めることは恐らく不可能であったろう。しかし彼女はイムレイの浮気による裏切り行為を体験してから、男性の感受性に最高の価値を認めるようになった。従って、それ以来イムレイ宛ての手紙の中で繰り返し彼の「感受性の無さ」を責め立てるようになった。彼女はこのドイツ人の貴族を想い起すとき、感受性を失った唯物主義のイムレイを常に対比させていたに違いない。

　さて、メアリは親切なドイツ人一行と別れた後、なお幾日か旅を続けて旅の終着点であるハンブルグに着いた。宿はみな旅行客で一杯だから郊外のアルトナ (Altona) に泊まるように勧められていたが、最初の一晩だけハンブルグに泊まることにした。結果は案の定まったくひどいもので、長い旅の疲れを癒すには程遠いものであった。ここで彼女は、この年の春数年ぶりに祖国に戻ってイムレイとの生活を楽しみにしていたところ、彼の浮気の事実を知った時の衝撃的な悲しみを思い出した。期待した宿に裏切られたことと、イムレイに裏切られたことが一つに重なったのである。第22書簡はこの悲しい想い出の言葉で終わっている。

> But I, who received the cruelest of disappointments, last spring, in returning to my home, . . . Know you of what materials some hearts are made? I play the child, and weep at the recollection—for the grief is still fresh that

stunned as well as wounded me—yet never did drops of anguish like these
bedew the cheeks of infantine innocence—and why should they mine, that
never were stained by a blush of guilt? Innocent and credulous as a child,
why have I not the same happy thoughtlessness? (p. 124)

私は今年の春我が家に帰ったとき最も残酷な失望を味わった。……あなた
は人の感情がどのようにできているのかご存じですか。私はまるで子供の
ように思い出して泣きました。その悲しみは今もなお新鮮に残っており、
傷をつけると同時に気が遠くなります。だがその苦悩の涙は、幼児の無邪
気な頬を濡らす涙とは全く違います。罪の意識で赤くしたことが一度もな
い私の頬を、なぜ涙で濡らさねばならないのか。子供のように無邪気で信
じ易い私は、なぜ子供と同じ幸せな気楽さを持てないのでしょうか。

　この最後の一行は、先に引用したイムレイ宛て書簡の「私は知恵に代わる
あの幸せな鈍感 (insensibility) を持ち合わせていない」（151 頁参照）と全く
同じ心境を述べたものである。つまり、'insensibility' を 'thoughtlessness'
に置き換えただけである。『北欧からの手紙』はメアリの私的な感情を包み
隠さずに、そのまま表現していることの何よりの証と言えよう。

(14)

　上述のように、長い北欧の旅を終えてハンブルグに着いたメアリは我が家
に帰った気分で宿の部屋に入ったところ、そのみすぼらしさに腹を立てると
同時に惨めな気分になった。彼女はこの気分を、フランスから帰国してイム
レイの許に帰った時のあの惨めな体験と重ね合わせて思い起した。
　さて、上記に続く第 23 書簡は、その冒頭から例のドイツ人貴族の恩情と
心遣いに対する感謝で始まっている。彼女が彼と別れてからハンブルグでは
宿探しに苦労すると聞いていたので、彼に適当な宿を推薦してほしいと手紙
で頼んだところ、即座に返事が届き、郊外のアルトナに立派なホテルを紹介
してくれた。そこで彼女はハンブルグに着いたその夜だけ街中の宿に泊まっ

たが、案の定全くひどいものであった。彼女はこれについて次のように記し
ているが、彼に対する感謝と思慕の念が行間に滲み出ている。

> I might have spared myself the disagreeable feelings I experienced the
> first night of my arrival at Hamburg, leaving the open air to be shut up in
> noise and dirt, had I gone immediately to Altona, where a lodging had been
> prepared for me by a gentleman from whom I received many civilities
> during my journey. I wished to have travelled in company with him from
> Copenhagen, because I found him intelligent and friendly; but business
> obliged him to hurry forward; and I wrote to him on the subject of
> accommodations, as soon as I was informed of the difficulties I might have
> to encounter to house myself and brat. (p. 124)

> 私はハンブルグに着いた最初の夜もしアルトナへ直行しておれば、騒音
> と埃まみれの外の空気を閉じ込めたまま、体験した不愉快な気分をせずに
> すんだであろう。旅の間に私にいろいろと親切にしてくれた一人の紳士が、
> 私のためにアルトナの宿を予約してくれていたからである。私はコペンハ
> ーゲンからずっと彼と一緒に旅を続けたかった。彼は知性が高く、しかも
> 親切であったからだが、仕事の都合でやむを得ず先を急いで行った。それ
> から私は、子供を連れて宿探しに苦労するだろうと（人から）教えられた
> ので、さっそく彼に手紙を書いて（宿の件を）お願いしたのだった。

メアリは多少控え気味に書いているが、男性の理想像をこの紳士に求めて
いることは間違いない。彼女はこの後、彼女の目をハンブルグの街中に移す
が、そこはこの紳士と全く対照的な俗物と唯物主義の世界である。言い換え
ると、イムレイの「商業主義」(commercialism) と「非感受性」(insensibility)
の世界である。従って、ハンブルグの町の紹介は簡単に済ませて、そこに住
む人々の金銭欲と低俗さを痛烈に批判している。次にその一部を引用しよ
う。

> Mushroom fortunes have started up during the war; the men, indeed,
> seem of the species of the fungus; and the insolent vulgarity which a
> sudden influx of wealth usually produces in common minds, is here very
> conspicuous, which contrasts with the distresses of many of the emigrants,

'fallen –fallen from their high estate'—such are the ups and downs of fortune's wheel! (p. 125)

　戦時中キノコ成金が続々と生まれた。実際、人々はカビの一種のように見える。通常、人間は突然金持ちになると心が俗っぽく、尊大になるものだが、ここハンブルグでは特にそれが際立っている。それは、高貴な身分から没落した移民の困窮と対照的だ。「高い地位から没落に次ぐ没落――正しく運命の輪の上下運動だ。

　メアリはこのように述べた後、かつての貴族が厳しい現実に耐えて雄々しく生きている姿に深い尊敬の念を示している。一方、「商売に身も心も奪われた人々」は「品位を欠いた富を見せびらかして自らの根性を堕落」させている。そして立派な自己犠牲の英雄的行為を、「ロマンチックな夢」と嘲る。メアリ自身も自分の夢を語ると何時もイムレイからこのような言葉で一蹴されたことを、思い起していたに違いない。彼女は彼と親しくなった頃、金が十分貯まるとアメリカに戻って牧歌的生活を送ろう、と楽しい夢を彼女に語っていたからである。ところが彼が商売に手を染めた頃から人がすっかり変わってしまったのだ。彼女は上記に続いて次のように述べている。彼女の抑えていた激情が、公の著書と私的な手紙の区別を跳び越えて真情を吐露してしまったのである。

　　But you will say that I am growing bitter, perhaps, personal. Ah! shall I whisper to you—that you—yourself, are strangely altered, since you have entered deeply into commerce—more than you are aware of—never allowing yourself to reflect, and keeping your mind, or rather passions, in a continual state of agitation—Nature has given you talents, which lie dormant, or are wasted in ignoble pursuits—you will rouse yourself, and shake off the vile dust that obscures you, . . . (p. 126)

　だがあなたは私が余りにも辛辣で、恐らく個人的感情むき出しと言うでしょう。それなら囁くように話しましょう。あなた自身は商売に深入りしてから、自分で気付いている以上に人が変わってしまった。あなたは自分で静かに反省しようとせずに、自分の精神、否むしろ情熱を絶えず混乱状態に置いたままです。あなたは生来立派な才能を持っているのに、それが

眠ったままか、或いは卑しい仕事の追求ですり減らしている。だからあなた自身は目覚めて、自分を曇らせている悪い埃を払い除けようとするでしょう。

　しかしこの作品はあくまでも一般の読者、とりわけ英国の読者を意識していることは言うまでもあるまい。言い換えると、イムレイに対する警告は、1795 年当時の英国民の商業主義に対する警鐘と受け取ることが出来よう。イムレイとハンブルグの町はその象徴的な姿であった。この第 23 書簡の次の結びの一節はメアリの読者の全てに訴える信条告白であると同時に、本書『北欧からの手紙』の結びの言葉と言えよう。

　　Perhaps you may also think us too severe; but I must add, that the more I saw of the manners of Hamburg, the more was I confirmed in my opinion relative to the baleful effect of extensive speculations on the moral character. Men are strange machines; and their whole system of morality is in general held together by one grand principle, which loses its force the moment they allow themselves to break with impunity over the bounds which secured their self-respect. A man ceases to love humanity, and then individuals, as he advances in the chase after wealth; . . . and all the endearing charities of citizen, husband, father, brother, become empty names. But—but what? Why, to snap the chain of thought, I must say farewell. (pp. 127–28)

　　恐らくあなたは私たちが厳し過ぎると思うかもしれないが、ハンブルグの生活態度を観れば観るほど、過大な投機は人間の品格に悪影響を与える、という私の見解に確信を持つようになった。人間は不思議な機械だ。人間全体の倫理的組織は壮大な原理によって一般に強く縛られている。従って、自尊心を支えている境界線を何の咎めも受けることなく自ら壊した瞬間、その原理は力を失ってしまう。人は我勝ちに富の追求に走るので、人間性を愛さなくなり、次に個人をも愛さなくなる。……そして市民、夫、父、兄弟を慈しむ行為は全て有名無実になってしまう。

　上記に続く第 24 書簡は、ハンブルグから出した最後の僅か 2 頁の手紙で、特筆するものは何もない。ただ一つ彼女の「心の歴史」に強い印象を残した

ノルウェーの自然と、ハンブルグの世界を比較した次の言葉は、本書のエピローグとして引用に値する。

> Rocks aspiring towards the heavens, and, as it were, shutting out sorrow, surrounded me, whilst peace appeared to steal along the lake to calm my bosom, modulating the wind that agitated the neighbouring poplars. Now I hear only an account of the tricks of trade, or listen to the distressful tale of some victim of ambition. (p. 129)

天に向かってそそり立ち、恰も悲しみを締め出すような岩山は私を取り囲んでいた。その間、平和が私の心を鎮めるために、湖畔のポプラを揺らす風と調子を合わせて、湖面をそっと忍び寄ってくるように思えた。だが今は、商売のいかさま勘定ばかりを耳にするか、或いは金儲けの野望の犠牲になった悲しい物語しか聞こえてこない。

(15)

　ノルウェーの岩山に囲まれた美しい静かな湖と、平坦で埃っぽいハンブルグの町を対比させながら、そこに住む人々の心まで変えてしまう自然の力をここで特に強調している。周囲の環境は人の性格を作るというロックの哲学の影響を強く受けたメアリにとって、今回のスカンジナビアの旅はそれを身をもって体験する好機となった。しかもその間彼女はイムレイと幾度となく手紙を交換する過程の中で、彼に対する失望と疑念が回を追う毎に高まっていった。そしてコペンハーゲンからハンブルグに着いた頃にはそれが限界に達していた。上述の第22・23の2通の書簡にそれが如実に表れている。さらに、この町の空気と同様に温かい人間性とは無縁の私利私欲が支配する商都を目にして、投機的商売によって感受性を失ったイムレイの姿と重なり、商売に対する嫌悪感を増幅させ、より確かなものにしてしまった。だがここで忘れてならないことは、メアリが心の底ではイムレイを愛さずにはおれなかったことである。その間に彼に送った手紙の多くは、彼女が彼をいかに厳しく責め立てても最後は彼の愛に縋る言葉で終わっているからである。彼女

自身が語っているように「愛情過多」が彼女の不幸の原因の一つであったのだ。さらに彼女自身の言葉を借りれば、「愛する人の居ない世界は私にとって砂漠」に等しかったからであろう。

　これとは別に、作家としてのメアリが持つ主要テーマに「世の中の改善」があったことを見落としてはなるまい。この点に関して彼女は本書の中で再三に渡って力説している。その代表例は、第11書簡でリソールに向かう航海の途中、岩ばかりの荒涼たる景色を見て、「世界の未来の改善」（139頁参照）の必要を痛感した一節と、第22書簡でハンブルグへ向かう途中ひどくみすぼらしい家々を見たときに痛感した次の言葉であろう。

> . . . and then to stop at such wretched huts, as I had seen in Sweden, was surely sufficient to chill my heart, awake to sympathy, and throw a gloom over my favourite subject of contemplation, the future improvement of the world. (p. 122)
>
> それから私はスウェーデンで見たようなひどく惨めな家並を目の当たりにしたとき、私の心臓が冷たくなるほど深い同情を呼び覚まされ、そして私がいつも考えている主題「世界の未来の改善」に暗い影を投げかけた。

　以上のように『北欧からの手紙』は、メアリ自身の愛のテーマと、作家としての使命である社会の改善という大目的とが一つに融合して書き進められた彼女の最高傑作と評して過言ではあるまい。しかもそれがイギリス・ロマン主義の真髄に迫る広い社会的意味を有している。それはワーズワスが2年後に書き始めた多くの詩と、思想と感情の両面で通底している。その観点からも、この作品は極めて大きい意味を持っている。

第4章

『女性の侮辱——マリア』
—*Apologia pro Vita Sua*

第1節　絶望から復活へ

(1)

　メアリは北欧の旅に出る前、旅の最後にハンブルグでイムレイと落ち合って、スイス旅行をする約束をしていた。しかしいつの間にか約束が反故にされ、メアリはそこで10日余り無為に過ごすことになった。前章で論じた第22〜24書簡はその間に書かれものである。全体として暗い悲観的な気分が漂っているのは、彼女が嫌悪する商業主義の所為だけでなく、イムレイに対する失望がその根底にあったからである。彼女がハンブルグを離れる2〜3日前の9月27日に彼に送った手紙はその気分を率直に表している。

　先ず、「私は大分前に送った2通の手紙から、あなたを愛するあまり私がどれほど悩み苦しんだか、あなたはお分かりでしょう」と言う趣旨の言葉で始まり、「私はあなたの冷淡な手紙にはもう慣れっこになっていますが、今度の手紙には人間の優しさはもちろん友情の跡形も見られない」と、いつものようになじった後、自分の苦悩の原因を次のように訴えている。（イタリックは筆者）

　The tremendous power who formed this heart, must have foreseen that, in a world in which self-interest, in various shapes, is the principal mobile, I had little chance of escaping misery.—To the fiat of fate I submit.—I am content to be wretched; but I will not be contemptible.—Of me you have no cause to complain, but for having had too much regard for you—for having expected a degree of permanent happiness, when you only sought

for a momentary gratification. . . . You have thrown off a faithful friend, to
pursue the caprices of the moment. (p. 151)

　様々な形をした利己主義が原動力になっている世界において、私は悲惨
から逃れる機会が殆どないということを、私の心を創ってくれた恐るべき
力（神）が予知していたに違いありません。私はこの運命の命令に従いま
す。私は惨めを甘受しています。だが軽蔑されたくありません。一方、あ
なたは、私があなたを愛し過ぎたこと、そして永遠の幸せを求めたこと以
外に、私に対して文句をつける理由がないはずです。あなたは一時の（肉
体的）満足を求めていたに過ぎないのだから。……あなたは瞬時の気紛れ
（浮気）を求めて、忠実な友を捨ててしまったのです。

　彼女はこのように述べた後、「最悪の場合に備えて」自活の覚悟ができて
いることを次のように伝えている。

　　Preparing myself for the worst—I have determined, if your next letter
like the last, to write to Mr. Johnson to procure me an obscure lodging, and
not to inform any body of my arrival.—There I will endeavour in a few
months to obtain the sum necessary to take me to France—from you I will
not receive any more.—I am not yet sufficiently humbled to depend on
your beneficence. (p. 152)

　私は最悪の場合に備えて、つまりあなたが前回と同じような手紙を送っ
てくるようなら、私は覚悟ができている。ジョンソン氏宛に手紙を書いて、
私が帰国したことを誰にも知らさずに、どこか分からぬ所に家を探しても
らい、そこで数か月、渡仏に必要な資金を手にする努力をするつもりです。
私はあなたから今後一切いただきません。私はあなたの慈悲に頼るほど落
ちぶれていません。

　そして最後に、愛児ファニーの将来について不安がないように、パリで十
分な教育を受けさせ、立派に自立できるようにしてあげたい。こうして自分
は心安らかに天国に行ける、と皮肉たっぷりに次のように手紙を結んでいる。

　　I shall die in peace, persuaded that the felicity which has hitherto cheated
my expectation, will not always elude my grasp. No poor tempest-tossed

mariner ever more earnestly longed to arrive at his port. (p. 152)

　これまで期待を裏切られてきた幸せを今度こそしっかり掴むことが出来るという確信がついたので、心安らかに死ねるでしょう。嵐に翻弄されたいかに不幸な水夫と言えども、私ほど真剣に自分の港に着きたいと願いはしなかったでしょう。

メアリはこの手紙を書いてから数日後、誰からも迎えられることなくドーバーの土を踏んだ。そして 10 月 4 日に直ちにイムレイに手紙を送った。それは大急ぎで書いた短い手紙であるが、彼女の不安と動揺が文面に鮮明に表れている。

From the tenour of your last letter however, I am led to imagine, that you have formed some new attachment.—If it be so, let me earnestly request you to see me once more, and immediately. This is the only proof I require of the friendship you profess for me. I will then decide, since you boggle about a mere form.

I am labouring to write with calmness—but the extreme anguish I feel, at landing without having any friend to receive me, and even to be conscious that the friend whom I most wish to see, will feel a disagreeable sensation at being informed of my arrival, does not come under the description of common misery. Every emotion yields to an overwhelming flood of sorrow—and the playfulness of my child distresses me. (p. 153)

　あなたの最後の手紙の口調から想像すると、あなたはまた新しく情婦を見付けたようですね。もしそうなら、もう一度、今すぐ私と会ってください。心からお願いします。それはあなたが私に明言した友情の唯一の証です。あなたがいつもただ言い逃ればかりしているので、私はその時はっきり決めてあげましょう。

　私は冷静になろうと努めているのですが、私を迎えてくれる友達が一人もいないまま上陸した時に感じたあのひどい悲しみ、そして私が一番会いたいと願っていた友が、私の到着を知らされて不愉快な気分になっているだろうと意識するときの惨めな気持ちは尋常一様ではありません。あらゆる感情が圧倒的な悲しみの洪水に飲み込まれ、そして子供が楽しそうにしているのを見るとなお胸が痛みます。

　彼女はこのように述べた後、ここ（イムレイが提供した家）に暫く留まって彼の返事を待ち、彼の居所を不意に襲うようなことはしないと述べる。そして彼が口先では男らしく責任を取ると言っているが、彼女の腹は既に決まっていることを強調する。そして最後に次のように結んでいる。（イタリックは筆者）

　　Do not keep me in suspense.—I expect nothing from you, or any human being: my die is cast!—I have fortitude enough to determine to do my duty; yet I cannot raise my depressed spirits, or calm my trembling heart. —*That being who moulded it thus*, knows that I am unable to tear up by the roots the propensity to affection which has been the torment of my life —but life will have an end! (p. 153)

　　私をどっちつかずの状態に置かないでください。私はあなたからも、誰からも一切何も期待していません。私の賽は投げられたのです。私は自分の義務を果たすに十分な忍耐を持っています。だが私の落ち込んだ精神を高めることが出来ず、また震える心を鎮めることもできません。私の心をこんな風に創った神様は、私を一生苦しめてきた愛情過多の性質を私が根絶できないことを、十分ご存知です。だが命はいずれ終わるでしょう。

　上記のイタリックで示した「私の心をこんな風に創った神様」と言う表現は、前述の9月27日の手紙の「私の心を創った恐るべき力」（原文は160頁参照）の繰り返しであるが、彼女の人を愛さずにはおれない「愛情過多」の性質が彼女の様々な不幸の原因になってきたことを、イムレイ宛ての手紙の中で繰り返し強調している点に特に注目したい。これは彼に対する嫌味ではなく、真情の告白である。それは第1章で論じたファニー・ブラッドとの深い友情を思い起こせば明らかであろう。また、それは感受性が余りにも強いと狂人まがいの行動に出るのと同じ原理である。メアリがこの何れをも天才の特質と考えていた。いわゆる「狂気の詩人」の特徴である。こうして彼女は自ら進んで破局に向かっていった。

(2)

　さて一方、イムレイはメアリがロンドンで住む家を提供してくれたものの、自分の住む場所を彼女に教えようとしなかった。そのような彼を彼女はもちろん疑っていたが、自ら出向いてそれを確かめる勇気がなかった。そこで家の使用人に頼んでそれを調べさせることにした。しかしこれを決断するまでには一か月近く時間を要した。彼女は手紙では強いことを言っていたが、内心は真実を知ることを半ば恐れていたからだ。だが結果は、彼女が想像していた通りであった。

　厳しい現実に直面したメアリは衝撃のあまり一瞬理性を失い、彼の居所を不意に襲うようなことはしないと手紙で誓っていたにも拘わらず、彼の許へ直談判に出かけた。そこで見た女は前の若い女優ではなく、予想通り新しい情婦であった。しかしイムレイは、数年前に結婚した女性と一緒に住んでいるのだ、とうそぶいた。彼女は返す言葉もなく、茫然自失の状態で家に帰った。このような錯乱状態がどれほど長く続いたのか想像の域を出ないが、最後に彼女の心を鎮めた結論は、これまでしばしば口にしてきた「死」以外の何物でもなかった。死は全てを解決してくれると常に自分に言い聞かせてきたからである。彼女はこの決断に際して不思議なほど冷静であった。彼女はそれを実行に移す直前イムレイに、死を告げる長い手紙を書いて送っているのを見ても分かるであろう。先ず初めに、自分の子供と下女をパリの某夫人の許に届けて適切な指示を与え、料理人には給料を支払い、さらに下女にはメアリの衣類の全てを与えてほしいと依頼した後、自分はこれまで愛のない男と一緒に暮らしてきたことは馬鹿と言う外ないと述べる。そして最後に、次のように別れの言葉を伝えている。

　　I shall make no comments on your conduct, or any appeal to the world. Let my wrongs sleep with me! Soon, very soon, I shall be at peace. When you receive this, my burning head will be cold.

　　I would encounter a thousand deaths, rather than a night like the last. Your treatment has thrown my mind into a state of chaos; yet I am serene.

I go to find comfort, and my only fear is, that my poor body will be insulted by an endeavour to recall my hated existence. But I shall plunge into the Thames where there is least chance of my being snatched from the death I seek.

God bless you! May you never know by experience what you have made me endure. Should your sensibility ever awake, remorse will find its way to your heart; and, in the midst of business and sensual pleasure, I shall appear before you, the victim of your deviation from rectitude.

(*Wardle*, p. 245)

　　私はあなたの行為に文句を付けたり、また世間に訴えたりしません。私が受けた侮辱は私と一緒に眠らせてください。間もなく、もう直ぐ私は安らかになるでしょう。あなたがこの手紙を受け取る頃、私の燃える頭脳は冷たくなっているでしょう。

　　昨夜のような一夜を過ごすぐらいなら、千回死の苦しみを味わった方がずっとましだった。あなたの私に対する扱いは、私の心を錯乱状態にしてしまった。だが今はすっかり穏やかになっている。私はこれからその安らぎを見付けに行きます。しかし私が唯一恐れていることは、私を蘇生させようとして私の忌まわしい体が侮辱されることです。だがテムズ河に飛び込めば、死を求めている私が救い出される心配は絶対にないでしょう。

　　どうかあなたは、私を苦しめたようなことを経験しなくてすむように祈っています。だがあなたの感受性が仮にも目覚めたならば、後悔の念に心を痛めることでしょう。そしてあなたが商売や官能の喜びに浸っている最中に、私はあなたの犠牲者としてあなたの前に現れるでしょう。

　この手紙から明らかになったことは、彼女がイムレイの浮気の現場を見た後そのまま家に帰り、精神錯乱状態の中で七転八倒の末、死を決意してようやく心が鎮まり、その状態で手紙を書いて早速投函した。そして時間を見計らってテムズ河に向かったに違いない。それは僅か24時間の出来事であった。

(3)

　さて、自殺を決意したメアリは夕暮れ近くにテムズ河のバターシー (Buttersea) 橋に来たが、人影が多く見られたので諦めて舟でさらに上流のパトニー (Putney) 橋まで遡った。その時すでに暗くなっていた上に雨も降っていたので、人影が全く見られなかった。彼女はここと決めて橋の中央付近の一番深いところに飛び下りた。服が雨でぬれて重くなっていたので簡単に沈むと思ったが、スカートが空気を含んでいたので沈まず、もがいているうちに水を大量に飲んで気を失ってしまった。これが幸いして浮いているところを通行人から救い出された。半年前に続いてまたしても未遂に終わったのである。もちろんこの事件はイムレイの許に知らされた。彼は医者を呼んで彼女の看病にあたらせた。こうして彼女は回復した後、クリスティ一家（107 頁参照）の世話を暫く受けることになった。

　この事件は彼女の友人や文学仲間はもちろん広く市民にも知れ渡った。その反応は各人各様であったが、彼女の名をさらに多くの人々に知らしめる結果となった。このような騒ぎの中で彼女がどのような心境で日々を過ごしたのか定かではないが、その後もなおイムレイへの愛を断ち切れなかったことだけは確かな事実であった。

　一方、イムレイはメアリへの愛を疾うに失っていたが、今回の事件に関して自分にも責任があることを自覚していたので、彼女に対して表面上は優しく接した。さらに彼本来の気の弱さから、彼女がよりを戻そうとするのをきっぱり断ることが出来なかった。彼女はそれを承諾したものと受けとり、彼の情婦を含めてメアリとファニーの４人一緒に生活することを提案した。彼女は数年前フューズリ夫妻と一緒に住まわせてほしいと直談判して断られたことを思い起こすと、今回の提案は彼女にとって特別異常なことでもなかったのだろう。しかしイムレイはさすがにこれだけははっきり断った。こうして遂に二人の関係は実質的に消滅した。

　以上のように、北欧の旅から帰った後のメアリは正しく波乱万丈の一か月（1795 年 11 月）を過ごした。気持ちの切り替えの早い彼女は住まいを友人

のクリスティ夫妻の近くに移して、何よりも先ず自活のため『北欧からの手紙』の原稿の清書にとりかかった。そして翌年 1 月早々に、これまでと同様ジョゼフ・ジョンソン書肆から出版した。結果は予想外の大成功だった。当時の書評のほとんど全ては好意的であっただけでなく、コールリッジやサウジー (Robert Southey, 1774–1843) 等の気鋭の詩人からも高い評価を受けた。第 3 章で詳しく説明したように、彼女の女性らしい繊細な感受性と豊かな想像力に深い共感を覚えたからである。数年前に出版した『人間の権利』や『女性の権利』で見せた「男性的女性」の面影が完全に消え失せ、女性本来の優しさと官能的魅力さえ漂わせていた。そして人間の美徳と真の価値は、物質や分別ではなく「心情」(feeling of heart) にあることを繰り返し力説したからである。これが新しく台頭し始めたロマン主義的思考の詩人の心に快く響いたに違いない。ゴドウィンが彼女を愛した動機を説明した次の言葉は余りにも有名である。"If ever there was a book calculated to make a man in love with its author, this appears to me to be the book." 「本を読んでその作者が好きになるとすれば、私にとってこれこそ正しくその本であるように思う」。

(4)

　ゴドウィンがメアリと初めて会ったのは、1791 年 11 月 13 日ジョンソン書肆の 2 階であった。当時彼の店はフランス革命に共鳴する自由主義者や急進的な思想家が集まって談論風発を楽しむ場になっていた。そこにはトマス・ペインやウィリアム・ブレイク、さらにジョセフ・プリーストリ (Joseph Priestley) 等科学者も顔を出していた。ゴドウィンもそのうちの一人であり、その時メアリと偶々会ったに過ぎなかった。その頃メアリは『人間の権利』を出版して一躍論壇で注目される存在となり、そしてさらに『女性の権利』の執筆中であった。従って、当時の彼女は自信に満ち溢れ、少々生意気な気取った所があったので、ゴドウィンに対して好い印象を与えなかった。それ

から4年2か月が過ぎて1796年1月、今度はヘイズ（104頁参照）の家で
再会することになった。彼女は以前から作家メアリを敬愛しており、ゴドウ
ィンとも親しかったので、二人の文壇の寵児を夕食に招待すれば正にエキサ
イティングな場面が見られるであろうと考えたのである。それは見事に成功
した。4年間の歳月はメアリを全く異なった女性、即ち昔の彼女の姿からは
想像できない魅力的な女性に変貌させていた。従って、彼は彼女に合った途
端、少なからぬ衝撃を受けた。彼は後に回顧録の中で当時を振り返って、
「彼女の苦悩に対する同情心に、尊敬の念が加わって」(sympathy in her
anguish added in my mind to the respect . . .) ますます心が惹かれるように
なった。

　一方、メアリはその間もイムレイのことを完全に忘れていたわけではな
い。僅かな希望さえ持っていた。その証拠に、彼がフランスからロンドンに
戻ったことを知ると早速彼に、「あなたと永遠に別れることは私の人生に最
も重要な問題であるので、是非とも一度お会いして話し合いたい」と言う主
旨の手紙を出した。彼は彼女との再会を断ったが、クリスティの家で偶然会
ったので、仕方なく翌日二人きりで会うことを約束した。彼女の強い態度に
圧倒されて、自分の意志に反して優しい態度をとってしまったのである。こ
うして彼女は僅かな希望を抱いてロンドンへ戻った。そして暫く時を置いて
から再び手紙を書いて、彼にはっきりした返事を求めた。彼の返事は、「一
生一人の女性を愛し続けることは私には出来ない」と言う冷たいものであっ
た。彼女はこれを読んで、彼と完全に別れる決心がつき、"I part with you
in peace." 「平和にあなたと別れます」と返答した。しかし心の中では、愛
児ファニーの父としてかつての彼の姿に戻ってくれることを半ば期待してい
た。こうして彼女はレディングの友人の家からロンドンへ戻った後、住まい
をゴドウィンの住むサマズ・タウン (Somers Town) に近いペントンヴィル
のカミング通り (Cumming Street, Pentonville) に移した。その時、彼女は
ロンドンに長く住むつもりはなく、金がたまり次第念願のスイスかイタリア
に移住するつもりでいた。そして執筆に真剣に取り組んだ。

　それから2週間後の4月14日に彼女は突然ゴドウィンの家を訪ねてきた。

　当時、女性が一人で独身男性の家を訪ねることは常識では考えられないことだった。しかし世間の常識や偏見、そしてあらゆる「常道」に反抗して自分が信じる道を歩いてきた彼女にとって、それは極めて自然な行動であったのかもしれない。何はともあれ、彼女にはそれだけの理由と目的があって訪ねてきたに違いない。それは前述のようにイムレイと最終的かつ決定的に別れてから幾日も経たない出来事であった。つまり彼との関係をきれいさっぱりと絶った後、新たな心の友を求めてゴドウィンの家を訪ねてきたに違いない。もちろん、彼が彼女に強く心を惹かれていることを、彼女自身は以前からはっきり感じていたからでもあった。さらに言い換えると、彼女は自ら「神から与えられた特別な性質」と称する「愛情過多」（163 頁参照）、つまり「愛する人の居ない世界は私にとって砂漠だ」と自らに言わしめた性質がゴドウィンを一人で訪ねた唯一最大の動機であったに違いない。

　一方、ゴドウィンは自ら求めることなく意中の女性の訪問を受けたのだから心が躍って当然であった。こうして二人の友情は日毎に高まっていった。そして二人の仲は友情から愛情へと発展していった。ゴドウィンは回顧録の中で互いの関係について、「どちらが先というのではなく、二人が同時に愛し合った」と言う主旨の説明をしている。こうしてメアリはゴドウィンの愛を確かなものとした後、イムレイと会うようなことがあったとしても以前より遥かに冷静に接することができた。

　実際、彼女はその頃（1796 年 8 月）彼と道端で偶然出会ったとき、ごく自然に振る舞うことができた。ちょうどその頃、彼女がゴドウィンと肉体関係に入っていたことは、二人が交わした手紙から読み取ることが出来る。その最初の興味深い手紙は 8 月 17 日にゴドウィンに宛てて、彼女が昨夜初めて大胆かつ率直な愛情表現を示したことに対する弁解の言葉である。次に、最も興味深い彼女の混乱した心境を告白した一節を引用しておこう。（イタリックは筆者）

　　Is it not sufficient to tell you that I am thoroughly out of humour with myself? *Mortified and humbled, I scarcely know why—still, despising false delicacy, I almost fear that I have lost sight of the true.* Could a wish have transported me to France or Italy, last night, I should have caught up my Fanny and been off in a twinkle, though convinced that it is my mind, not the place, which requires changing. My imagination is for ever betraying me into fresh misery, and I perceive I shall be a child to the end of the chapter. You talk of the roses which grow profusely in every path of life—I catch at them; but only encounter the thorns. (*Wardle*, p. 269)

　　私はいま自分自身に腹を立てていると言えば、十分ではないでしょうか。何故だか分かりませんが、辱められ、卑しめられた気分です。でも上辺だけ貞淑に見せるのが嫌なので、真実を見失ったのではないかと恐れています。昨夜、願いが叶うものなら、私のファニーを抱き上げて一瞬のうちにフランスかイタリアへ飛んで行ってしまいたい気分でした。変化を必要としたのは場所ではなく、気分であることは確かですけれど。それにしても私の想像力は永久に私を裏切って惨めな気分にさせる。本当に私は死ぬまで子供のままでいるように感じる。あなたは人生のどの道にもバラが一杯生えていると仰いますが、私がそれを掴むと何時もきまって棘だけです。

　上記のイタリックの部分は、メアリが愛情を包み隠さず率直に行動に表したこと（抱き合ったこと）を恥じ入っているのだが、これに対してゴドウィンは、彼女の行動は決して恥ずべきことではなく、「むしろ尊敬すべき振る舞いである」(I see nothing in you but that I respect & adore,) という返事を送っている。こうして二人は完全な愛人関係に入ったのであるが、互いの自由と仕事を尊重して別居を原則とすることに決めた。もちろん食事は共にすることが多かったが、互いの意思表示は手紙の交換で充分目的を果たした。これによってメアリは精神も安定し、腰を落ち着けて執筆に没頭することが出来た。彼女の最後の大作『女性の侮辱——マリア』(*The Wrongs of Woman: Maria*) は、恐らくこの頃から書き始めたに違いない。

(5)

　さて、小説『マリア』の執筆が軌道に乗り始めた頃、メアリはその原稿をゴドウィンに見せて意見を求めた。彼は率直に意見を述べたが、その中でも

特に小説の「様式」(manner) について疑問を呈した。敬愛するゴドウィン
が彼女の真意を理解してくれないことに大きいショックを受けた彼女は、一
晩中考え抜いた末に弁明の手紙を書いた（9月4日）。それは一種の「わが
生涯の弁」(Apologia pro Vita Sua) のような極めて興味深い自伝的告白であ
ると同時に、小説『マリア』を解釈する上で貴重な手掛かりとなる。先ず、
その前半を引用しよう。（イタリックは筆者）

Labouring all the morning, in vain, to overcome an oppression of spirits,
which some things you uttered yesterday, produced; I will try if I can shake
it off by describing to you the nature of the feelings you excited.

I allude to what you remarked, relative to *my manner of writing—that
there was a radical defect in it*—a worm in the bud—&c. What is to be
done? I must either disregard your opinion, think it unjust, or throw down
my pen in despair; and that would be tantamount to resigning existence;
for at fifteen I resolved never to marry for interested motives, or to endure
a life of dependence. You know not how painfully my sensibility, call it
false if you will, has been wounded by some of the steps I have been
obliged to take for others. I have even now plans at heart which depend on
my exertions; and my entire confidence in Mr. Imlay plunged me into
some difficulties, since we parted, that I could scarcely away with. I know
that many of my cares have been the natural consequence of what nine out
of ten could have termed folly— . . . (*Wardle*, p. 275)

　昨日あなたが述べたことが私に与えた精神的圧迫を、払いのけようと午
前中努力したが無駄でしたので、あなたが引き起こした圧迫感がどのよう
なものかを説明することによって払いのけられるか試してみましょう。
　あなたが私の執筆の様式について述べたこと、つまりそこに基本的欠点
があり、それが蕾の中の害虫、等々と述べたことについて私は言及してい
るのですが、私は一体どうすればよいのですか。私はあなたの意見を無視
するか、反対するか、それとも絶望して筆を捨てるか、の何れかでしょう。
だが筆を捨てることは生きることを諦めるのに等しいでしょう。と言うの
も私は15歳のとき、利益が動機の結婚は絶対しない、そして人に頼った
生活も絶対にしない、と心に決めたからです。私が他人のためにせざるを
得なかった行為のために、私の感受性（それが偽の感受性と言いたければ
それで結構）がどれほどひどい傷を受けたか、あなたはご存じないでしょ

う。私は今もなお私の頑張りに依存している人のための計画を幾つか意中に持っています。そして私はイムレイを完全に信頼していたために離れて暮らすようになってから、耐え難い窮地に何度か追い込まれました。だが私の苦労の多くは、十中九まで私の愚かさと言ってよい行為の自然の帰結であったと承知しています。

　メアリは小説を書くとき作者の感情の吐露または移入を何よりも重視しているのに対して、ゴドウィンは「様式」が最も重要な要素であることを彼女に教えようとした。これに対して彼女は必死の抵抗を見せている。『女性の侮辱——マリア』の「序文」の短い覚書に、"In writing this novel, I have rather endeavoured to pourtray passions than manners." 「この小説を書くに当って、私は様式よりもむしろ感情を描写するように努めた」と言う一行がある。これは上記のゴドウィンの見解を強く意識した言葉であることは明らかだ。彼女はこの信念に基づいて小説を書いているのであるから、それを否定されることは作家生活を止めろと言われるのと同じである。彼女は 15 歳の時から利益を目的とした結婚をするぐらいなら生涯独身を決意して、自活の仕事に作家の道を選んで家族を支えてきた。そのために人知れぬ様々な苦労に耐えてきた。そして最後にイムレイとの不幸の原因は自分が愚かであったからだ、と説明している。

　こうして一人の人間としての義務を果たし、出版業者のジョンソンにも多少の利益をもたらしてきた。そして最後に、「私の心と精神」(my heart and mind) を、ヴェールを通さず直に見てほしいと頼んだ後、作家としての信念を改めて次のように力説する。（イタリックは筆者）

I am compelled to think that there is some thing in my writings more valuable, than in the productions of some people on whom you bestow warm elogiums—I mean more mind—denominate it as you will—more of the observations of my own senses, more of the combining of my own imagination—*the effusions of my own feelings and passions than the cold workings of the brain* on the materials procured by the senses and imagination of other writers. (*Wardle*, p. 276)

　私の作品には、あなたが温かい称賛を贈る人たちの作品よりも価値の高い
何か、表現はどうでもよいが精神的な何かがある、と私は考えざるを得ま
せん。つまり、他の作家たちの感覚や想像力が作った材料に基づく冷たい
頭脳から出た作品よりも、私自身の感覚で観たもの、私自身の想像力の結
合から生まれたもの、私自身の感情と情熱から溢れ出た作品の方が遥かに
価値があると考えざるを得ません。

　この一節を『女性の侮辱』の「序文」の短い覚書に重ねてみると、なお一層
その意味の深さが理解できる。そしてさらに上記のイタリックの言葉から、メ
アリのロマン主義的思考の本質を一層明確に読み取ることが出来るであろう。
これに対してゴドウィンが推奨する「様式」を重視した作家は、『ユードルフ
ォ』(*The Mysteries of Udolpho*, 1794) の作者アン・ラドクリフを指したもの
と思われる。彼はこれと同じ年に『ケイレブ・ウィリアムズ』(*Caleb Williams*)
を出版して好評を博したが、『ユードルフォ』と同様にゴシック的恐怖小説
の要素を多分に兼ね備えていた。またラドクリフはこの大作を書く前、当時
特に人気の高かったロマンス小説の流れを汲んで、『シチリアのロマンス』
に続いて『森のロマンス』を出版して女性から多くの読者を得た。ゴドウィ
ンが小説の「様式」を重視したのは、これらの作品を念頭に置いていたもの
と思われる。
　一方、メアリは小説『メアリ』の序文で力説したように「常道」を避けて
通る「少数の選ばれた人」(the chosen few)、即ち天から使命を受けた数少
ない作家として、流行を追わずに「独自の源泉から自身の手によって汲み取
られた」(drawn by the individual from the original source) 独創的な作品を
書くことを自ら宣言した。彼女はその信念を今度の新しい小説にも貫き通す
決意であった。それが 'manners' よりも 'passions' の描写に力点を置く決意
表明となった。そしてこの覚書に続いて、当時流行のロマンスのような小説
の登場人物や筋書きを暗に批判している。即ち、

　　In many works of this species, the hero is allowed to be mortal, and to
become wise and virtuous as well as happy, by a train of events and circum-
stances. The heroines, on the contrary, are to be born immaculate; and act

like goddesses of wisdom, just come forth highly finished Minervas from the head of Jove. (p. 73)

　この種の多くの作品においては、ヒーローは人間的であり、そして様々な事件と境遇を次々と体験して、幸福になると同時に賢くそして高潔になることを許されている。これに対して、ヒロインは生まれながらに純潔で、そして知恵の女神のように行動し、ジュピターの頭脳から産み出された完全無欠のミネルヴァとなって登場する。

　この言葉を裏返せば、メアリはこのような作品を絶対に書かないと宣言していることになる。彼女はこのようなロマンスだけに留まらず、ラドクリフの本命であるゴシック小説『ユードルフォ』にも厳しい批判的態度をとった。それは『女性の侮辱——マリア』（以下『マリア』と略記）の冒頭の一節にはっきり表れている（詳しくは180頁参照）。

　以上のようにメアリは愛するゴドウィンの見解に対しても自分の意見を貫き通した。上記の序文の覚書はそれを端的に反映した言葉である。従って、これが書かれた時期は上述の手紙とほぼ同じ頃（9月4日前後）であったと推測できる。こうして二人は互いの意見を率直に交わすことによって一層深く心が通うようになり、愛情が高まっていった。そしてその年の暮れには彼女は既に妊娠していた。

(6)

　メアリ・ウルストンクラフトの人生38年間の中で、この最後の一年は女性として最も充実した幸せな日々を送ったと言って間違いなかろう。その原因は何よりもゴドウィンとの愛の生活にあったことは言うまでもない。二人は互いの自由と自主性を尊重して、必要な時を除いて別居生活を続けていたが、絶えず手紙を交換することによって心を繋ぎ、愛情を密にしていた。そして年が明けて1797年3月29日、二人は聖パンクラス教会 (St. Pancras Church, Somers Town) で密かに結婚式を挙げ、4月6日にザ・ポリゴン (The

Polygon) 29 番に新居を移した。しかし生活の様式は以前と同じで、ゴドウ
ィンは近くに仕事部屋を借りて日中はそこで過ごした。彼は自身の哲学的見
地から結婚には消極的であったが、メアリの強い勧めで踏み切ったのだっ
た。彼女は何よりも先ずイムレイとの関係を完全に断ち切りたかったこと、
次に生まれてくる子供の将来を考えたこと、そして上流社会の場では独身で
は何かと不都合であること、が主な原因であった。

　彼女は人生の最も充実した自分の姿を肖像画に残しておきたいと思い、画
家オゥピ (John Opie) に依頼した。彼女と数回会ったことのあるサウジーは
当時の彼女の魅力を次のように表現している。先ず、1797 年 3 月ジョゼフ・
コトル (Joseph Cottle) 宛の手紙で、

> Perhaps you will be surprised to hear that, of all the lions or literati that I
> have seen there is not one whose countenance has not some unpleasant
> trait. Mary Imlay's is the best, infinitely the best; the only fault in it is an
> expression . . . indicating superiority; . . . (*Wardle*, p. 286)

> 私はこれまで見てきた全ての名士や文士の中で、顔の特徴が不愉快でない
> 人は一人もいなかったと言えば、恐らく君は驚くだろう。ただメアリ・イ
> ムレイだけは最良、限りなく最良だった。ただ唯一の欠点は、自分が最高
> と言う印象が顔に出ていることだ。

と述べ、そして 4 月に弟に宛てて、"She is a first-rate woman, sensible of her
own worth, but without arrogance or affectation." 「彼女は自分の価値を意識
した第一級の女性だ。しかし尊大な、或いは気取った態度は微塵もない」と
伝えている。なお、上記の 3 月の手紙でメアリをイムレイ夫人と呼んでい
るので、彼女が近くゴドウィンと結婚することを知らなかったのであろう。

　メアリは手紙の中でしばしば自分の気性や性格を他人に詳しく自己分析を
して見せているが、この自己顕示 (self-revealing) の特徴は小説の中でもし
ばしば見せている。その代表例は『マリア』の第 4 章冒頭の長い一節であ
る。ちょうどこの頃、彼女はこの作品の執筆に没頭している最中で、自らを
女盛りの経験豊かな女性として詳細に描いている。恐らくこれ以上緻密な自

画像は他にないであろう。

> Maria was six-and-twenty. But, such was the native soundness of her constitution, that time had only given to her countenance the character of her mind. Revolving thought, and exercised affections had banished some of the playful graces of innocence, producing insensibly that irregularity of features which the struggles of the understanding to trace or govern the strong emotions of the heart, are wont to imprint on the yielding mass. Grief and care had mellowed, without obscuring, the bright tints of youth, and the thoughtfulness which resided on her brow did not take from the feminine softness of her features; nay, such was the sensibility which often mantled over it, that she frequently appeared, like a large proportion of her sex, only born to feel; and the activity of her well-proportioned, and even almost voluptuous figure, inspired the idea of strength of mind, rather than of body. (p. 98)

> マリアは 26 歳だった。しかし彼女は元来体が丈夫だったので、年を重ねても顔に彼女の個性が表れているだけだった。絶え間ない思考の回転と愛情の体験は、彼女の明るい無邪気な優美さをいくらか失わせていた。心の激しい情熱を跡付け、それを支配する悟性のあがきが、顔全体の優しい表情にあの不規則性を産み出していたのだった。悲しみや気遣いは若い頃の明るさを鈍らせずに成熟させていた。彼女の額に宿る深い思考は、女性らしい優しい表情を奪ってはいなかった。それどころか、彼女の顔全体にしばしば広がる感受性は実に素晴らしかったので、それが女性の大部分でもあるように、ただ感じるために生まれてきたように見えた。そして均整の取れた体の動きや、殆ど官能的にさえ見える姿態は、肉体よりも精神の強さを印象づけた。

　また時には、'voluptuous' を上記とは異なった意味、即ち彼女特有の至福の気分に用いることもある。例えば、1796 年 10 月 4 日のゴドウィン宛の手紙の中で、「そよ風が快い感動を呼び覚ます」瞬間、即ち「感覚は、心に優しい感情が沸き起こるのと音調がぴったり合った瞬間」(those moments when the senses are exactly tuned by the rising tenderness of the heart) (*Wardle*, p. 278) と説明している。

　以上のように心身共に充実した日々を送っていたメアリは、執筆の面でも
それを反映して彼女本来の豊かな感受性と想像力に基づいたエッセイを書い
た。その代表作は、彼女が結婚して間もない４月に『マンスリ・マガジン』
(*Monthly Magazine*) に発表した「詩と自然美の観賞について」(On Poetry
and Our Relish for the Beauties of Nature) である。これは端的に言って、彼
女がスカンジナビア旅行の間の「体験と思索」(experience and reflection) に
よって絶対的確信を得た詩論である。それは『北欧からの手紙』の中で随所
に描写した、自然と心が一つに溶け合った時の感動をそのまま詩論に映した
エッセイである。言い換えると、彼女本来のロマン主義的感受性と想像力の
結晶である。

　彼女はこのような論文を書きながら、その一方で大作『マリア』の執筆を続
けていた。彼女はこの作品に作家メアリの精魂を注ぎ込んだと評して過言で
はなかった。彼女はこれを自分一人のものではなく、真に「世の改善」に寄与
するものにしたいと思う強い意欲から、執筆過程で自分の考えを開示して聞
き手の意見を求めたりした。５月15日のジョージ・ダイソン (George Dyson)
宛書簡の次の言葉は、この小説の解釈に貴重な参考資料となるであろう。

　　For my part, I cannot suppose any situation more distressing, than for a
　woman of sensibility, with an improving mind, to be bound to such a man
　as I have described for life; obliged to renounce all the humanizing
　affections, and to avoid cultivating her taste, . . . Love in which the imagi-
　nation mingles its bewitching colouring, must be fostered by delicacy. I
　should despise, or rather call her an ordinary woman, who could endure
　such a husband as I have sketched.

　　These appear to me (matrimonial despotism of heart and conduct) to be
　the peculiar Wrongs of Woman, because they degrade the mind. What are
　termed great misfortunes, may more forcibly impress the mind of common
　readers; they have more of what may justly be termed *stage-effect*; but it is
　the delineation of finer sensations, which, in my opinion, constitutes the
　merit of our best novels. This is what I have in view; and to show the
　wrongs of different classes of women, equally oppressive, though, from
　the difference of education, necessarily various. (pp. 73–74)

　自らを改善する心を持った感受性豊かな女性が、私が述べてきたような男性に一生縛られ、人間的な愛情をすべて捨て、そして趣味を広げることを辞めねばならないことほど悲惨なものはなかろう、と私自身は思う。……想像力によって魅惑的色彩を創り出す愛は繊細な心によって育てられなければならない。私が描いたような夫に耐えられる女性を私は軽蔑するか、あるいはむしろ普通の女性と呼ぶべきであろう。

　このような事例（夫の妻に対する心と行動の独裁）は、女性の侮辱の中でも特殊なものに見える。何故なら、彼女たちは心を堕落させているからだ。大災難と呼ばれるものは普通の読者の心にいっそう強い印象を与えるかも知れないが、それは正しく舞台効果と呼ぶべき性質のものである。しかより一層繊細な感動の描写こそ最良の小説の価値を決める、と言うのが私の見解である。これは私が意図していることであり、そして苦しみは同じでも教育の違いによって必然的に異なる種類の女性の侮辱を描くことである。

　冒頭の「自らを改善する心を持った感受性豊かな女性」と言えば、作者自身はその典型である。つまり、ヒロインのマリアは作者自身であることを意味している。そして最後の「教育の違いによって必然的に異なる種類の女性」は、ヒロインが全幅の信頼を置く下女ジェマイマ (Jemima) を念頭に置いている。そして男性が結婚すると途端に妻に対して独裁者に変貌する典型例はヒロインの夫 (Mr. Venables) である。これらを総合すると、メアリは上記の手紙を書いた頃、現存するこの小説の 8 割近くを書き終えていたことが分かる。従って、彼女は産褥に就く直前まで残りの 2 割以上を書き続けていたに違いない。そして 8 月 30 日に女児を出産した後、産後の処置が悪化して 10 日後遂に息を引き取った。メアリが作家使命をかけて情熱を傾けた大作『女性の侮辱——マリア』は、その後半の最も興味深いイムレイとの愛の確執を書くことなく未完に終わったことは、彼女自身はもちろん我々読者や研究者にとって誠に残念と言う外ない。彼女はイムレイと別れた後、彼に送った手紙の殆ど全てを返却してもらっているのを見ても分かるように、これらの手紙を小説の中に採り入れる積りでいただけになお一層残念と言わざるを得ない。

第 2 節　『女性の侮辱──マリア』
(*The Wrongs of Woman: Maria*)

　上述のように、この未完の大作はメアリが生涯で最も充実した最後の一年間に書かれた。しかしこの小説はその題名が示すように女性の悲しく厳しい人生を主題にしている。それは前述のジョージ・ダイソン宛書簡の言葉の全てに鮮明に表れている。この小説の編者がこの一節を「序文」の一部に採り入れた根拠は、正しくここにあったからであろう。一般に作家は創作中の作品にその時の気分や心境を反映さすのが常であるが、小説『マリア』に関しては当時の幸せに満ちた作者の気分を反映した文章は全く見られない。つまり、現在の明るい自分の姿を完全に封印して、それ以前の絶望的境地の暗い影だけを残している。しかもそれを自伝的ないしは告白的小説として過去の姿を世間の目に大胆に開示している。そしてこれによって、将来「社会の改善」(the future improvement of the world) に寄与できれば、作家本来の使命を果たすことになると確信していた。さらに彼女は言葉に表さないものの、これより強い隠れた動機があった。即ち、この小説の出版によってイムレイとの関係を完全に清算したいという気持ち、そしてこれによって彼女に対する友人を初めとする世間の中傷や誤解を一掃しようとする意図が強く働いていたに違いない。そしてさらに見落としてならないのは、心から愛するゴドウィンに対して、過去のイムレイとの関係について全てを包み隠すことなく弁明ないしは申し開きをすることにあった。

　メアリは前年 9 月 4 日にゴドウィンに宛てた手紙で、この小説を書き始めた心的背景について述べているが（171 頁参照）、その最後に「私がイムレイと別れて暮らすようになってから彼を完全に信頼していたために、殆ど避けがたい様々な困難に追い込まれた。私の苦労の多くは十中九まで愚かと称すべき行為の必然的結果であった」と述べている。そしてこの手紙はこの小説を書き始めた彼女の意図または本心についての真剣な釈明の意味を含んでいた。従って、筆者はこの重要な手紙をメアリの「わが生涯の弁」（171 頁参照）と解釈した。小説『マリア』創造の心的背景にも同じ真意が底流に

あったことは間違いない。

　『マリア』の本題は「女性の侮辱」となっているが、その侮辱の描写はこれまでの彼女のどの作品よりも誇張されている。現実の世界において想像しうる最もひどい侮辱の連続である。それはジェマイマとマリアの双方を襲い、その苦しみを乗り越える運命を背負わせている。前述のように、メアリがこの小説を書いている期間は彼女の人生で最も充実した幸せな時期であったにも拘わらず、何故そこまで彼女たちに苦しみを背負わさねばならなかったのか。メアリは自ら述べているように、小説において「劇的効果」を利用することを最も嫌ったはずである。しかしよく考えてみると、メアリ自身が二度目の自殺を図ったときの絶望的な心境は、マリアやジェマイマの数々の苦しみを遥かに超えたものであったに違いない。彼女のこの拭い去れない傷跡が彼女たちに想像を絶する苦難を味わせる要因であったと考えられる。要するに、『女性の侮辱』は1795年の春と秋にイムレイから受けた二度の耐え難い侮辱が、この小説の根底に永遠に消えない傷跡として残っていたからであろう。

第1部　愛の目覚め（第1〜4章）

(1)

　小説はいきなり次の一節で始まる。

　　Abodes of horror have frequently been described, and castles, filled with spectres and chimeras, conjured up by the magic spell of genius to harrow the soul, and absorb the wondering mind. But, formed of such stuff as dreams are made of, what were they to the mansion of despair, in one corner of which Maria sat, endeavouring to recall her scattered thoughts!

(p. 75)

　　読者の肝を冷やし、不思議がる人の心を奪うために、恐怖の館や、天才
　の魔術によって呼び出された亡霊や化け物で溢れる城の描写は、これまで
　何度もなされてきた。しかしこれらは全て夢のように消え易い性質の物体
　で出来ているのだから、マリアが乱れた記憶を回復しようと努力しながら
　片隅に座っている絶望の館と比べると、それらは物の数ではない。

　この冒頭の一節から、メアリがこの小説を書き始めた意図がはっきり読み
取れる。前述の前年 9 月 4 日のゴドウィン宛書簡の後半で、メアリは彼が称
賛するラドクリフのゴシック小説に異論を唱え、さらに『マリア』の「序文」
の覚書でも彼女のロマンス小説に強い異議を示した（172〜74 頁参照）。上
記の一節は彼女のこのような意見を直に反映させたものであることは明らか
だ。言い換えると、小説の冒頭からゴドウィンが提唱する「様式」の重要性
を退けて、「常道」を外れた独自の道を行くことを宣言したに等しい。

　小説のヒロイン（マリア）は夫ヴェナブルズの非道な侮辱に耐えかねて国
外へ逃亡を計ったが、夫の奸計の餌食になってこの「絶望の館」に閉じ込め
られた。そして今ようやく強い睡眠薬の効果も薄れて意識を取り戻したとこ
ろである。そしてさらに気分が落ち着いてくると、彼女の耳に聞こえた音
は、ゴシック小説の「ロマンチックな空想」が産み出す不気味な風の音や不
意に飛び立つ鳥の羽音ではなく、そこに住む人の「唸り声と悲鳴」(groans
and shrieks) であった。つまりそこは「精神病棟」(mad-house) に他ならな
かった。彼女は狂人としてここに閉じ込められたのである。

　こうして絶望の淵に立たされてマリアの心に先ず浮かんだのは愛児のこと
だった。彼女の胸は溢れる乳ではち切れそうになっていたからである。愛児
は今頃「他人の胸から授乳されている」と、思うと悲しみがさらにこみあげ
てきた。しかし時間が経つにつれて徐々に冷静さを取り戻した彼女は、この
独房から抜け出す方法を真剣に考え始めた。すると急に彼女の心に生気が蘇
ってきた。人間は強い心で仕事に打ち込むと憂さを忘れるものである。ここ
で作者メアリは、人間が苦境を生き抜くためには「不屈の精神」(fortitude)
と「仕事」(employment) を持つことの重要性を強調している (p. 76)。ロビ
ンソン・クルーソーが絶海の孤島で行ったように。

　マリアはこのように「自由になるためには命を懸ける覚悟」が出来たとき、病棟の監視役の一人であるジェマイマ (Jemima) が部屋に入ってきた。彼女は院長からマリアが一定の間隔を置いて発狂するので監視を怠ってはならないと特に注意されていた。従って、マリアを疑いの目で見つめて、彼女の話を容易に信じてくれなかった。しかしいろいろと話を重ねているうちに次第に彼女を信用するようになり、彼女の不幸な運命に対して同情を示すようになった。と言うのも、彼女自身もメアリ以上の苦しみを幾度も経験していたからである。そして彼女の退屈しのぎに、数冊の本と筆記用具を持ってきてくれた。こうしてメアリは「読み書き」と言う「仕事」を見付けた。小説の第 1 章は仕事を持つことの重要性を示唆する言葉で終わっている。

> She seemed to be sailing on the vast ocean of life, without seeing any land-mark to indicate the progress of time; to find employment was then to find variety, the animating principle of nature. (p. 81)
>
> 彼女はこれまで時の経過を示す標識の見えない人生の大海を航海しているように思えたが、今や仕事を見付けることは、生命に活気を与える自然の原理である「変化」を見付けることに他ならなかった。

　さて、第 2 章は上記に続いて同じ独房の中で、マリアは読書によって気分を紛らしていたが、すぐに読み尽くしてしまったので、次はもっと精神が集中できる執筆によって我を忘れることにした。そして詩などいろいろ書いてみたが、結局今日に至るまでの自分の不幸な歴史を、（グレゴリ博士の教科書に倣って）「娘に贈る遺産」として書き残すことを決意した。彼女はその理由を次のように説明している。

> They (i.e. These letters) might perhaps instruct her daughter, and shield her from the misery, the tyranny, her mother knew not how to avoid.
>
> これらの手紙は彼女の娘を教育し、そして彼女の母が避ける方法を知らなかった悲惨と独裁から、娘を恐らく守ってくれるであろう。

そしてこれによって母としての義務を果たし、娘のために役立つだろうと思うと、新たに気力が沸き起こってきたことを、上記に続いて次のように述べている。

> This thought gave life to her diction, her soul flowed into it, and she soon found the task of recollecting almost obliterated impressions very interesting. She lived again in the revived emotions of youth, and forgot her present in the retrospect of sorrows that had assumed an unalterable character. (p. 82)
>
> この考えは彼女の文章に生命を与え、彼女の魂はその中に溶け込み、そして間もなく、殆ど忘れ去った記憶を思い起こす仕事がとても楽しいことに気づいた。彼女は蘇った青春の感動の中に再び生きた。そしていつまでも変わらぬ姿を帯びた悲しみに浸り、今の自分を忘れた。

こうしてマリアは過去の生い立ちから現在に至るまでの回顧録を書き続けることになるが、その出来上がった作品は第 7 〜 14 章の全 62 頁に及んでいる。遺作として書き残された全頁の約半分であり、作品の中に占める価値の大きさを意味している。そして残りの半分は、ヒロイン (マリア) とヒーロー（ダーンフォード）の愛の歴史と、看守ジェマイマとの友情の歴史によって占められ、それが小説の本筋を形成することになる。その本筋は第 2 章の中程から始まる。

(2)

さて、マリアはこの「絶望の館」に来てから 6 週間が過ぎた頃、自分の回顧録の執筆にそろそろ嫌気がさしてきた。ちょうどその時、ジェマイマは「新しい本の包み」を持って入ってきた。それは同じ廊下の反対方向の端の部屋にいる紳士から贈られてきたものであった。ジェマイマは他の看守の目を盗んで持ってきたのである。マリアはこれらの本を手にして、「私と同じように狂気と言う理由でここに閉じ込められた気の毒な人からの贈り物」と

感慨深げに頁をめくった。その時の心境を次のように表現している。

> Her heart throbbed with sympathetic alarm; and she turned over the leaves with awe, as if they had become sacred from passing through the hands of an unfortunate being, oppressed by a similar fate. (p. 85)

> 彼女の心は同情の驚きでときめいた。そして本の頁が恰も彼女と同じ運命に苦しめられた人の手に触れられたために神聖になったかのように、彼女は恭しく頁をめくった。

このような彼女の言葉や態度から、この本の持ち主に対して仄かな敬愛と同情、即ち淡い恋心が芽生え始めたことが読み取れる。

　さて、これらの本の中にはミルトンやドライデン (John Dryden, 1631–1700) の作品があったが、他に発刊されたばかりのパンフレット類も数冊入っていた。さらにその中から彼自身が書いた論文が出てきた。それは「現代の社会情勢と政治」について自分の見解を論じたものであったが、特に彼女の目を惹いたのは、「国民の大多数を占める労働者が抑圧された状態に置かれている」点について熱っぽく論じた個所であった。さらにそのパンフレットの頁の余白に彼自身の注釈が付けられていた。彼女はこれらの全てを何度も読み返した。その時のマリアの心境を作者メアリは次のように説明している。

> . . . every time she re-read them, some fresh refinement of sentiment, or acuteness of thought impressed her, which she was astonished at herself for not having before observed. (p. 86)

> 彼女はそれらを読み返す度毎に、新たな洗練された感動、或いは鋭敏な思考が彼女の胸を打った。そのような感動を今まで一度も経験したことがなかったので我ながら驚いた。

言い換えると、彼女は彼に対して恋心を覚え、それに気づいて驚いたのである。彼女は現在の夫と結婚した時、それは愛情のためではなく、親の勧めに従っただけであったので、このような新鮮な感動は生まれて初めての経験であったからだ。

こうして愛の芽生えを予感した彼女は、作者メアリの信条をそのまま代弁して、愛情こそ創造力の源泉であり、詩人の命であると語る。

> What a creative power has an affectionate heart! There are beings who cannot live without loving, as poets love; and who feel the electric spark of genius, wherever it awakens sentiment or grace. (p. 86)
>
> 愛する心は何と大きい創造的力を所有していることか。この世には、詩人が愛するように愛さずには生きていけない人間が存在する。彼らは、愛が感動と気品を呼び覚ますとき必ず天才特有の電気的火花を感じる。

マリアが 26 歳にして初めて愛に目覚めた瞬間の感情を見事に表現している。そして女性は愛を感じると自分を魅力的で上品に見せようとする。そして相手の男性もそのような人と期待しがちである。マリアは上記に続いてそれを次のように表現している。

> 'To charm, was to be virtuous.' 'They who make me wish to appear the most amiable and good in their eyes, must possess in a degree . . . the graces and virtues they call into action.' (p. 86)
>
> 「魅了することは立派な行為であった。」「誰よりも愛らしく良く見せたいと私に思わせる人は、彼自身もある程度品位と美徳を持っており、それを行動で示すに違いない。」

このように愛はそれまで眠っていた本来の感受性と想像力を呼び覚まし、その男性に対するイメージを次第に大きく膨らませていく。そして是非とも一度会いたいという欲求を抑え切れず、その日の夜ジェマイマが夕食を運んできたとき、その男性を見たことがあるかと尋ねた。その返事として、「朝の 5 時半頃、二人の看守に手を縛られて庭を時々散歩する」と教えられた。それを聞いたマリアは一瞬失望して、「その男性はそれほど粗暴な人なのか」と問い返した。ジェマイマは「彼はとても穏やかだが、鋭い目をしているので、看守が警戒したのだろう」と答えた。これを聞いて安堵したマリアは彼について、風采その他いろいろと尋ねた。彼女はその夜、彼のことばかり考

えて一睡もできなかった。そして気が付くとちょうど5時半になっていた。彼女はガウンを纏って急いで窓辺に駆け寄った。だが使用人の声が聞こえても、その男性らしい人影は最後まで見られなかった。その時の彼女の微妙な心境をメアリは次のように表現している。

> She was ashamed at feeling disappointed; and began to reflect, as an excuse to herself, on the little objects which attract attention when there is nothing to divert the mind; and how difficult it was for women to avoid growing romantic, who have no active duties or pursuits. (p. 87)
>
> 彼女は失望を覚えたことを恥ずかしいと思った。そして自分自身に対する言い訳として、気を紛らすものがないので彼女の注意を惹いた些細な事柄について思索を始めた。そして女性は体を動かす義務や探求するものがないとき、ロマンチックになるのを避けることは非常に難しいと思った。

　こうしてロマンチックな夢に浸っていると、ジェマイマは朝食を運んできた。そしてマリアにフランス語が分かるかと聞いたので、分かると答えた。すると夕食の時に、例の紳士の部屋からルソーの『新エロイーズ』を持ってきた。彼女はそれを手にすると、夜消灯の時間まで「一心不乱に読み続けた。」彼女はこの小説をアイルランドで家庭教師をしていたときに読んだことがあるが、「今改めて読むと新しい世界、彼女が唯一住むに値する世界が開けたように思えた。」そして床に就いても全く眠くならず、頭も冴えてきたので起き上がり、窓を開けて夜の景色を眺めた。小説の影響もあってか、頬に触れる空気は「官能的な新鮮さ」を帯び、「名状し難い感動」を心に呼び覚ました。即ち、

> The air swept across her face with a voluptuous freshness that thrilled to her heart, awakening indefinable emotions; and the sound of a waving branch, or the twittering of a startled bird, alone broke the stillness of reposing nature. Absorbed by the sublime sensibility which renders the consciousness of existence felicity, Maria was happy, . . . (p. 89)
>
> 空気は彼女の心を震わせる官能的新鮮さで頬を撫で、名状し難い感動を呼

び覚ました。そして揺れる木の枝の音や、驚いた小鳥の鳴き声だけが、自然が憩う静けさを破った。生きていることの幸せを意識させる崇高な感受性に吸収されて、マリアは幸せだった。

　これと同じ感動、即ち朝の新鮮な空気を肌一杯に受けて官能的至福の境地に浸る気分を、『北欧からの手紙』の第 5 書簡の白夜の旅の描写の中で、"The vey air was balmy, as it freshened into morn, producing the most voluptuous sensations. A vague pleasurable sentiment absorbed me, . . ."（訳は 125 頁参照）と述べ、そして小説『マリア』を書き始めて間もない 1796 年 10 月 4 日、ゴドウィンに宛てた手紙の中で次のように述べている。

　　"You know not how much tenderness for you may escape in a voluptuous sigh, should the air, as is often the case, give a pleasurable movement to the sensations, . . ." (*Wardle*, p. 278)
　　これはよくあることだけれど、空気が快い感動を呼び起こすとき、あなたへの優しい思いが官能的な溜息となってどれ程多く出てくることか、あなたには分からないでしょう。

　本小説の第 4 章で、マリアの年齢は 26 歳で、「顔形は女性的で優しく」(the feminine softness of her feature)、「均整の取れた、殆ど官能的と言ってよい姿」(her well-proportioned, and even almost voluptuous figure) と、成熟した女ざかりの容姿を特に強調している。従って、彼女の感受性も彼女の年齢に相応しく、優しい風を肌に受けるとき官能的な心地よい感動を覚えた。このように成熟した彼女は今や生まれて初めて愛に目覚めたのである。こうして彼女は次の夜もまた眠れぬまま夜明けを待った。そして明け方、何気なく窓辺に近寄ると、例の紳士が二人の看守に連れられて家の中に入る後姿を目にした。マリアがその男性を初めて見た瞬間であった。

　彼女はもう 5 分早く窓辺に近寄っていれば彼の顔が見られたのにと悔やんだ。しかし彼の後姿から、彼と何処かで一度会ったような気がしてならなかった。そして考えに考え抜いた末にやっと思い出した。あの落ち着いた大胆な歩き方、そして体全体の雰囲気は、彼女を窮地から救ってくれたあの時

の紳士によく似ていることに気づいた（詳しくは211頁参照）。そして気を
紛らすために再び『新エロイーズ』に読み耽った。すると、その小説のヒー
ロー (Saint Preur) とその紳士の面影が重なり、彼女の空想の中でさらに理
想化され、終には 'demi-god' にまで高められた。ここにも作者メアリのロ
マンチックな性癖が鮮明に表れている。

　彼女はこの日から、この男性の顔を見るまで窓から離れることが出来なか
った。そして遂にその顔を確認した瞬間の心境の描写で第2章が終わって
いる。

　　　She started back, trembling, alarmed at the emotion a strange coincidence
　　of circumstances inspired, . . . she found however that she could think of
　　nothing else; or if she thought of her daughter, it was to wish that she had a
　　father whom her mother could respect and love. (p. 90)

　　　彼女は驚いて震えながら後退りした。不思議な境遇の一致が呼び起こし
　　た感動に驚いた。……だが彼女はこれ以外のことは何も考えられなかった。
　　もし娘のことを考えたとすれば、母が心から敬愛できる人が彼女の父であ
　　れば、と願ったであろう。

この最後の2行に作者メアリがこの文章を書いていた時の心情、即ち愛児
ファニーの父はイムレイではなく、彼女が心から敬愛しているゴドウィンで
あればよかったのに、という願望がそのまま反映している。

(3)

　ある日、マリアは彼から借りた本を調べていると一枚の紙切れが落ちた。
それは彼女に宛てた短い手紙で、「自分と同じ運命にある彼女に心から同情
するが、いずれ時が来れば必ずこの牢獄から救い出す」と言う主旨の文面の
最後に、'Henry Darnford' と署名をして、「ぜひ返事が欲しい」と書き加え
てあった。こうして彼女は彼に手紙を書くのが日課となり、その時は彼女に

とって唯一の[陽の当たる瞬間](the moment of sunshine)となった。

　一方、ダーンフォードはマリアに会いたいという気持ちを抑えきれず、自分の貴重な品物を看守に与えて彼女と会う許しを得た。そして部屋に入ってくると彼女の手を握り、彼女の顔を見るなり、「これは驚いた、君と再び会うなんて、しかもこのような境遇で」(This is extraordinary! Again to meet you, and in such circumstances!)と叫んだ。しかし小説はここで途切れている。メアリはこの感動的な場面を後でゆっくり考えよう、と思って残しておいたのであろう。

　さて上記に続く文章は、ダーンフォードのここに至るまでの過去の歴史であり、それが章の終わりまで4頁に渡って続いている。イムレイの過去の歴史を念頭に置いて読むと非常に興味深いものがある。

　彼は上流階級の家庭で生まれた。幼くして両親に続いて兄姉とも死別し、後見人の下で育った。従って、家庭の味を全く知らないままイートン校の寄宿生活に入った。学校では自由気ままに過ごし、上級生になった頃から町の様々な女と遊び、文字通り放蕩の日々を送った。しかしそれを恥ずかしいとも、不道徳とも思わなかった。そして成人して2〜3年が過ぎた頃に遺産を大部分使い果たしたので、残りの僅かな資金で将校の地位を買い、アメリカへ遠征した。しかしそこで敵弾に当たって重傷を負い、敵の捕虜になった。ところが彼を看病してくれた男性は立派な紳士で、彼に対して極めて親切であった。従って、そこで療養生活をしている間に、退屈しのぎに読書の習慣を初めて身に付けた。この間に人生観も大きく変わり、傷が完治すると思い切って将校の地位を売り払い、その金でアメリカの奥地へ赴き、土地を買って一財産を作る計画を立てた。アメリカの都会生活が大嫌いであったこともその原因の一つであった。こうして田舎生活をしているうちに、それにも飽いて放浪生活を続けていると、再び人間が恋しくなって町に戻ってきた。しかし自分が忌み嫌う商売を抜きにして町で暮らすことが難しいことを悟り、ヨーロッパに戻る気になった。そしてロンドンに着いて、「街から街へ、劇場から劇場へと渡り歩いた。」そして「町の女」(the women of the town)でさえも天使のように見えるほどの野性的な放蕩者であった。だがある日の夜

遅く宿に帰った時、突然賊に襲われ、意識を失ったままこの精神病棟へ連れ
てこられた。

　ダーンフォードはここまで話したところで看守に促されて自分の部屋に連
れ戻された。第3章はミルトンの『失楽園』の語句を含む次の言葉で終わ
っている。

> Darnford left her to her own thoughts, to the 'never ending, still beginning,'
> task of weighing his words, recollecting his tones of voice, and feeling
> them reverberate on her heart. (p. 98)

> ダーンフォードが立ち去った後、一人残った彼女は彼の声の響きを思い起
> こし、その音が彼女の心に反響するのを感じながら、彼の言葉の意味を
> 「果てしなく繰り返し」推し量った。

この言葉から、ダーンフォード自身の話を聞く前の感受性豊かな紳士のイメ
ージと実際の彼との落差の大きさに驚いた様子が読み取れる。彼の人生にも
マリアに劣らぬ様々な起伏があったに違いない、と果てしない想いを巡らせた
のである。こうして彼女は彼とさらに一層心を一つに通わすことが出来た。
そして彼女本来の豊かな感受性と想像力は彼女をロマンチックな夢の世界へ
運んで行った。

(4)

　上記に続く第4章は、愛に目覚めたマリアが「惨めな孤独の逆境」の中
にあっても「心を和らげ、ロマンチックな希望を育て、そして自然の成り行
きとしてロマンチックな夢」(to soften her mind, and nourish romantic wishes,
and, from a natural progress, romantic expectations) に浸って当然ではない
か、と言う一節で始まる。そしてこれに続く一節は、愛に目覚めた彼女の心
と感受性に相応しい官能的な表情と身振りを体全体に表している様を、天才
の肖像画のように鮮明かつ生き生きと描いている。この一節は本章の第1

節で、メアリ自身の自画像として既に引用したので（176頁参照）、ここでは成熟した女性の官能的な魅力を見事に描写した言葉だけ改めて引用しておく（特に筆者が示したイタリックの語句に注意）。

> ... *such was the sensibility* which often mantled over it, that she frequently appeared, like a large proportion of her sex, *only born to feel*; and the activity of her well-proportioned, and even almost *voluptuous figure*, inspired the idea of strength of mind, rather than of body. (p. 98)

> 彼女の顔全体に広がる感受性は実に素晴らしかったので、それが女性の大部分でもあるように、ただ感じるために生まれてきたように見えた。そして均整の取れた体の動きや、殆ど官能的にさえ見える姿態は、肉体よりも精神の強さを印象付けた。

メアリは人間の価値判断に感受性の高さを求めた。とりわけそれは女性に関して際立っていた。そして感受性の高さは想像力や空想の広がりと深く結びついていた。これについては、『北欧からの手紙』の中で再三力説したが、小説『マリア』のヒロインも上記のように豊かな感受性と想像力に恵まれていた。彼女のロマンチックな空想に浸る姿はそれを如実に物語っている。しかもこのような感受性が彼女の官能的な体に見事に溶け込んでいる。これを最も的確に表現した文章は、既に引用した第2章の、"The air swept across her face with a voluptuous freshness that thrilled her heart, awakening indefinable emotions; ..."（訳は186～87頁参照）であろう。

マリアの人物描写はこれだけでは終わらない。上記に続いて今度は彼女の性格について、形式に囚われない自由で率直な一面を次のように表現している。

> There was a simplicity sometimes indeed in her manner, which bordered on infantine ingenuousness, that led people of common discernment to under-rate her talents, and smile at the flights of her imagination. But those who could not comprehend the delicacy of her sentiments, were attached by her unfailing sympathy, so that she was very generally beloved by characters of very different descriptions; still, she was too much under the

influence of an ardent imagination to adhere to common rules. (pp. 98–99)

　　彼女の態度には時々、本当に素朴な所があった。それは幼児のような率直さに極めて近かったので、常識的に判断する人は彼女の才能を過小評価し、彼女の想像力の飛翔を冷笑した。だが彼女の感情の繊細さを理解できない人たちは、彼女の尽きない思い遣りに心惹かれたので、様々に異なった性格の人たちから広く好かれた。それでもやはり彼女は（常に）旺盛な想像力に燃えていたので、普通一般の規則に縛られることがなかった。

　以上、マリアの人物描写は作者メアリの魅力的な特徴を鮮明に描いた自画像と評して間違いでなかろう。そして後半の彼女の性格は、「普通一般」(common) の理解の及ばない次元の天才的異質、即ち幼児のような無邪気さと奔放な想像力を持っていることを強調している。そしてこれもまた作者メアリの特徴そのものである。しかもこれらは全て『北欧からの手紙』の中でも自ら進んで表明した特徴であった。

　しかしこのような想像力には危険が潜んでいることを匂わしている。それはギリシャ神話に出てくるピグマリオンの彫刻を例にとった次の言葉から読み取ることができる。

　　Having had to struggle incessantly with the vices of mankind, Maria's imagination found repose in pourtraying the possible virtues the world might contain. Pygmalion formed an ivory maid, and longed for an informing soul. She, on the contrary, combined all the qualities of a hero's mind, and fate presented a statue in which she might enshrine them. (p. 99)

　　マリアは人類の悪と絶えず戦っていなければならなかったので、この世に存在するあらゆる美徳を想像して心の安らぎを見付けていた。ピグマリオンは象牙の乙女を彫って、そこに心の通う魂を求めた。マリアはそれとは逆で、ヒーローの理想の心を全て寄せ集めた。そして運命の女神はその理想の心をそこに納めることが出来るように一体の彫像を彼女に贈った。

　このようにメアリは夢に描く理想の男性から愛され、自らも愛していることが分かると、自分の住む独房の壁が突然広々とした自然の景色に変わり、その夢の世界へ飛び出して行った。

A magic lamp now seemed to be suspended in Maria's prison, and fairy landscapes flitted round the gloomy walls, late so blank. Rushing from the depth of despair, on the seraph wing of hope, she found herself happy.— She was beloved, and every emotion was rapturous. (p. 99)

　今や魔法のランプがマリアの独房に吊るされたように見えた。そしてこれまで何もなかった暗い壁に美しい景色が広がった。彼女は希望の天使の翼に乗って絶望の淵から飛び出し、幸せな気分だった。彼女は愛され、そして感情の全てが有頂天になっていた。

　マリアはこのような気分になっている時、ダーンフォードが彼女の部屋に入って生きた。今では彼女の信頼のおける友人になっていたジェマイマは彼女のためにいつも気を利かせてくれたのである。こうして愛し合う二人は遂に抱き合い、深い接吻を交わすようになる。作者メアリはここに至る過程を一頁以上にわたって克明に描いている。その描写は実にリアルで、しかも極めて自然であり、当時の女流作家には想像もできない筆致である。彼女の「常道」を跳び越えた天性の才能の正しく見せどころである。

　彼はジェマイマが側で見ているのもかまわずに、彼女の「半ば認め、半ば躊躇している唇にさらに情熱的に接吻した。」そして「彼女の赤く火照った顔を彼の肩に傾けたその威厳のある態度に、神聖な点 (a sacredness) があった」ので、彼の欲望が彼女を「保護」しなくてはならない、という「責任」のある気分にさせたことを、次のように表現している。

Desire was lost in more ineffable emotions, and to protect her from insult and sorrow—to make her happy, seemed not only the first wish of his heart, but the most noble duty of his life. Such angelic confidence demanded the fidelity of honour; but could he, feeling her in every pulsation, could he ever change, could he be a villain? (p. 100)

　さらに言葉に尽くせぬ感動の中で欲望は消え失せ、そして彼女を侮辱と悲嘆から守り、彼女を幸せにすることこそ彼の最初の願望であっただけでなく、それが彼の最も高貴な生きる責務のように思えた。かかる天使のごとき信頼が高貴な誠実さを要求した。しかし彼は全ての鼓動の中に彼女の存在を感じながら、自分が変わることできるだろうか、それとも悪党であり

たいのか（と自問した）。

　作者メアリはこの言葉に最も深くて重い意味を含ませている。極論すれば、ここに本小説のモチーフが秘められているように思う。さらに、この小説の未完成の部分、そのクライマックスの部分に貴重なヒントを与えてくれているように思う。元来放浪癖のある放蕩者のダーンフォードは、イムレイを映したものであることは明らかであるが、メアリは上記の愛情表現の一節を書いている時、彼を愛した当初の心境を同時に思い起こしていたに違いない。その時、彼女の愛は真剣で純真そのものであったが、イムレイはそれに真剣に応えたものであったろうか、と問いかけているのである。放蕩者は欲望を満たすのが目的であっても、愛し合っている時は真剣そのものである。しかしこれは心が「変わった」訳では決してない。メアリはそれに気づかずに子供まで宿してしまった。彼女はゴドウィンに告白したように、「自分が馬鹿であった」のだ（171頁参照）。ダーンフォードもイムレイを映して、当初はマリアをこのように熱愛してはいるが、彼女と別れて暮らすようになると別の女性に向かってしまう不安を秘めていた。上記の一節は正しくこれを暗示しているのである。小説はこの本筋に入る直前で、メアリの死と共に未完に終わってしまったが、彼女が残した僅かな覚書にその筋道が書き記されている（詳しくは後述）。

　こうして二人は愛の「楽土に包まれ」(lapt in Elysium)、「アルミダの園」(Armida's garden) の中に入っていった。そして最後は、「想像力」が創り出す希望の世界の描写で第4章を閉じている。

　　Imagination! Who can paint thy power; or reflect the evanescent tints of hope fostered by thee? A despondent gloom had long obscured Maria's horizon—now the sun broke forth, the rainbow appeared, and every prospect was fair. (p. 101)

　　想像力よ、誰が君の力を描くことができるのか。また、誰が君に育てられた希望の儚い希望を映すことが出来るのか。失意の憂鬱がマリアの地平線を長い間曇らせてきたが、今や太陽はそれを突き破り、虹が現われ、そして視界は全て美しかった。

　以上のように、作者メアリは最初の 4 章に最大の力点を置いていること
は明らかであるが、その主題の背景にはイムレイとの愛の歴史があった。と
りわけその破局の原因となった自分の「愚かさ」(folly)、言い換えると、自
分の「情熱的な想像力」(an ardent imagination) が描いた甘い世界に浸り、
それを信じて疑わない「素朴さ」(simplicity) がそもそもの原因であったこ
とを、特にこの第 4 章で暗に弁明している。この観点からも、この小説の
最大のモチーフは「わが生涯の弁」(Apologia pro Vita Sua) にあったと考え
られる。

第 2 部　ジェマイマの自伝的告白（第 5 章）

　幼い頃の生い立ちは現在の自分に通じるという信念に基づいて小説『メア
リ』を書き始めたが、過去の様々な体験 (experiences) とそれに基づく「省
察」(reflections) の積み重ねが人間を成長させ、改善させる。そしてこの過
去の自分の姿を友に語るのは真の友情の証である。小説の第 2 章でダーン
フォードがマリアにそれを語ることによって、彼女が彼を一層深く愛するよ
うになった。第 5 章の大部分を占めるジェマイマの自叙伝は、「女性の侮辱」
の最悪の歴史であると同時に、自らの改善とマリアに対する真の友情の印に
他ならなかった。以下、その概要を説明する。

　彼女はある商家の下男と下女の淫らな関係の中から生まれた。その母が間
もなく死んだので、別の下女の乳で育てられた。父はその後やがて別の女性
と結婚したので、彼女は邪魔な存在となり、家から追い出された。そして売
春婦の子供として別の家に雇われたが、16 歳になった頃から家の主人の目
に留まり、彼の情婦となる。そのうちに妊娠していることに気づいたが、口
に出して言えず、また誰からも気づかれなかった。だが遂にはっきり目に見
えて変化してきたので主人に打ち明けると、流産するようにと劇薬を手渡さ
れた。だが彼女は怖くて飲まずに放置しておいた。その間にも主人は何度も
体を求めてきたが、ある日酔っぱらって妻が在宅であることに気づかずに求

めてきた。そして現場を妻に見破られた。彼女は夫を責めずに少女のジェマイマを売春婦と罵り、即座に家から追い出してしまった。彼女は絶望のあまり、所持していた劇薬を飲んだところ子供は流産したが、自分は死ぬことが出来なかった。その後も職を求めて歩き回ったが、雇ってくれる人は何処にもなく、街に出て人の財布を盗んだりしたが、間もなく見回りの警官に捕まった。だがここでまたひどい侮辱を受けることになる。見逃してやるからと言って、罰金を取り上げた上に肉体まで要求してきた。しかし彼女は逮捕されるのが怖くて警官の要求に従うしかなかった。そして最後には売春婦の道を選ぶことになった。だがここでも男の迫害から逃れることが出来なかった。そして色んな男の情婦になった末に行き着いたところは、「病院」(hospital) と称する一種の救貧院 (workhouse) でしかなかった。彼女はここで働いている間に、彼女の非常な働き具合に目を付けた精神病院のオーナーが、現在の病棟で働かせるために引き抜いたのだった。

　以上で、18 頁に及ぶジェマイマの自伝的告白（第 5 章）は終わるが、過去の恥ずべき自分の姿を全てさらけ出した彼女の心情に心打たれたマリアは、彼女を心から信頼するようになった。そこでマリアは奪い去られたわが子の様子を知りたいと思い、その困難な仕事を彼女に依頼した。彼女はこれを快く引き受け、翌朝早くから出かけた。そしてその翌日彼女から受けた返事は、わが子は既にこの世に居ないということだった。落胆したマリアはすでに書き終えていた「わが子に贈る回顧録」、即ち自伝的書簡を最愛のダーンフォードに信頼の証として読んでもらうことに決めた（第 6 章）。

第 3 部　愛児に贈る自伝的書簡（第 7～14 章）

(1)

　この回顧録は小説の遺稿の約半分を占める作者が最も力を入れた全 8 章であり、最後の一部分が途切れている以外はほぼ完成した作品である。従っ

て、最初の4章（第1部）に次いで重要な意味を含んでいる。中でも第7章の冒頭の一節は、愛児に贈る知的遺産としての意義だけに留まらず、一人の自立した女性として生きるべき覚悟を説いた極めて意義深い文章である。

先ず初めに、現在の社会制度の下で惨めな人生を送ってきたマリア自身の長い経験に基づいて、娘が成人した時に母のような不幸を経験しなくて済むようにとの強い願いから、この手紙を書いていると前置きした後、その重要な点を丁寧に説いて聞かせている。その要点は何よりも先ず、若い間に「行動の基本原理を形成すること」(To form your grand principle of action)、そのためには、「可能な限り経験すること」(to gain experience while experience is worth having)、そして「自分自身の幸福を手に入れるためには堅忍不抜の精神を習得する」(acquire sufficient fortitude to pursue your own happiness) こと、そして最後に、「真っすぐな道」(a direct path) を通って「役立つ」(useful) 人間になれ、と忠告している。この冒頭の教訓は、グレゴリ博士の『娘に贈る父の遺産』を強く意識しながら、それとは全く対照的な作者自身の経験に基づいた独自の教育論であることは言うまでもあるまい。

さて、マリアはこのように述べた後、小説『メアリ』と同様に自分の家族構成と生い立ちから話し始める。その多くは小説『メアリ』の第1・2章の記述と重なっているので要点だけを説明する。冒頭、次の言葉で始まる。

　　Born in one of the most romantic parts of England, an enthusiastic fondness for the varying charms of nature is the first sentiment I recollect; or rather it was the first consciousness of pleasure that employed and formed my imagination. (pp. 124–25)

　　私はイングランドの最もロマンチックな地方で生まれたので、様々に移り変わる自然の魅力に対する情熱的な愛情は、私が記憶する最初の感情であった、或いは、それは私の想像力を働かせ、そして形成する喜びを意識した最初であった。

幼い頃の経験はその人の性格を形成すると言うメアリの持論は、ここでも明確に示されている。彼女の豊かな感受性と想像力はこのような美しい自然

との深い交わりの中で育成されてきたのである。これは『メアリ』の第2
章でも力説した点である。

　自然環境は以上の通りであったが、一方家庭環境はこれとは全く逆であっ
た。父は独裁者で、母は一言も反対できず、奴隷に等しかった。その上、彼
女は裕福な家庭の出であったので、怠惰な習慣が身に付いており、子供の教
育に全く無関心であった。従って、周囲の自然の世界は家庭の「不自然な抑
圧から逃れる自由」の場であった。これもまた小説『メアリ』と同じである。

　マリアはこのような家庭の中にあって、彼女の唯一の支えとなってくれる
叔父がいた。彼は父とは全く異なり、「ロマンチックな気性の男性」(a man
of a romantic turn of mind) で、「夢想」(waking dream) に耽ることもしばし
ばであった。ところがこのような性質が禍して、彼が絶対的な信頼を置いて
いた友人に裏切られて最愛の恋人を横取りされてしまった。それ以来彼は人
間不信に陥り、誰にも心を許さなくなってしまった。しかしただ一人マリア
だけには、彼女の天真爛漫な可愛い笑顔に惹かれて特別な愛情を示し、彼女
の唯一最大の「保護者」(protector) となった。もちろんマリア自身もそのよ
うな叔父に強く心が惹かれ、尊敬し、そして何時しか性格まで彼に似るよう
になった。そのような時、叔父は彼女に常々次のように教えた。

　　He inculcated, with great warmth, self-respect, and a lofty consciousness
　　of acting right, independent of the censure or applause of the world; nay,
　　he almost taught me to brave, and even despise its censure, when convinced
　　of the rectitude of my own intentions. (p. 128)

　　彼は繰り返し熱心に説いて聞かせてくれた。世間の非難や賞賛とは無関係
　　に、自分が正しいことをしているという自尊心と高い自覚を持ちなさいと。
　　それどころか、自分の考えが正しいと信じている時は、世間の非難に対し
　　て敢然と立ち向かい、それを軽蔑しなさいと。

これは正しくメアリ・ウルストンクラフト自身の信念そのものである。ただ
叔父の口を借りて語っているだけであり、その叔父は実在していたわけでは
ない。敢えて大胆に推測すれば、彼女が北欧の旅から帰る途中デンマークで

知り合った、親切なドイツ貴族の紳士を恐らく念頭に置いた彼女の創造であったに違いない（152〜53 頁参照）。従って、作者メアリの自伝的回想はここで一先ず終わり、マリアの回顧録となる。

　さて、マリアは大きく成長した頃、一家に新しい客ジョージ・ヴェナブルズ (George Venables) が出入りするようになった。彼は次男だが、兄が軍人になったために父の仕事を継いだ。彼は根っからの放蕩者であったが、父の遺産目当てに真面目人間を装い、父を見事に騙しおおせるほどの偽善者であった。マリアの家を再三訪ねてきたのも彼女の叔父の遺産を密かに狙っていたからである。それ故、彼女の気を惹くために見事なギャラント (gallant) ぶりを発揮した。マリアはこの種の男性が好きではなかったが、ロマンチックで人の良い叔父はまんまと騙され、彼女に結婚を勧めるようになった。叔父を心から尊敬しているマリアはこれに応じて、ジョージの求愛を受け入れてしまった。一旦ことが決まれば、叔父と同様にロマンチックな空想に酔う彼女は、ジョージをラヴ・ロマンスのヒーローに仕立ててしまった。彼女自身の言葉を借りると、“In short, I fancied myself in love—in love with disinterestedness, fortitude, generosity, dignity, and humanity, with which I had invested the hero I dubbed.”(p. 130)「要するに、私自身が恋をしていると空想した。私が仕立てたヒーローに与えた自己犠牲、堅忍不抜、寛大、威厳、そして慈愛に、恋をしていると空想した」のだった。

　この時、作者メアリはイムレイを熱愛し始めた当時の自分を思い起こしていたに違いない。そして、彼女はゴドウィンにいみじくも語ったように「自分が愚かだった」と反省していたに違いない。従ってここでも第 4 章に続いて、メアリ自身の強い反省と「弁解」(apologia) の意味が秘められている（194 頁参照）。しかしジョージ・ヴェナブルズはあくまでも架空 (fiction) の人物であり、イムレイの分身ダーンフォードと一線を画して考えるべきである。

(2)

　上記に続く第8章は、マリアがジョージと結婚する以前の家庭の事情と自分の姿を、メアリ自身のそれと二重写しにして述べている。先ず、彼女の父は病弱の母を横目に見ながら相変わらず身勝手に振る舞っていたが、やがて家の女中頭の色目に屈して肉体関係を結んでしまった。余命いくばくもない彼の妻の後釜を狙っていたのである。そして予定通り彼の妻の座を射止めた後は、彼に代わって家の独裁者となった。一方、父は相変わらず遊び癖が治らず、財産を使い果たして借金だけを積み重ねた。仕方なくマリアは自立の道を選ぶしかなかった。以上は作者メアリの伝記とほぼ一致する。だが小説は、ちょうどそこへジョージの結婚の誘いの手が伸びてきたので、マリアは叔父の勧めもあって簡単に同意してしまった。彼女の人生の悲劇はここから始まる。しかし実際に結婚するまでの期間に取り消す機会もあったはずだ、と彼女はそれに気付かなかったことを後悔する。ジョージが彼女の叔父から遺産相続の話を聞いていたので、強欲な彼はそれを狙って彼女に近づいたからであった。もし彼女は叔父からその話を聞いていれば、ジョージの結婚目的が金銭欲であることに気づいてきっぱりリ断っていたはずと悔しがったが、すべて後の祭りであった (p. 138)。しかし彼女は最後に気持ちを切り替えて、"But I must not suffer the fortitude I have so hardly aquired, to be undermined by unavailing regret."「だが私がこのように苦労して習得した不屈の精神を、無駄な後悔で挫折させてはならない」と自らを諭している。とは言え、自分が女性としてこの世に生まれてきたことの不幸を嘆かざるを得ない。第8章は次の言葉で終わっている。"Why was I not born a man, or why was I born at all?"(p. 139)「なぜ私は男として生まれてこなかったのか、でなければ、なぜ私はこの世に生まれてきたのか。」

(3)

　第9章は、首尾よくマリアを妻に射止めたジョージは結婚して数日を経ずして早くも正体を現し始めた。本来放蕩者で、博打の大好きな彼は多額の借金をこさえてそれをマリアの遺産から補填させた。彼女は初めのうちはそれを許していたが、遂に堪りかねて、自分の借金は自分で責任をとるように諌めると、その日から夜遅くまで女遊びをして、酔っ払って帰ってくる始末。後は口にするのも憚るような下劣な行動の連続だった。次にその代表例を引用しておく。

> But my husband's fondness for women was of the grossest kind, and imagination was so wholly out of the question, as to render his indulgences of this sort entirely promiscuous, and of the most brutal nature. (p. 146)
>
> だが私の夫の女好きは最も下劣なものだった。（人間らしい）想像力など微塵もなく、彼の放蕩ぶりは完全に無差別で、最も下等な動物と同じだった。

　第8章で彼の人間としての低劣さを、「非情で、無軌道な卑劣漢」(a heartless, unprincipled wretch) と表現したが (p. 138)、「想像力」の欠如もこれに劣らず低劣な人間を表す用語として、メアリはしばしば用いた。彼女はイムレイの非を激しく責め立てる時など、手紙の中でこれらの言葉を連発した。程度の違いこそあれ、ジョージの非行を責め立てるときイムレイのそれを連想していたのかもしれない。

　メアリはこのように述べた後、当時の女性の地位について自分の体験に基づいて厳しい批判の声を上げる。先ず、女性はこのような卑劣な夫であっても何一つ表立った抗議が出来ない。そのような旦那にしたのは女房の所為だ、と世間の人が言うからである。次に、当時女性は学校を出てもそれ相応の職に就けず、精々住み込みの家庭教師 (governess) 止まりで、しかもその職さえ容易に見つからなかった。マリアは作者メアリの体験をそのまま映して次のように述べている。

　　They (i.e. My sisters) were accomplished, yet you can scarcely conceive
the trouble I had to place them in the situation of governesses, the only one
in which even a well-educated woman, with more than ordinary talents,
can struggle for a subsistence; and even this is a dependence next to
menial. (p. 148)

　　妹は皆教養があった。しかし彼女たちに家庭教師の職を見付けてあげる
のにどれ程苦労したか、あなたは殆ど想像できないでしょう。それは普通
以上の才能を持った教養のある女性が生きてゆくために、苦労してやっと
手に入れることの出来る唯一の職業です。だがこれでも召使に一番近い雇
われの身分です。

作者メアリが10年前にアイルランドの貴族の家で家庭教師をした時の経験
がここに滲み出ている。

(4)

　　第10章は、マリアの自伝的書簡の中で最も力の入った作者自身の体験と
内省に基づく真情の告白である。その主題は「愛」と「自然」そして「貞
操」の意味を中心にしている。そしてこれらは本小説のモチーフとも言うべ
き自分の過去の行動に対する「弁明」(apologia) に深く繋がっている。従っ
て、この章全体は小説の枠を完全にはみ出して作者自身の回顧録になってい
る。それだけにこの第10章の小説の中に占める位置は、極めて大きいと言
わざるを得ない。

　　先ずその冒頭の一節は、メアリが北欧の旅に出る直前に郷里のベヴァリを
訪れた時の体験をそのまま文章にしたものである（120頁参照）。だが小説
では、マリアは父の借金を解消するために叔父と一緒に郷里を訪れたことに
なっている。しかし何れにせよ、今回の郷里への旅は傷ついた心を癒すロマ
ンチックな感傷の旅となったことだけは確かであった。即ち、マリアの場合
は「非情で、無軌道な卑劣漢」のジョージ・ヴェナブルズの手から逃れ、作
者メアリの場合はイムレイの非道な裏切り行為の衝撃を忘れるための、それ

れの好機となった。それは冒頭の一節の筆者が示したイタリックの言葉にはっきり表れている。

This was the first time I had visited my native village, since my marriage. But with what different emotions did I return from the busy world, with a heavy weight of experience benumbing my imagination, to scenes, that whispered recollections of joy and hope most eloquently to my heart! The first scent of the wild flowers from the heath, thrilled through my veins, awakening every sense to pleasure. *The icy hand of despair seemed to be removed from my bosom; and—forgetting my husband—*the nurtured visions of a romantic mind, bursting on me with all their original wildness and gay exuberance, were again hailed as sweet realities. (p. 151)

　この度の故郷の訪問は私が結婚して以来初めてであった。しかし、私の想像力を鈍らせる重苦しい体験ばかりの忙しい都会から、喜びと希望の想い出を私の心に極めて雄弁に囁く田舎の景色に戻った時の感動の違いは、何と大きかったことか。先ず荒野から漂う野生の花の香は私の血管を震わせ、あらゆる感覚を喜びへ目覚めさせた。氷のように冷たい絶望の手が私の胸から取り除かれたように見えた。そして夫のことも忘れ、ロマンチックな心が産み出すヴィジョンは本来の野性味と溢れる明るさを帯びて俄かに蘇り、再び快い現実となって迎えられた。

　こうして過去の悲しみや苦しみはすべて忘れ、「曇った失意の空に仮初の虹が密かに浮かぶ」(a transient rainbow stole athwart the cloudy sky of despondency) のを見た。そしてかつて見た木々や「微笑む生垣」を、子供のように小躍りしながら見つめた。こうして村に入って、昔聞き慣れたミヤマガラスの鳴き声を聞いた時、マリアの「能動的魂」がそれに応えて周囲の景色が一層輝かしく見えたことを次のように表現している。

. . . the sound of the well-known rookery gave that sentimental tinge to the varying sensations of my active soul, which only served to heighten the lustre of the luxuriant scenery. (p. 151)

　聞き慣れたミヤマガラスの鳴き声は、私の能動的魂から湧き出る様々な感動に感傷的な色合いを与え、豊かな景色の輝きを一層高めるのに役立った。

　「私の能動的魂」と言う言葉からメアリのロマン主義的思考の本質を明確に読み取ることができる。つまり、ここからも彼女のロマン主義復興の先駆者としての存在意義を改めて確認する必要があろう（131〜32頁参照）。

　さて、マリアは数週間ぶりにロンドンの夫の許へ帰ると、彼の態度は一変していた。旅の間に彼から過去の過ちを悔いる優しい手紙を何度か受けていたので左程驚きもしなかったが、本心とはとても信じ難かった。そして夜になると珍しくベッドを共にしたいと強く迫ってきた。実は、彼のこのような急変の裏には、彼女の叔父の遺産を確実に自分の手に入れるためには彼女との間に子供の存在が絶対必要条件であることに気づいたからである。しかし何も知らないマリアは彼に対する同情から要求を受け入れてしまった。彼女はこの時の心境を次のように述べている。

> My husband's renewed caresses then became hateful to me; his brutality was tolerable, compared to his distasteful fondness. Still, compassion, and the fear of insulting his supposed feelings, by a want of sympathy, *made me dissemble, and do violence to my delicacy.* What a task! (p. 152)
>
> 夫の新たに始まった愛撫は私にとって忌まわしいものとなった。彼の野蛮な行動の方が、彼の味気ない愛撫と比べるとまだしも耐えられた。それでもやはり私は彼に対する同情と、彼の偽の感情を侮辱することを恐れて、愛しているふりをして私の操を汚してしまった。何と馬鹿なことをしたことか。

ここで筆者が特にイタリックで示した言葉に注目したい。たとえ相手が夫であっても愛情の伴わない形だけの性交は、貞操を汚したことになる。逆に、結婚していなくても互いに心から愛しあっている男性と結ばれても、それは操を汚したことにはならない、というメアリの信念の表れである。

　世間では一般に「貞淑な妻」は、「冷たい体質と情熱の欠如」(coldness of constitution and the want of passion) の結果に他ならず、そして彼女たちの「優しさ」(tenderness) は、「活発な感受性を産み出すあの想像力の炎を欠いた女性」(they want that fire of imagination, which produces the active sensibility) を意味している。従って、このような女性は「愛人の激しい要求に対

して、純粋の同情、若しくは将来安楽に暮らすための冷静な計算の上で、体を許すのだ」(yield to the ardour of her lover out of sheer compassion, or to promote a frigid plan of future comfort) と、俗に言う「立派な女性」に痛烈な皮肉を浴びせる。そして最後に、娘に対する教訓を次のように結んでいる。

> Yes; eagerly as I wish you to possess true rectitude of mind, and purity of affection, I must insist that a heartless conduct is the contrary of virtuous. Truth is the only basis of virtue; . . . (p. 153)
>
> そうです、私はあなたに真に正しい心と純粋な愛情を持つように心から祈っているので、真心の伴わない行動は美徳に反することを断固主張します。真実こそ美徳の唯一の土台です。

マリアはこのように述べた後、自分の愚かな行為、即ち「原則」を欠いた行動の結果として、彼の子供を宿したことを悔いている。即ち、

> I am ashamed to own, that I was pregnant. The greatest sacrifice of my principles in my whole life, was the allowing my husband again to be familiar with my person, . . . (p. 153)
>
> 私は恥ずかしいことに実は妊娠していました。私の一生の中で私の原則を犠牲にした最大の過ちは、夫に再び体を許したことであった。

　作者メアリが日々の行動において「原則」を破ることを何よりも嫌った。それだけに原理原則を持たない身勝手な男性を最も軽蔑し、憎悪した。ジョージ・ヴェナブルズは正しくその典型例であった。イムレイも彼女に対して背信行為を続けるようになった頃、彼女は彼に宛てた手紙の中で「原則を欠いた行動」を絶えず責め立てている。要するに、小説のジョージ・ヴェナブルズと実在のギルバート・イムレイは何れも、本質的に「非情で、無軌道な」(heartless, unprincipled) 放蕩者であったのだ。その観点からも、イムレイはメアリと会った当初の男らしいダーンフォードと、メアリを裏切った頃の悪役ジョージ・ヴェナブルズの二役を演じさせられた、と解釈できよう。従って、そのいずれも小説的な誇張ではなく、現実性を帯びている。実際、

メアリが二度目の自殺を試みた時の精神状態は、マリアが夫のジョージから目に余る侮辱を受けた時の心境よりも遥かに惨めな絶望的状態であったに違いない。その時に受けた深い心の傷がジョージのマリアに対する卑劣きわまる行動の数々を産み出したものと思われる。

　さて、マリアは夫に妊娠したことを告げると、困惑した顔を見せただけで、自分の悪い習慣を改める気配を微塵も見せず、逆に博打や「不正な投機」(fraudulent speculations) にのめり込んでいった（ここにもイムレイの顔を覗かせている）。そして彼女の財産を自由に引き出した。当時、女性は結婚すると妻の財産は夫のもの、と法律で決められていたからである。女性はこのような男性と結婚すると、一生牢獄に閉じ込められたようなものだ、と次のように娘に忠告している。

> When I recollected that I was bound to live with such a being for ever—my heart died within me; my desire of improvement became languid, and baleful, corroding melancholy took possession of my soul. Marriage had bastilled me for life. I discovered in myself a capacity for the enjoyment of the various pleasures existence affords; yet, fettered by the partial laws of society, this fare globe was to me an universal blank. (pp. 154–55)

> 私はこんな人間に永久に縛られていると思い起したとき、私の心は死に絶えた。私を改善したいという欲望は萎えてしまい、そして有害で腐敗させる憂鬱が私の魂を取り押さえてしまった。結婚は私を一生牢獄に閉じ込めてしまった。私は生きていれば様々な楽しいことをする能力があることに気づいた。だが社会の偏った法律によって手足を縛られているので、この美しい地球は私にとって果てしない空白だった。

　以上のように、マリアは自分の未熟さの故に招いた不幸な結婚生活の告白に始まり、そして現在社会の男性有利の偏った法律に対して厳しい批判の目を向ける。そのクライマックスはこの遺稿の最終章「法廷の場」で展開される。しかしこの話はここで打ち切り、最後に作者自身の「愛」についての信条と行動の原則を告白している。その最も重要かつ意味深長な言葉を引用しておく。

Freedom of conduct has emancipated many women's minds; but my conduct has most rigidly been governed by my principles, till the improvement of my understanding has enabled me to discern the fallacy of prejudices at war with nature and reason. (p. 156)

　行為（振る舞い）の自由は女性の心を解放したが、私の行為は私の原理原則によって厳格に制御されてきた。ただしそれは、私の理解力が改善されて、自然と理性に反する間違った偏見をはっきり識別できるまでのことです。

　上記の「行為」即ち社交界その他での女性の「振る舞い」、例えば、社交界などで男性にコケティッシュな態度を見せる行為などを意味している。今日、そのような自由な振る舞いは当世流になっているが、メアリ自身はあくまでも自分の原理原則を貫き、貞操を守ってきた。しかし十分成長して物事を正しく理解できるようになり、間違った偏見や因習に捉われず、「理性」と「自然」の法則に従って行動できるようになれば、本当に愛する男性と操を破ってよい、と言うのである。言い換えると、メアリ自身もイムレイを心から愛してファニーを身籠ったことを弁じているのである。ここにも *Apologia pro Vita Sua* の意図がはっきり読み取ることが出来るであろう。

(5)

　第 11 章は、マリアの叔父が多額の遺産を彼女に残して英国を去った後、それを探り当てたジョージはその金を自由に使いまくるところから始まる。彼の卑劣さはその後さらに度合いを深めてゆく。そして遂に彼女に離婚を決断させる卑劣きわまる行動に出た。それは彼の家を時々訪ねてくる友人がマリアと親しく話し合っているのを見て、その友人に妻の肉体を 500 ポンドで売りたいと申し出た。ジョージは彼から多額の金を借りていたからである。友人はマリアもこれを当然了承しているものと思って彼女に近寄ってきた。何も知らない彼女はそれをきっぱり断ったので、変に思った友人はジョージから受け取った認可書を見せた。それは言葉で表せないほどの下劣な内

容の手紙であった。彼女はその手紙を見るなり夫の部屋に駆け込み、友人と対決させて真偽を確かめた。その時彼女が夫に投げかけた非難の最後の言葉を引用しておく（イタリックは筆者）。

> And you dare now to insult me, by selling me to prostitution!—Yes—*equally lost to delicacy and principle*—you dared sacrilegiously to barter the honour of the mother of your child. (p. 162)

> そして今、あなたは大胆にも私を売春させようとして侮辱を働いた。そうです、あなたは節操と原則の両方を失ったしまった。あなたの子供の母の名誉を金銭と交換すると言う神聖を汚す罪をあえて犯したのです。

「神聖を汚す」は結婚式の誓いを破ることを意味していることは言うまでもないが、ここで何よりも注意すべきはイタリックで示した言葉である。これはジョージの卑劣な行動を責めるときにいつも使った言葉であるが、それはイムレイに対しても彼の浮気を責めるときに何度も発した怒りの言葉であった。要するに、メアリは小説の中で無意識のうちに同じ言葉をジョージに対して発していたのである。

さて話を元に戻して、メアリは夫の非道な行為を責める際に、彼が書いた問題の手紙を見せたところ、彼はそれを取り上げて暖炉の火の中に放り込んでしまった。これで彼が犯した罪の証拠を完全に消してしまったことになる。彼女はそのとき大して気にもしなかったが、後に第17章の裁判の席で罪の証拠書類を求められたとき、初めて夫の悪知恵を知ったが後の祭りであった（217頁参照）。

こうして彼女は夫の卑劣極まる行為に直面して遂に彼との離婚を決意した。すると急に目の前が開けて明るくなった。彼女は静かに立ち上がり、部屋の窓を開けて自由の風を精一杯吸った。その時の気分を次のように表現している。

> I was all soul, and (wild as it may appear) felt as if I could have dissolved in the soft balmy gale that kissed my cheek, or have glided below the horizon on the glowing, descending beams. A seraphic satisfaction animated,

without agitating my spirits; and my imagination collected, in visions sublimely terrible, or soothingly beautiful, an immense variety of the endless images, which nature affords, and fancy combines, of the grand and fair. (p. 163)

私は全身魂だった。（奔放に見えるかも知れないが）私の頬に触れる優しくて香しい風の中に私がまるで溶けてしまったかのように、或いは輝く入日の光に乗って地平線の下に滑り込んでいったかのように感じた。熾天使のような満足感は私の心を乱すことなく活気づき、そして私の想像力は、崇高なまでに恐れ多く、優しくも美しいヴィジョンの中に、自然がもたらし空想が創る、雄大にして美しい無限に変化する広大な映像を集めた。

　ここにロマン主義的な思考と感情の全てが凝縮されている。言葉の一つ一つがそれを物語っている。冒頭の「私の肉体が消えて全身が魂になった」を意味する4語 "I was all soul" を初めとして、'wild' 'imagination' 'nature' 'fancy' と、ロマン主義の定義に不可欠な用語が並んでいる。ここに作家メアリ・ウルストンクラフトの真髄がある。彼女が上記の文章を書いた時期は1797年の前半であったに違いないので、ワーズワスとコールリッジの『リリカル・バラッド』(Lyrical Ballads) の出版より一年余り前であった。その観点からも彼女は彼らの文学的先駆者と言えよう。

(6)

　第12章は、前章に続いてメアリの夫が如何に最低の「俗物」(a man of world) であるかを徹底的に暴いている。例えば、彼が妻を売春させようとしたことを責めると、「世の中は全て金次第」(the world were governed by their own interest.) とうそぶき、離婚を申し出ると、「愚かなロマンチックな感情」(the folly of romantic sentiments) と相手にしない。このような言い回しは、小説『メアリ』のヒロインの夫も、またイムレイもよく用いた俗物を象徴する言葉であった。

　さて、本章の後半に注目すると、マリアは遂に夫と別れることを決断して、彼が家を空ける日を待っていたところ、その日が訪れたので大急ぎで馬車を呼んで家を出た。その時の何とも言えぬ解放感を次のように述べている。

I seemed to breathe a freer air. I was ready to imagine that I was rising above the thick atmosphere of earth; or I felt, as wearied souls might be supposed to feel on entering another state of existence. (p. 170)

　私はより自由な空気を吸っているように思った。私は地表の厚い大気層の上（成層圏）に昇っていると想像したい気分だった。或いは、疲れた魂が別の生存の世界（来世）へ入っていくときに感じるであろうと想像される、それと同じ気分であった。

　これは前述の "I am all soul." 以下の一節と全く同じメアリ特有の自由な解放感を表現した言葉であるが、このような自由な気分は『女性の侮辱』の世界では一瞬にして壊れてしまった。彼女は身を隠すために宿を探したが、女性が一人で泊まるには紹介状 (reference) が必要であったからだ。途方に暮れた末に、昔いろいろと世話をしてあげた知り合いの女性の家を訪ねたところ快く泊めてくれた。しかし翌日の新聞に、マリアの捜索願が出ているのを見た女性の夫は、「妻は夫の許へ帰るべきだ」と言って追い出してしまった。仕方なくマリアは他に何軒か宿を訪ねて回ったが全て断られた。そして最後に法外な部屋代を前払いして、そこで叔父からの手紙を待つことにした。

(7)

　第13章は、マリアがこの宿に身を隠してから幾日か過ぎた頃、夫が彼女の居所を探り当てて弁護士と一緒にやってきた。彼女は部屋に鍵をかけてじっとしていると、夫はいかにも哀れっぽく優しい声で、一緒に帰ろうと呼びかけた。彼女は観念して扉を開けると、夫はつかつかと入ってきて無理やり連れ出そうとした。彼女は激しく抵抗したので、ひと騒ぎとなった。ちょう

どその時、同宿の紳士がこれを見て直ぐに仲裁に入り、無事彼女を救い出した。この英雄的な行為をした紳士こそ小説のヒーロー、ダーンフォードであった。しかし残念ながらこの重要な場面は僅か数行で途切れている (p. 175)。残りの数頁は後日ゆっくり時間をかけて書き上げる積りでいたのであろう。

　従って、上記の続きは欠けているが、結局その日にマリアは家に連れ戻された。しかしその後も身重の体を顧みず何度か逃亡を繰り返した末、遂に陣痛を起こして産褥に就いた。そして無事女児を出産したが、夫は子供の顔を見ようともしなかった。強気のマリアでさえそれには耐え切れずに涙を流した。本来なら、夫はそばに来て優しく妻の頬に接吻してくれる筈であったからだ。彼女はその時の心境を次のように語っている。

> Why was I cut off from the participation of the sweetest pleasure of life? I imagined with what extacy, after the pains of child-bed, I should have presented my little stranger, whom I had so long wished to view, to a respectable father, and with what maternal fondness I should have pressed them both to my heart! (p. 180)
>
> どうして私は人生の最高の喜びを（夫と）共有することを奪い取られたのか。私は陣痛の苦しみの後で、長い間見たいと願っていたわが子を尊敬できる父に見せるときの有頂天な気分を、そして子供と父を一緒に胸に抱きしめるときの母となった喜びを想像していたのだ。

　これこそ正しく作者自身の体験から溢れ出た迫真の言葉である。1794年5月14日にフランスのアーヴルでファニーを出産した時、子供の父であるイムレイはロンドンに出かけて不在であった。彼の帰りを待ちわびながら一人で寂しく出産した時のメアリの心境をそのまま映している。そしてわが子の成長を楽しく見つめる母マリアの姿もまた作者メアリそのものである。

> The spring was melting into summer, and you, my little companion, began to smile—that smile made hope bud out afresh, assuring me the world was not a desert. Your gestures were ever present to my fancy; and I dwelt on the joy I should feel when you would begin to walk and lisp. (p. 181)

春は溶けて夏に入っていった。そして私の可愛い友は微笑むようになった。その微笑みは希望の蕾を新たに広げさせ、この世は砂漠でないことを確信させた。あなたの身振りは絶えず私の空想の前に姿を現し、そしてあなたが歩き始めて片言を喋り出した時の喜びに浸った。

　さて、上記に続く第14章はマリアの自伝的書簡の最終章である。彼女は子供が乳離れする頃に夫ときっぱり別れて、憧れのイタリアに逃げる計画を立てていた。その時が遂に来たので、彼女は夫の強い制止を遮って家を出ることを決断した。夫は遂に折れて許可したが、子供だけは置いていくように強く迫った。だがマリアはこれだけは頑として受け入れなかった。ただ出発に当たって、フランス語の達者な女性の付添人を雇う必要があった。彼女は散々苦労してやっと見つけると直ちに出発した。しかしドーバーから船に乗るまでは決して安心できなかった。夫の奸計がいつ顔を出すかと不安が絶えず付きまとっていたからである。だがドーバーまでの距離は長く、途中で一泊しなければならなかった。そして翌朝、食事に強い睡眠剤が入っているのを知らずに食べてしまった。そして気が付いたとき、小説第一章の精神病棟の中で、しかも嬰児が側にいなかった。要するに、彼女の付添人は夫の回し者であったのだ。

　以上で、「愛児に贈る自伝的書簡」の全8章は終了した。と同時に、『女性の侮辱——マリア』の原稿も中断したままで、後は「補遺」(Appendix)として僅かに3章が不完全な形で残っているだけである。

第4部　「補遺」(第15〜17章)

(1)

　第15章は、ダーンフォードがマリアの回顧録（愛児に贈る自伝的書簡）を読み終えて、それを返却するために彼女の部屋に入ってくるところから始まる。従って、舞台は第4章と同じであり、物語はその延長である。しか

し彼女の回顧録を読み終えた後の彼の心境は大きく変わっていた。それは彼女の回顧録に添えられた彼の手紙にはっきり表れていた。即ち、彼女をあの非道な夫から救い出し、自分こそ彼女の真の夫になるべきだ、と言う強い決意を最後に次のように述べている。「私はどうすればあなたの愛を受けるに値する人間になれるのか、と一日に千回自問し、そしてあなたの純な心に報いる決意を同じ回数繰り返した」と。

　メアリはこの手紙を読んだ後、彼を自室に迎え入れ、そこで初めて彼の抱擁を許した。こうして二人の心が一つに結ばれた。作者メアリは、前回の出会い（第 4 章）と今回との違いを次のように説明している。

> In former interviews, Darnford had contrived, by a hundred little pretexts, to sit near her, to take her hand, or to meet her eyes—now it was all soothing affection, and esteem seemed to have rivalled love. (p. 187)
>
> 前に会ったとき、ダーンフォードは実に多くの口実を作って、彼女の側に座り、彼女の手を取り、或いは彼女の目と合う工夫をしたが、今やそれは全て優しい愛情であり、尊敬が愛と競っているように見えた。

　彼は彼女の手を恰も「聖人の手のように接吻した。」そして彼女の子供の死を「まるでわが子のように悲しんだ。」こうして二人の間に理想の愛が実を結び始めていた。即ち、"As her husband she now received him, and he solemnly pledged himself as her protector—and eternal friend." 「今や彼女は彼を夫として受け入れた。そして彼自身は彼女の保護者、そして永遠の友であることを厳粛に誓った。」しかしこれに続く一節は、彼女の心の片隅に一抹の不安の影が潜んでいたことを暗示している。

> There was one peculiarity in Maria's mind: she was more anxious not to deceive, than to guard against deception; and had rather trust without sufficient reason, than be for ever the prey of doubt. (p. 188)
>
> 彼女の考えに風変わりな点があった。彼女は騙されないように用心するよりもむしろ人を騙さないように気を配った。そして永遠に疑念の餌食になるよりもむしろ、十分な理由もなく信じる方だった。

　作者メアリは『女性の権利』の第 5 章でこれと全く同じ意味の名言を吐いている。即ち、"It is far better to be often deceived than never to trust; to be disappointed in love than never to love; . . ."「人を全く信用しないより、何度も騙される方が遥かに良い。一度も愛さないより、愛して失望させられる方がずっと良い」（99 頁参照）。要するに、マリアの声はメアリの声そのものであったのだ。マリアはこのような考え方について、さらに次のように付け加えている。

> We see what we wish, and make a world of our own—and, though reality may sometimes open a door to misery, yet the moments of happiness procured by the imagination, may, without a paradox, be reckoned among the solid comforts of life. Maria now, imagining that she had found a being of celestial mould—was happy,—nor was she deceived.—He was then plastic in her impassioned hand—and reflected all the sentiments which animated and warmed her. (p. 189)

> 我々は見たいと願うものを見て、自分自身の世界を造る。現実は時々不幸に通じる扉を開くかも知れないが、想像力によって造られる幸せの瞬間は人生の確かな慰めの中に数えられ、決して逆説ではない。マリアは今や天上の姿をした人間を見付けたと想像していたので幸せだった。そして決して騙されてはいなかった。今や彼は、彼女の情熱の手によって自由に形作られ、そして彼女自身を温め活気づける感情の全てを反映していた。

激しい「情熱」即ち「愛」は想像力に生命を吹き込み、地上より遥かに高い天上の世界へ飛翔して至福の境地に浸る。このような愛と想像力の繋がりについて作者メアリはこの小説の中で何度となく力説してきたが（例えば、194 頁と 208〜09 頁を参照）、その至福の世界は雨後の「虹」のように「儚く」消えることをいずれも暗示している。上記の一節はその最後の強い暗示の言葉である。何故なら、第 15 章はここで終わっているからである。残りは後日ゆっくり時間をかけて書き上げるつもりでいたのであろう。

　なお、上記引用文の最初の一行 "We see what we wish, and make a world of our own" は、コールリッジの名作『失意のオード』（126 頁参照）第 4 連

の冒頭の 2 行—— "O Lady! we receive but what we give, / And in our life alone does Nature live;"「おお汝、我々は与えるものだけを受け取り、そして我々の生命の中にだけ自然が生きているのだ」——と全く同じ想像力の活発な機能について強調している。つまり唯心論的なロマン主義思考の典型例であることを改めて指摘しておきたい。

(2)

　上記に続く第 16 章は、ある日の朝、ジェマイマは突然マリアの部屋に入ってきて、この病院のオーナーが不在の間にここを脱出しようと告げた。ダーンフォードも 2 日後ここを出て、ロンドンのアデルフィ・ホテルで落ち合うことになっていた。マリアはジェマイマの計らいで首尾よく一緒に病棟を出た後、そのホテルで数日過ごした。それから家具付きのアパートを借りて彼と蜜月を過ごし、ジェマイマは家政婦として働くことになった。しかしダーンフォードは早急に片付けなければならない重要な仕事が残っていた。彼に莫大な遺産を残して死んだ親族が一人いたが、彼は遺言を書かなかったので、それに気づいた管財人が遺産を横領してフランスへ逃亡したことが分かった。そこでダーンフォードは彼の後を追って、訴訟を起こして取り戻す必要に迫られた。もちろんマリアも彼と一緒にフランスへ渡る予定でいたが、折悪しくもちょうどその時、マリアの夫が彼を妻の誘拐と姦通の罪で訴えたという報せが届いた。そこで止む無くダーンフォードが一人でフランスに向かい、マリアは裁判の証人になるためロンドンに残った。彼女はこの時彼の子供をすでに宿していた。以上は、第 16 章の粗筋であるが、この間の彼女の生活の様子は実体験に基づいている点が実に興味深い。端的に言ってそれは、メアリがイムレイと同棲し始めて彼の子供を宿した頃の日常生活の側面を実に見事に映し出している（イタリックは筆者）。即ち、

　　With Darnford she did not taste uninterrupted felicity; there was a
volatility in his manner which often distressed her; but love gladdened the
scene; besides, he was the most tender, sympathizing creature in the world.
A fondness for the sex often gives an appearance of humanity to the
behaviour of men, who have small pretentions to the reality; and they seem
to love others, when they are only pursuing their own gratification.
Darnford appeared ever willing to avail himself of her taste and acquire-
ments, while she undeavoured to profit by his decision of character, and *to
eradicate some of the romantic notions, which had taken root in her
mind, . . .* (pp. 192–93)

　　彼女はダーンフォードといつも幸せであったわけではない。彼の態度に、
彼女をしばしば悩ませる移り気な所があったからだ。しかし愛はその場を
喜びに変えた。その上、彼は世界中で最も優しく、思い遣りのある人物だ
った。一般に（男性が）女性を好きになると、実際はその気が左程なくて
も、自分の振舞いに慈愛の表情を見せるものだ。そして彼らは自分の欲望
を満足させることしか頭にないのに、相手を愛しているように見せる。ダ
ーンフォードはマリアの趣味や知識を進んで採り入れようとした。一方彼
女は彼の果断な性格を学び取り、自分の心の底に根差したロマンチックな
考えをいくらかでも失くそうと努めた。

　上記の中でも特に最後のイタリックで示した一行は実に興味深い。マリア
のロマンチックな空想に耽る強い性癖は小説の随所に表れているが、第15章
の最後の一節はその典型例であった（214頁参照）。しかしこのような至福
の境地は雨後の「虹」のように儚く消える運命にあることを同時に暗示して
いる。上記の最後の一行も、マリアがそれに気付いているので、「いくらか
でも失くそうと努めた」のである。本小説のモラルは正しくここにある。現
実に目をつぶり、天空に浮かんだ虹の世界に幸せを求めることの「愚かさ」
(folly) を、作者が自らに警鐘を鳴らしているのである。彼女は一年前の9月
14日にゴドウィンに宛てた手紙の中で、イムレイとの不幸な出来事の「十中
九まで自分の愚かさが原因だった」と述べたが（172頁参照）、これはロマ
ンチックな虹を描いたことの「自然の帰結」であることを意味している。
　小説はこれを裏付けるかのように、ダーンフォードはマリアとの蜜月を

早々に切り上げてフランスへ旅立った。そしてこれに追い打ちをかけるように、夫から訴えられた誘拐と姦通の罪でダーンフォードに代わって彼女は裁判の席に着くことになった。

第 17 章はその裁判の場面で始まる。マリアは弁護席に座り、夫の非道ぶりについてその事実を滔々と並べ立てる。しかし具体的な証拠は何一つ持ち合わせていなかった。もしこの時、夫が書いたあの証文、即ち自分の借金の担保に妻の体を提供した誓約書を保存していれば、それが決定的な弁護の証拠になった筈である。奸智に長けた夫はそれを予想して、彼女の手からそれを奪い取って暖炉の火の中にくべてしまったからである（208 頁参照）。こうして裁判は予想通り夫の勝訴で終わった。そして小説はここで完全に途絶えている。しかし幸いにして、第 18 章以下の筋書のヒントになる覚書が僅かではあるが残されている。

第 5 部　第 18 章以下の覚書

覚書の中から小説のプロットと深く関わりのありそうなものだけを抽出して、それに解説を加えることにする。先ず、

> Trial for adultery—Maria defends herself—A separation from bed and board is the consequence—Her fortune is thrown into chancery—Darnford obtains a part of his property—Maria goes into the country. (p. 201)

> 姦通罪で裁判——マリアは自身の弁護をする——寝床と食事は（夫と）別々の判決——彼女の財産は法官庁に没収——ダーンフォードは遺産の一部を譲渡される——マリアは（郷里の）田舎に戻る。

これは第 17 章の裁判の場面に続く第 18 章に予定していた内容であろう。裁判はマリアの敗訴に終わり、その結果彼女は夫と別の部屋で寝食することになり、彼女の財産は政府に没収された。一方、フランスへ渡ったダーンフォードは裁判に勝訴して親族の遺産の一部を受け取った。全てを失ったマリ

アは郷里の田舎へ帰った。

　次に注目すべき覚書は、ダーンフォードからマリアの許に届いた手紙の内容と回数について言及している。

　　　Darnford's letters were affectionate; but circumstances occasioned delays, and the miscarriage of some letters rendered the reception of wished-for answers doubtful: his return was necessary to calm Maria's mind.

(p. 201)

　　　ダーンフォードの手紙は愛情に満ちていた。しかし色々な事情で手紙は遅れた。その中の数通は誤配されたので、待ち望んでいた返事が届くかどうか怪しくなった。マリアの気持ちを静めるためには彼の帰国が必要不可欠であった。

　ダーンフォードからは英国を離れてから暫くの間は愛情に満ちた手紙が何通か届いたが、そのうちに事情は定かではないが途絶えがちになり、マリアが待ち望んでいた返事も来なくなった。彼女は次第に不安になり、健康まで害するようになったので、彼の一日も早い帰国が不可欠になった。次の覚書はその内容から観て、上記より先に書かれたように思われる。

　　　As Darnford had informed her that his business was settled, his delaying to return seemed extraordinary; but love to excess, excludes fear or suspicion. (p. 201)

　　　ダンフォードは自分の仕事が済んだと彼女に報せてきたので、帰国が遅れるのは異常に見えた。しかし彼女は彼を深く愛していたので、不安も疑念も抱かなかった。

この僅か2行の覚書は全体の中で最も意味深長である。筆者はこれまで何度も指摘してきたように、前年9月14日のゴドウィン宛の手紙の中で、彼女がイムレイとの関係で不幸のどん底に陥ったそもそもの原因は、彼と別れて暮らしている間「彼に対して絶対的信頼」(my entire confidence in Mr. Imlay) を置いていたことにあった、と述べている。そしてさらに、「私の気苦労は十中九まで私の愚かさが招いた自然の帰結」と付け加えている（原文は

171 頁参照）。その上、この手紙は『女性の侮辱——マリア』執筆の主たる動機の説明、言い換えると自分の過去の歴史に対する一種の「弁明」(apologia) そのものであった。以上を念頭に置いて上記の覚書を読むと、この小説執筆の主要モチーフがここに秘められていると解釈できるであろう。

さて、上記に続く覚書は単語を書き並べているだけで、全く文章になっていない。しかしよく見ると、その後の二人の関係と小説の大筋が読み取れる。中でも、"Her lover unfaithful—Pregnancy—Miscarriage—Suicide."「彼女の愛人は不誠実、妊娠、流産、自殺」は、小説の大筋を書き留めたものである。そして次の覚書は作品全体の筋書と結末を予測する上で不可欠である。

He returns—Mysterious behaviour—Visit—Expectation—Discovery—Interview—Consequence. (p. 202)

彼は帰国する。奇妙な振る舞い。訪問、期待、露見、談判、結果。

これは、メアリが北欧の旅から帰国してイムレイと会った時の「奇妙な振る舞い」に疑問を抱いて彼の家を「訪ねる」と、彼が若い女性と同棲していることが「露見」した、自らの体験をそのまま小説に採り入れる計画を立てていたことを裏付けている。そしてこれが小説のクライマックスに繋がることを意味している。そしてその「結果」は「自殺」の筈であったが、その直前にジェマイマの手によって救われた。その結末の場面をメアリは覚書の最後に迫真の筆で書き留めている。それは服毒自殺を図る場面で始まる。

She swallowed the laudanum; her soul was calm—the tempest had subsided—and nothing remained but an eager longing to forget herself—to fly from the anguish she endured to escape from thought—from this hell of disappointment. (p. 202)

彼女はアヘンを飲んだ。彼女の魂は穏やかだった。嵐は止んだ。そして今はただ自分を忘れたいという切なる願いしか残っていなかった。考えから逃れるために耐えてきた苦しみと、失望の地獄から飛び出したいという願い以外に何もなかった。

このように述べた後、意識が次第に薄れていく中で浮かび出る様々な記憶や映像の描写が 15 行程続く。その中でも特に、生後間もなく彼女の胸から奪い去られて殺されたに違いない愛児との対話の場面は感傷を誘う。その愛児が今彼女の前に姿を現し、母の胸に抱かれて永遠の眠りに就こうとしている。彼女は意識朦朧とした頭をもたげ、天に向かって祈りを捧げている。そして「この苦しみは長く続くはずがない。私がこれまで耐えてきた苦しみと比べると何ほどのことがあろうか」とつぶやいた時、ジェマイマが幼児を抱いて、マリアの部屋に駆け込んでくる姿が目に映った。と同時に、「御覧、あなたの子供を」(Behold your child!) と言う叫び声が聞こえた。マリアは驚いてベッドから立ち上がろうとしたが、気を失って床に倒れた。その瞬間、胃から毒物を全部吐き出し、彼女は蘇生した。子供はママと叫んで彼女の側に駆け寄ってきた。彼女は子供を抱きしめ、そっとベッドに寝かせた。そして自分の溢れる涙が子供に見られないように、手で子供の目を隠しながら、"The conflict is over!—I will live for my child!"「苦闘は終わった。私はわが子のために生きよう」と叫んだ。小説はこの一言で終わっている。

結び

　この小説の最後の場面は、メアリは執筆を開始してからまだ日も浅い頃に既に書かれていたか、或いはこの構想が出来上がっていたに違いない。言い換えると、イムレイの二度目の浮気が露見して絶望のあまりテムズ河に投身自殺を試みた時の壮絶な体験が、彼女の心に焼き付いて未だ消えぬ頃、小説全体の構想を練る過程の中で、他の断片的覚書とほぼ同時に書き留められたに違いない。彼女は自殺未遂の衝撃からようやく目が覚めて、本来の冷静さを取り戻した時、彼女の心を最も苦しめた懺悔を伴う新たな決意は、何を差し置いても愛児ファニーを自分の手で守ることであったと考えられるからである。小説の最後の一言はそれを見事に映し出している。

　マリアは裁判に敗訴して遺産の全てを奪われ、遺産目当てに結婚した夫に

とって妻として用がなくなると自由に開放されたが、唯一心の支えにしてきたダーンフォードはフランスから用が済んでも帰国せず、新たに出来た愛人と一緒に姿をくらます、という最悪の結果が待っていた。その上、最後の生き甲斐になる筈だった体内の子供まで流産させてしまった。絶望の淵に立たされた彼女は死以外に選択の道がなくなった。その彼女を最後に救ったのは、同じ体験を耐え抜いてきた真の友人ジェマイマであった。僅かに書き残された覚書から、小説の大筋は以上のようなものであったと推定できる。作者メアリはさらに半年以上元気に生きてさえいれば、この小説の後半が完成していたに違いない、と想像すると我がことのように残念に思う。

　中でも最も興味深い覚書は、フランスから帰国したダーンフォードの「奇妙な言動」に疑問を抱いたマリアは彼の家を訪ねて、浮気の現場を「発見した」ことを示唆する記述である。もし小説が完成していれば、この場面に最大の力点が置かれ、メアリ自身の感情が有りのままに噴出した迫真の描写が見られたであろう。さらに、彼女はこの小説を書くつもりで、イムレイから手紙の返還を強く求めた事実に照らして、これらの手紙の多くが小説の中に採り入れられ、自伝的価値がさらに一層高まっていたに違いない。

　しかし書き残された小説の前半だけでも、執筆の意図がはっきり読み取ることができる。それは筆者が分類した第1部と第3部のそれぞれの要所で直接ないしは間接的に表明されている。そしてその都度筆者が指摘したように、これらは全て本小説のモチーフとも言うべき「わが生涯の弁」(Apologia pro Vita Sua) に深く繋がっている。結論としてこれら全てを要約すると、マリアのダーンフォードに対する愛情とその理想化に見られるように、作者メアリのイムレイに対する愛は純粋そのものであり、少女のようなロマンチックな空想に似た所があった。それだけに彼に対する疑いや不安を微塵も持ち合わせていなかった。イムレイが身重のメアリをフランスに残してロンドンに長く滞在している間でも、彼女は一瞬たりとも彼の行動に対して疑念を抱くことはなかった。これが彼女の不幸と禍の元になり、自分の「愚かさ」を後悔する結果となった。そしてこのプロセスがそっくりそのまま小説『マリア』の第18章以下で採り入れられることになる。これは彼女

が意図した「弁明」の最たるものであったに違いない。そして第2の弁明
は、第4章におけるダーンフォードとの最初のラブ・シーンである。彼女
の心に一点の曇りもない理想化された純愛の姿が強調され、ダーンフォード
もそれに真剣に応えようとしている。彼の態度にはかつての放蕩者の影は完
全に消えている。実際、メアリがイムレイを愛し始めた当初の彼の態度も恐
らくダーンフォードと同じであったに違いない。彼女は彼を信じ、熱愛し、
「自然の帰結」として彼の子供を身籠った。これを不貞とか不倫と責めるの
は世の偏見や因習によるものだ、というメアリ本来の弁明である。これにつ
いては、「愛児に贈る自伝的書簡」の中でも強調している。これ以外にも随
所に弁明の意味を含めた記述や表現が折に触れて顔を覗かせている。

　その中の興味深い一例を挙げると、マリアは精神病棟を首尾よく脱出して
ダーンフォードとロンドンで一緒に生活している間に、友人の家を訪ねても
会ってもらえず、また劇場などで出会っても口も利いてもらえなかった。彼
女の実情を知らずに、不貞な女と極めつけられたからである。メアリ自身も
ゴドウィンと夫婦関係に入っていたころ同様の苦い経験をした。彼女はイム
レイと既に結婚していると誤解されていたからである。彼女はこれには余程
腹に据えかねたらしく、次のように述べている。

> Had she remained with her husband, practising insincerity, and neglecting
> her child to manage an intrigue, she would still have been visited and
> respected. (p. 192)
>
> もし彼女は不貞を働き、そして密通するため子供を放置していても、夫と
> 一緒に暮らしていれば、（友達から）訪問を受け、尊敬されたことであろう。

社会の偏見や因習に対する痛烈な皮肉であると同時に、絶妙の自己弁護であ
る。

　そして小説の最後は、「わが子のために生きよう」と言う決意の言葉で終
わっているのを見ても分かるように、マリアの「わが子」への思いは小説の
冒頭から結末まで片時も脳裏から消えることがなかった。そして自分の手で
育てられないことを何よりも悲しみ悔やんだ。メアリは『女性の権利』その

他の著作の中で、女性が母となって子供を立派に育て上げることが基本的か
つ最大の義務 (duty) であることを力説しているが、彼女自身も自殺を図っ
たその瞬間を除いて愛児ファニーのことを片時も忘れることがなかった。つ
まり、彼女は「わが子のために生き」抜いてきたのである。この観点から
も、小説『マリア』は世間の偏見や中傷にたいする自己弁護の意図が強く働
いていた、と解釈できるであろう。

あとがき

　序文でも述べたように、本書の出版を計画したとき私は卒寿を目前にしていた。完成する見込みは全くなかったが、何かに打ち込むことが生きる活力の源になるという思いで書き始めた。すると不思議なもので、活力が自然と湧いてきてかつての構想力と筆力が蘇ってきたような気分になった。こうして自分を励まし鞭打って一年余、遂に完成した。自分では全く不可能と思っていたことが実現したのである。実際、新聞も全く読めないほど視力が弱っていたからである。不可能を可能にしたのは気力と集中力に他ならなかった。

　私はこの本を出版するにあたって不安に思ったことは年齢の他に、これまでとは全くジャンルの異なった文学作品を執筆の対象に選んだことである。私は人生の半分近くをイギリス・ロマン主義、とりわけワーズワスとコールリッジの詩の研究に費やしてきたからである。もちろん小説や劇にも興味を持っていたので、その分野の研究を重ねてきた。しかし詩を論じるのと小説とでは手法が全く異なることをいつも痛感していた。それを卒寿が過ぎてから本格的に論じようと敢えて試みたのであるから、年寄りの冷や水と冷笑されるのを覚悟の上で書き始めた次第である。それを下書きから清書するまで一年余りかけて為し遂げたのであるから、出来栄えは兎も角として全力を尽くしたという満足感がある。さらに参考文献に全く頼らずに私の思いのまま最後まで書き通せたことをいささか誇りに感じている。

　思えば75年前、私は旧制中学4年のとき、スティーヴンソンの『宝島』(Stevenson's *Treasure Island*)の原文を辞書だけを頼りに自力で読み終えた。その本には市川三喜の明快な解説と岩崎民平の懇切丁寧な注釈が付いていた。それがきっかけで研究社発行の英米文学叢書を手の届く限り読み続け、『英語青年』をも購読するようになった。大学の受験勉強など全く関心の外にあった。ところが高校三年の初めに得体が知れない病魔に襲われ、学校を長期欠席することになり、文字通り空白の一年間を過ごした。しかしその間にも、体力の続く限り英文学叢書だけは読み続けていた。そして結局大学に

行くのが一年遅れて待望の文学部に入学した。私の真の意味での人生はその瞬間から始まったと言って過言ではない。それ以来、今日に至るまで70年間英文学ずくめの人生であった。私ほど退屈で根気のいる人生を送った人は珍しいと思う。

　このように述べると、私の人生は如何にも順調であったように見えるが、それだけに苦悩の種も少なくなかった。その最大の苦しみは、30歳半ばから視力が極端に弱くなり、あらゆる手立てを尽くしたが悪化の一途を辿ったことである。医者から、「これで大学教師がよく務まるな」と言われた言葉が今も耳に残っている。一番ひどいときは、10分も本を読むと目が眩んで頭痛を起こす状態になった。この危機を乗り越える道は、ただ堪えるか慣れるしかなかった。それは人生で最も脂が乗るはずの40歳代であった。苦節十年とは正しく私のことを言うのだと思った。私は40歳で既に文学部の教授になっていたので、その責任の重さと学者としての不本意な業績の狭間で苦しみぬいた十年であった。この十年の前後に住まいを二度新築して場所を変えたのはその苦しみから逃れるためだった。しかし結局この苦境から抜け出せた最大の要因は、一冊纏まった著書を書くと言う明確な目的と強い意志に他ならなかった。そしてこの目的に向かって深夜に起きて書斎に籠り、精神を集中させていると自ずと充実感が湧いてきた。こうして生まれたのは『詩人コールリッジ——「小屋のある谷間」を求めて』（山口書店、1986）であった。私はそれ以後4〜5年ごとに500頁前後の著書を出版するようになり、今日に至っている。そして現在もなお変わらず毎夜2時前後に起床して書斎に籠っている。正しく「この道一筋」の人生後半の40年間であった。中でも退職後の20年間は大学の雑用から解放されて、高槻の寓居で仙人同様の日々を送ってきた。それはグラスミアの山間に理想の地を求めた詩人ワーズワスの研究に誠に相応しい生活であると心から幸せに感じている。もちろんこの間にも私の視力は決して良くなることはなく、次第に悪くなる一方であったが、環境の変化に加えて精神の集中と根気によって乗り越えてきた。そして今では微かに見える右目と拡大鏡を頼りに根気よく横文字だけを読んでいる。それだけになお一層、本書を書き終えたことに安堵し、満足している。

　最後に、本書を完成する過程で私の片腕となって協力していただいた A 氏に言葉に尽くせぬ恩義を感じている。改めて深く御礼を申し上げる。また、本書の出版に温かい期待を寄せていただいた後輩諸氏に対して、そしてリア王の言葉を借りて 'though last, not least' と評すべきわが愛妻の 60 年に及ぶ心遣いに対して、心から感謝の言葉を贈りたい。

令和 4 年 8 月

山 田 　豊

索 引
（人と作品）

■ 著者略歴 ■

山 田　豊（やまだ　ゆたか）

　1931 年　和歌山県粉河町に生まれる
　1955 年　大阪大学文学部卒業
　1958 年　大阪大学文学研究科修士課程修了
　1960 年　立命館大学文学部専任講師
　1965 年　同大学助教授
　1970 年　龍谷大学文学部助教授
　1972 年　同大学教授
　1989 年　文学博士（龍谷大学）
　2000 年　龍谷大学名誉教授

専　　攻　英文学

主要著書

　『詩人コールリッジ──「小屋のある谷間」を求めて』（山口書店、1986年）
　『失意の詩人コールリッジ──錨地なき航海』（山口書店、1991 年）
　『ワーズワスとコールリッジ──『隠士』と『序曲』の間』（龍谷叢書、1997年）
　『コールリッジとワーズワス──対話と創造』（北星堂書店、1999 年）
　『ワーズワスと英国湖水地方──『隠士』三部作の舞台を訪ねて』（北星堂書店、2003年）
　『ワーズワスと妹ドロシー──「グラスミアの我が家」への道』（音羽書房鶴見書店、2008年）
　『ワーズワスとコールリッジ──詩的対話十年の足跡』（音羽書房鶴見書店、2013年）
　『ワーズワスと紀行文学──妹ドロシーと共に』（音羽書房鶴見書店、2018年）

Mary Wollstonecraft:
A Paragon of Sensibility and Passion

by
YAMADA Yutaka

© 2022 by YAMADA Yutaka

作家メアリ・ウルストンクラフト
——感受性と情熱の華

2022 年 10 月 20 日　初版発行

著　者　山　田　　　豊

発行者　山　口　隆　史

印　刷　シナノ印刷株式会社

発行所　株式会社 音羽書房鶴見書店

〒113–0033 東京都文京区本郷 3–26–13
TEL　03–3814–0491
FAX　03–3814–9250
URL: http://www.otowatsurumi.com

Printed in Japan
ISBN978-4-7553-0434-7 C3098
組版／ほんのしろ　装丁／吉成美佐（オセロ）
製本　シナノ印刷株式会社